Von Frederik Pohl
sind außerdem im Goldmann Verlag
erschienen:

Der Dämon im Kopf · 23479
Gateway · 23299
Die Welt wird umgepolt · 23134
Venus nähert sich der Erde · 23217
Jenseits der Sonne · 23205
Sternsplitter · 23423
Der lautlose Krieg · 23392
Jenseits des blauen Horizonts · 23384
Jem – die Konstruktion einer Utopie · 23360
Der Plus-Mensch · 23266
Die Rückkehr nach Gateway · 23488

SCIENCE FICTION

FREDERIK POHL

AUF DREI WELTEN

PLANETS THREE

Deutsche
Erstveröffentlichung

GOLDMANN VERLAG

Made in Germany · 7/86 · 1. Auflage

Umschlagentwurf: Design Team München
Umschlagillustration: Alex Kempkens/Way of Art, München
Satz: IBV Satz- und Datentechnik GmbH, Berlin
Druck: Elsnerdruck, Berlin
Verlagsnummer: 23477
Lektorat: Werner Morawetz/Peter Wilfert
Herstellung: Peter Papenbrok
ISBN 3-442-23477-8

INHALT

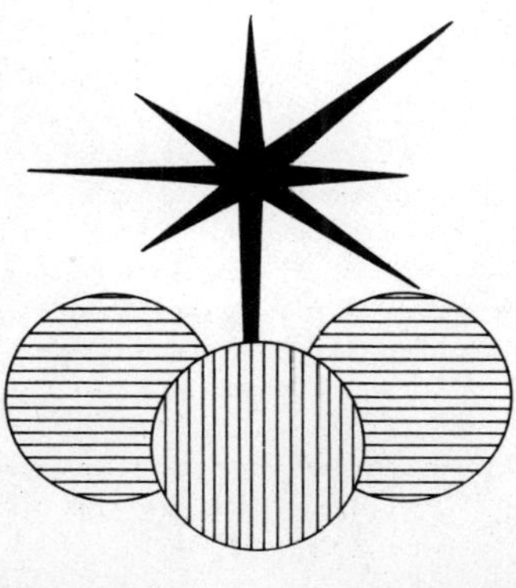

Einführung

In den ersten fünfzehn Jahren meines Lebens als Berufsschriftsteller, also dem Zeitraum, in dem ich anfing, für das, was ich schrieb, bezahlt zu werden (wenn auch nicht sehr viel und unglücklicherweise nicht sehr häufig), schrieb ich unter Pseudonym. Zum Teil geschah das wegen meiner romantischen Vorstellungen über das Schriftstellertum – ein Pseudonym zu benutzen, war für mich ein Teil des Glanzes, der davon ausging –, zum Teil aber auch aus praktischer Vernunft. Wenn auch jene allerersten Geschichten zufälligerweise veröffentlicht wurden, wußte ich nämlich doch, daß sie nicht sehr gut waren. Die Tatsache, daß sie nicht meinen wahren Namen trugen, gab mir die Chance, mich vor der Verantwortung wegzustehlen, wenn die Reaktionen negativ waren. Zudem ließ mir dieses Verhalten die Wahl, Anspruch auf die Urheberschaft zu erheben, wenn man sie wirklich mochte... aber das geschah nicht sehr oft.

So verwendete ich ein Dutzend unterschiedlicher Namen, einige, die ich für mich allein erfand, und viele, die ich dazu benutzte, um Gemeinschaftswerke mit Cyril Kornbluth, Dirk Wylie und anderen, in gleicher Weise gerade erst flügge gewordenen Anfängern unter meinen Schriftstellerkollegen zu verbergen. ›Elton V. Andrews‹ war das erste Pseudonym, das ich benutzte, und es gehörte ganz mir. (Nicht daß jemand den Wunsch verspürt hätte, es mir streitig zu machen.) ›S. D. Gottesman‹ bedeutete gewöhnlich Cyril und mich, aber ein- oder zweimal waren auch andere Mitglieder der Futurians involviert. ›Paul Dennis Lavon‹ sollte Dirk, Bob Lowndes und mir selbst dienen – aber das tat es nicht immer. ›Warren F. Howard‹ war, glaube ich, nur ich, und zwar bei ein oder zwei Geschichten. Aber das Pseudonym, das ich für meine eigene Arbeit vorzog und somit der Name, unter dem die folgenden drei Geschichten ursprünglich veröffentlicht wurden, lautete ›James MacCreigh.‹

Ich habe keine Ahnung, wie ich gerade auf diesen Namen verfiel. Ich weiß nur, warum ich mir die *Art* von Namen auswählte, nämlich, um dem Rat von John W. Campbell zu folgen.

Während jener fünfzehn Jahre von 1937 bis 1952 war John Campbell der mächtigste Herausgeber von Science Fiction. Nach meiner Ansicht ist er das immer noch. Man könnte sagen, daß er den ganzen Bereich der Science Fiction aufhob und ihn mit seinen Händen formte, ehe er ihn wieder absetzte; seit jener Zeit ist er dauerhaft verbessert worden. Er tat dies, indem er neue Schriftsteller in die Szene einführte, und zuallererst, indem er jeden Science-Fiction-Schriftsteller, der ihm zuhören wollte, seinen Rat erteilte, um nicht zu sagen, an ihm herumnörgelte. Und die meisten hörten ihm zu. Ich tat das *immer*, selbst wenn der Rat nicht so besonders gut war. Johns Ansicht war, daß Science-Fiction-Leser ›ausländische‹ Namen nicht mochten, besonders nicht, wenn jene Namen mit Stories in Verbindung standen. Was die SF-Leser wollten, waren gute, uramerikanische Autoren. Und welche Art von Namen waren das? Nun, schottisch-irische natürlich. Diesen Gedanken bebrütete ich auf der U-Bahn während des Nachhausewegs von seinem Büro, und als ich schließlich Brooklyn erreichte, hatte ich ein neues Pseudonym. (Es half mir nichts. In all seinen vierunddreißig Jahren als Herausgeber von *Astounding/Analog* veröffentlichte John niemals eine Geschichte, die ganz von mir war, nicht unter ›James MacCreigh‹ noch unter irgendeinem anderen Namen.)

Man muß John sehr zugute halten, daß er seine schlechten Ideen gewöhnlich nicht beibehielt, sobald er einmal festgestellt hatte, daß sie nichts taugten. Er gab die schottisch-irischen Namen ziemlich früh in seiner Laufbahn auf, nachdem Isaac Asimov und Stanley G. Weinbaum bewiesen hatten, daß man das Eis brechen konnte, Schriftsteller, die ihren Anfang anderswo genommen hatten und ganz offensichtlich zu gut waren, als daß man an ihnen herummanipulieren durfte.

Und ich gab ›James MacCreigh‹ auch auf. Diese drei Stories waren so ziemlich die letzten, die unter jenem Namen veröffentlicht wurden. Als sie herauskamen, in den Nachkriegs-Vierzigern, hatte ich genug Selbstvertrauen und Courage entwickelt, um es zu riskieren, meinen eigenen Namen auf das zu setzen, was ich schrieb.

In den drei oder vier Jahren am Ende der dreißiger Jahre, kurz bevor die Vereinigten Staaten in den Zweiten Weltkrieg eintraten, herrschte ein Science-Fiction-Boom.

Ich meine das nicht finanziell. Es gab nicht viel Geld. Kein Magazin bezahlte viel mehr als einen Penny pro Wort, und die meisten bezahlten weniger – *viel* weniger, wenn man sich Don Wollheims *Stirring* und *Cosmic* ansieht, die den Autoren gewöhnlich überhaupt nichts bezahlten. Aber es gab mehr als ein Dutzend Magazine, wohingegen vorher insgesamt nie mehr als zwei oder drei gleichzeitig auf dem Markt gewesen waren.

Der Krieg fegte sie fast alle weg. Papier wurde zuerst teuer, dann knapp und schließlich rationiert. Schriftsteller wurden zum Militärdienst eingezogen. Redakteure ebenso. Einige übernahmen Kriegsarbeit – Cyril Kornbluth zog nach Connecticut, um anstelle einer Schreibmaschine eine Drehbank zu bedienen; Isaac Asimov, L. Sprague de Camp und Robert A. Heinlein übernahmen Forschungsarbeiten im Philadelphia Navy Yard. Street & Smith schaffte es, während sämtlicher Feindseligkeiten *Astounding* am Leben zu erhalten – was nicht leicht war. Die meisten anderen Science-Fiction-Verlage gaben einfach auf. Vier oder fünf Jahre, angefangen 1942, bis die Dinge sich nach dem Krieg dann wieder etwas beruhigt hatten, war nicht viel Zeit, Science Fiction zu schreiben, noch hätte es viel Sinn gemacht. Als ich am 1. April 1943 zur Air Force kam, war *Attrappe* etwa zur Hälfte fertiggestellt. Es blieb eingemottet, bis ich wieder Zivilist war, ebenso eine ganze Reihe anderer Geschichten von einer Menge anderer Autoren.

Dann kamen die großen Tage von 1945. Die Demokratie war gerettet, Frieden und Freiheit für alle Ewigkeit gesichert. Und wir alle nahmen wieder unser normales Leben auf.

Aus einem großen Krieg hervorzugehen, ist so, als würde man wieder geboren. All die alten Gewohnheiten und Bindungen sind aufgelöst oder geschwächt. Überall werden einem etwas schattige Chancen angeboten. Ich hatte eine ›nagelneue‹ Frau, Dorothy LesTina, die ich mir im Jahre zuvor in Paris ›zugelegt‹ hatte; eine nagelneue Wohnung in Greenwich Village (wo sonst sollte auch ein Schriftsteller leben?); und eine nagelneue Karriere in der Werbebranche, die ich am 1. April 1946 begonnen hatte.

Es war eine verwirrende, vielversprechende Zeit. Ich wußte, was ich mit meinem Leben anfangen wollte. Schreiben. Viel weniger sicher wußte ich, *was* ich schreiben sollte. Ich hatte in Italien den (sehr) groben Entwurf eines ›Mainstream‹-Romans fertiggestellt; sollte ich damit fortfahren? (Dann las ich das Geschriebene noch einmal, und die Antwort stand fest. Sehr schlecht. Ich verbrannte es.) Meine Frau Tina war ebenfalls Schriftstellerin. Ob wir zusammenarbeiten sollten? (Wir versuchten es, stellten sogar einen kurzen Fantasy-Roman im Robert-Nathan-Stil fertig. Das Manuskript habe ich immer noch, aber den Mut, es noch einmal zu lesen, habe ich in den dreißig Jahren nicht aufgebracht.) Ich hatte vor dem Krieg für die Nicht-Science-Fiction-Magazine einiges geschrieben; da Science Fiction nicht gerade ein sehr aktiver Markt war – ob ich damit fortfahren sollte? (Ich schrieb ein paar Detektiv- und Kriminalgeschichten für Street & Smiths *Detective Story*, den Toronto *Star Weekly* und andere, aber viel Spaß machten sie nicht.)

Und nach einer Weile wurde mir klar, daß Science Fiction, meine erste Liebe, immer noch meine innigste war.

Alle drei diese Novellen wurden in den Jahren gleich nach dem Zweiten Weltkrieg veröffentlicht. Den größten Teil jener Zeit hatte ich eine feste Anstellung, was im Verein mit anderen Komplikationen die zum Schreiben zur Verfügung stehende Zeit beschränkte, so daß diese Geschichten fast die gesamte Science Fiction darstellen, die ich vom Zweiten Weltkrieg bis zu dem Zeitpunkt schrieb, als ich die ersten Entwürfe von *The Space Merchants* (Eine Handvoll Venus und ehrliche Kaufleute) schrieb.

Ich glaube nicht, daß sie *The Space Merchants* sehr ähneln – auch nicht *Gateway* oder *The Gold at the Starbow's End* oder überhaupt irgend etwas, das ich seitdem geschrieben habe. Sie sind pure Space Opera. Action-Science-Fiction, gedacht für eine action-orientierte Leserschaft in den Magazinen jener Zeit.

Mit dieser Feststellung will ich mich nicht für sie entschuldigen. Für das, was sie sind, sind sie das Beste, was ich zustande brachte. Als ich sie schrieb, hatte ich bereits die Entscheidung getroffen, das Schreiben ernst zu nehmen – was unter anderem auch bedeutete, daß ich mit der Gewohnheit brechen mußte, erste Entwürfe zu schreiben und zu verkaufen. Jede dieser Geschichten wurde daher ziemlich ausführlich bearbeitet und umgeschrieben, ehe sie veröffentlicht wurde.

Wenn heutzutage Science Fiction veröffentlicht wird, wird sie ausführlich beurteilt und kritisiert. Ein Autor mag sich mit dem herumstreiten, was die Kritiker sagen, und vielleicht sogar ein wenig Herzblut verlieren. Aber er bleibt nicht in Zweifel über das, was die Menschen von dem, was er schreibt, denken. Ende der vierziger Jahre widmete niemand der Science Fiction große Aufmerksamkeit. Die einzige Verbindung zu seinen Lesern, die ein Schriftsteller damals hatte, kam aus den Leserbriefspalten in den Science-Fiction-Magazinen, und das ist der Grund, weshalb wir alle die Zeitungsstände ein oder zwei Monate, nachdem eine Story herauskam, so belagerten. Was die Leser damals sagten, ist in meiner Erinnerung verschwommen; ich erinnere mich nur, daß Theodore Sturgeon *Donovans Traum* als ›eindringliches, handlungsreiches Abenteuer‹ bezeichnete, an sehr viel mehr erinnere ich mich nicht. Aus diesen Gründen und vielen anderen fällt mir schwer, wie ich *Attrappe, Donovans Traum* und *Kampf um den Mond* zu einem so späten Zeitpunkt bewerten soll...

Also werde ich dieses Urteil Ihnen überlassen.

FREDERIK POHL

Red Bank, New Jersey
Juli 1979

AUF DREI WELTEN

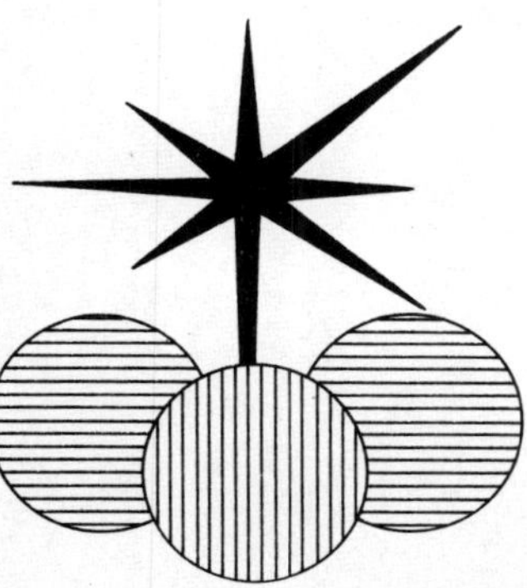

Übrigens schlug mir John Campbell nicht nur vor, wie ich mir mein Pseudonym auswählen sollte, sondern riet mir auch zu allen möglichen anderen Dingen – hier und da gehörte zu diesen Ratschlägen auch die Idee für eine Story. Eine der Ideen galt einer Rasse intelligenter Lebewesen, die DEM ANSCHEIN NACH *nicht intelligent waren.*

Die Idee war nicht sehr detailliert ausgearbeitet, und außerdem schlug er sie nicht nur mir vor. John hielt nichts davon, eine Idee an einen einzigen Schriftsteller zu verschwenden. Gewöhnlich vertraute er sie einigen Autoren an – und kaufte häufig sämtliche Geschichten, die sich daraus entwickelten, da er damit rechnen durfte, daß jeder die Inspiration seinen eigenen Fähigkeiten gemäß formen würde, so daß am Ende der gemeinsame Ursprung nicht mehr zu erkennen sein würde. In diesem Falle war es eine Idee, die er selbst schon einmal, viele Jahre früher, in einer der Penton-und-Blake-Geschichten benutzt hatte.

Trotzdem war es eine interessante Idee; und ich ging nach Hause und versuchte, sie in eine Story zu formen. Leicht war es nicht. Und was noch schlimmer ist, ich bin ein langsamer Schreiber. Ich habe viel veröffentlicht, aber verbringe auch viel Zeit mit dem Schreiben – fast immer einige Stunden pro Tag. So arbeitete ich eine Weile an FIGUREHEAD *und legte die Story dann beiseite, um an etwas anderem zu arbeiten, kam dann wieder darauf zurück, und als ich schließlich zur Air Force eingezogen wurde, war sie immer noch nicht fertig. Nach dem Krieg kam ich wieder auf sie zurück und schaffte es tatsächlich, sie in eine Form zu bringen, die mich befriedigte... aber unterdessen war John nicht mehr interessiert. Ich verkaufte sie schließlich an Robert A. W. Lowndes.*

Und weil ich ihn schon erwähne, so ist es wohl an der Zeit, daß ich der Öffentlichkeit einmal etwas anvertraue, was ich in meinem Herzen schon seit vielen Jahren weiß. Bob Lowndes ist einer der großen, verkannten Herausgeber in der Science Fiction. Während seiner ganzen Laufbahn wurde er von einem unentschlossenen Verleger und den niedrigsten Honorarsätzen der ganzen Branche behindert und brachte es dennoch zuwege, einige der besten Science-Fiction-Schriftsteller mit ihren besten Arbeiten für seine Magazine heranzuziehen. Zum Teil ist dies seinem persönlichen Charme und seiner Freundschaft zuzuschreiben. Den Rest bewirkten Geduld, Energie, Weisheit und Geschick.

Attrappe

1

Duncan und ich waren schon fast angekommen, ehe sie uns aus der Paralyse holten.

Wir hatten keine Ahnung, wie lange wir im Schiff gelegen hatten, bewußtlos und bewegungsunfähig, aber ich war sicher, daß es eine lange, lange Zeit gewesen war. Jeder Muskel tat mir weh, und wenn ich mich bewegte, hatte ich das sichere Gefühl, meine Gelenke ächzen zu hören.

Der kleine rosagesichtige Mann, der sich als Boß bezeichnete, beobachtete uns, als wir aus unserem benommenen Zustand erwachten.

»Macht keinen Ärger«, riet er uns sofort mit seiner erregt klingenden, abgehackten Stimme. Er ließ etwas Stabähnliches sehen, was ich für eine Schußwaffe hielt – ebensogut hätte es sich freilich um einen antiken Rückenkratzer mit Perlmutthandgriff handeln können. Sein Englisch war erstaunlich gut, wenn man in Betracht zog, daß er alles andere als menschlich war. Er sah wie eine Kröte aus, die ihren Ehrgeiz darin gesetzt hatte, zu einem Kobold zu werden.

»Macht keinen Ärger«, wiederholte er. Und: »Das bringt euch nicht weiter. Da ihr wach seid, nehme ich an, daß ihr Fragen stellen wollt. Nur zu. Wahrscheinlich werde ich sie nicht beantworten.«

Ich sah ihn an und setzte mich auf die hygienische, etwas elastische Platte, die ich als Bett benutzt hatte. Fragen? Natürlich hatte ich Fragen, aber was für welche? Duncan kam mir zuvor. »Warum hast du uns aufgeweckt?« fragte er mit größerer Ruhe als sie mir zur Verfügung stand. »Wäre es nicht einfacher gewesen, uns so zu lassen, wie wir waren?«

»Nein. Du warst verdammt lästig. Und er auch.« Letzteres war von einer dreifingrigen, schwimmhäutigen Geste begleitet, die mir galt. Jetzt meldete ich mich zu Wort.

»Was wirst du mit uns tun?«

Der rosafarbene Kobold feixte. »Das werden wir schon sehen.«

»Wann? Und wohin gehen wir?«

»Das werde ich euch nicht sagen. Ich sagte ja, daß ich eure Fragen wahrscheinlich nicht beantworten würde. Ihr Musterexemplare stellt alle dieselben Fragen. Das geht euch nichts an.« Der Krötenkobold runzelte die Stirn.

Ich zuckte mit den Schultern und wurde pragmatisch. Was er sagte, schien ohnehin nicht sehr viel zu bedeuten – wahrscheinlich war ich von dem tranceähnlichen Zustand, in dem wir uns befunden hatten, noch leicht verkatert. »Wann bekommen wir etwas zu essen?« fragte ich.

Zum ersten Mal hielt der Boß inne, um über eine Frage nachzudenken. Es kam mir in den Sinn, daß er tatsächlich verwirrt wirkte. Er zog einen Gegenstand, der entfernt an eine Puderdose erinnerte, aus dem Beutel, den er an der Hüfte trug, und klappte ihn auf.

»Morgen«, verkündete er mit einer Andeutung von Erleichterung in der Stimme, nachdem er hineingesehen hatte. »Ihr bekommt eine Mahlzeit, bevor wir landen. Jetzt habt ihr genug Fragen gestellt. Ich werde keine weiteren mehr beantworten. Wenn ihr noch etwas braucht, könnt ihr rufen. Hoffentlich braucht ihr es dann wirklich«, fügte er drohend hinzu.

Und dann verließ er uns durch eine kreisförmige Tür.

Duncan setzte sich auf sein Bett und sah mich an. Dann meinte er: »Was denkst du, Nick?«

Ich zuckte resigniert mit den Schultern. Ich wußte nicht, was ich denken sollte. Es war alles recht verwirrend.

Vor gar nicht allzulanger Zeit war das Leben noch sehr einfach gewesen; Duncan und ich, und rings um uns grünes Wasser und ein kleines Gummifloß, das unter uns auf den Wellen tanzte. Wir brauchten bloß Land zu erreichen, bevor wir verhungerten oder unser Floß sank und ertranken. Sehr einfach. So einfach und natürlich wie ein Hurrikan im Golfstrom.

Als unser Kabinenkreuzer kenterte und sank, sank ich mit ihm. Durch die Gnade des Herrn und das persönliche Eingreifen meines Schutzheiligen, manchmal als Sankt Nikolaus bekannt, kam ich nahe genug bei Duncan und seinem Rettungsfloß wieder an die Oberfläche, um mir ein hingeworfenes Tau zu schnappen. Der Dritte im Bunde, Tommy Cleelock, und das andere Rettungsfloß waren nirgends zu sehen – was in jenem Sturm für alles galt, was weiter als zwanzig Meter entfernt war. Wir trieben die ganze Nacht auf dem Floß dahin. Gegen Mittag des nächsten Tages sahen wir ein Flugzeug am Horizont. Es gab keine Möglichkeit, die Aufmerksamkeit der Besatzung auf uns zu lenken; wir versuchten es nicht einmal. Ich würde es gerne so sehen, daß sie uns suchten, aber Duncan wies mit Recht darauf hin, daß das unmöglich war. Schließlich würde uns eine Woche lang niemand für vermißt halten.

Aber kurze Zeit später sahen wir Land vor uns.

Wir paddelten darauf zu. Etwa eine Stunde vor der Abenddämmerung des zweiten Tages, des heißesten Tages dieses oder irgendeines anderen Jahres, zogen wir das Floß an Land.

Ringsum war es still und dampfend heiß. Vor uns erstreckte sich dichter Dschungel, der praktisch bis ans Wasser hinunterkroch, aber wenn darin irgendwelches Leben existierte, so versteckte es sich. Ein unangenehm schlammig grüner Fluß sickerte über schimmelig wirkenden Boden und vergrub sich am Rand des Dschungels im Sand.

Als Trinkwasser schien er uns ungeeignet, aber wir hofften, er könnte vielleicht näher an der Quelle klarer sein. So machten wir uns in das Herz jenes tödlich stillen Dschungels auf.

Wir fanden das Ende unserer Reise, ehe wir an den Ursprung jenes brackigen Flusses gelangten. Vielleicht lag unser Rettungsfloß immer noch am Strand, sofern die Flut es nicht wieder mit sich gerissen hatte. Aber wahrscheinlich hatte das kleine Volk ihm die Luft abgelassen und es weggeschleppt, so wie sie uns wegschleppten; sie waren unerträglich neugierig. Ich glaube, das war auch der Grund, weshalb man sie zum Stande der Intelligenz befördert hatte. Sie müssen wissen, für sie war die Evolution kein abstrakter Gegenstand, über den zwei Anwälte in einem Gerichtssaal debattieren konnten. Sie wußten über sie Bescheid, weil sie sie selbst durchgemacht hatten...

Jedenfalls fanden wir die Quelle nie – weil das kleine Volk uns vorher fand.

Während unseres Marsches am Wasser entlang hatten wir das Gefühl, daß jemand uns folgte. Schließlich blieben wir einfach stehen und warteten, nachdem wir uns immer wieder verstohlen über die Schultern umgesehen und nichts entdeckt hatten.

Und das brachte Resultate.

Es raschelte im Unterholz, und dann waren schrille, gedämpfte Stimmen zu hören, die in musikalischen Tönen irgend etwas flüsterten. Dann hüpften drei kleine rosafarbene Geschöpfe – den Boß habe ich beschrieben, sie sehen alle ähnlich aus – aus dem Dschungel.

»Habt keine Angst, Menschen«, rief einer uns zu. Es war nicht das, was er sagte; es war die reine Überraschung über ihr Aussehen, die uns davon abhielt, uns gegen sie zu wehren, bis es dann zu spät war. Und ehe wir uns richtig besinnen konnten, hatten sie uns mit winzigen Nadeln gestochen. Es verursachte einen scharfen Schmerz, so wie den Stich einer Wespe –

Und dann waren wir wie die Opfer einer Wespe paralysiert.

So blieben wir, bis sie uns weckten. Während eines Teils der Zeit waren wir zumindest halb bei Bewußtsein, weil ich mich in irgendwie schattenhafter Art und Weise an ein oder zwei Dinge erinnerte. Daran, wie die Rosafarbenen uns untersuchten, uns wieder mit Nadeln stachen und systematisch entkleideten und die Kleider dann wieder auf uns zurückwarfen. Ich erinnere mich auch daran, wie ich einmal dem Boß vorgeführt wurde – er war der, der Englisch sprach –, und wie man mir sagte, daß er hier die Befehle erteilte; wir sollten gefälligst springen, wenn er uns welche gab. Das sagte er uns selbst.

Und ich erinnere mich, wie man mich zu einer ausgebrannten Lichtung trug, wo ein riesiger, purpurfarbener Torpedo von einem Schiff lag – tatsächlich eine Rakete. Wir wurden hineingezerrt und in einen Raum gebracht und dort auf ein Paar weicher, schwingungsgedämpfter Pritschen gelegt. Ein Rosafarbener streckte eine Minute später seinen Krötenkopf zur Tür herein, um sich zu vergewissern, daß bei uns alles in Ordnung war. Und ganz kurz darauf erdröhnte dicht unter uns ein mächtiger Knall, und wir spürten plötzlichen scharfen Druck.

Das Schiff war gestartet.

Es schien, daß ein paar Tage oder Wochen verstrichen, während wir still und reglos auf den Pritschen lagen. Tatsächlich entdeckte ich später, daß es ein wenig mehr als achtzehn Monate waren!

Ich beantwortete Duncans Frage mit einer Gegenfrage. »Was meinst du wohl, wo wir sind?« fragte ich. »Was geht hier vor?«

Duncan grinste. Dann meinte er: »Das verrät ungeheures Vertrauen zu mir, Nick. Tut mir leid, dich enttäuschen zu müssen, aber ich weiß es nicht.«

»Nun, dann wollen wir es auf logischem Wege ergründen«, setzte ich an. Aber Duncan stoppte mich mit einem Kopfschütteln. »Hier geht es nicht um Logik«, sagte er. »Die ganze Geschichte ist verrückt. Ich bin hier, und ich weiß, daß ich nicht träume. Aber trotzdem fällt es mir schwer, es zu glauben. Warum versuchen wir es nicht mit der empirischen Methode und sehen uns um? Ist dir aufgefallen« – dabei machte er eine Handbewegung – »daß die Tür nicht abgeschlossen ist?«

Ich starrte sie an. Sie stand tatsächlich offen. Nur einen Spalt. Ich ging auf sie zu und wurde mir plötzlich der Tatsache bewußt, daß ich abgenommen hatte. Ich meine nicht, daß ich Fett verloren hatte; ich mag Euphemismen nicht. Ich hatte dieselbe Masse wie eh und je, aber die Beschleunigung des Schiffs betrug offensichtlich weniger als eine Erdschwerkraft. Dem Gefühl nach wog ich vielleicht hundert Pfund, etwas weniger als zwei Drittel von meinem normalen Gewicht.

Ich bewegte mich leichtfüßig, um auf dem Boden zu bleiben, und war mir einer eigenartigen Wallung unter mir bewußt, dem Pulsieren der Raketendüsen, und dann berührte ich die Tür. Ich schob sie auf, sobald ich die Hand auf sie gelegt hatte. Und dann blickte ich hinaus, und Duncans Atem brannte mir heiß auf der Schulter.

»Ich kann überhaupt nichts sehen«, meinte Duncan enttäuscht. »Komm, Nick, machen wir doch einen kleinen Erkundungsgang.«

»Meinst du, das sollten wir wagen? Dem Boß würde das nicht gefallen.«

Vor der Tür erstreckte sich ein Korridor, gesäumt von Metallwänden, dessen Boden mit demselben gummiartigen roten Material belegt war, das auch den Boden unseres Zimmers bedeckte. Zu unserer Linken schnitt sich der Korridor mit einem ebensolchen, der etwa fünf Meter von uns entfernt war. Zu unserer Rechten führte er etwas weiter und beschrieb dann eine scharfe Biegung; mit Ausnahme der einen Tür, durch die wir uns hinauslehnten, waren keine weiteren zu sehen.

»Mir ist egal, was dem Boß gefällt«, brummte Duncan. »Er hat uns nicht befohlen, hier zu bleiben.«

Dann unterbrach er sich und lauschte. »Stimmen«, sagte er erregt. »Jemand kommt!«

Ich bin ein vorsichtiger Mann, und so packte ich Duncan am Ärmel und zog ihn wieder in den Raum zurück. Außerdem bin ich neugierig; also schloß ich die Tür nicht ganz.

Ich war froh, daß ich sie nicht geschlossen hatte. Die Stimmen wurden lauter – nur daß es nicht ›Stimmen‹ waren. Es war nur eine einzige, die eines Mädchens. Es sang leise vor sich hin, so wie man singt, wenn niemand in der Nähe ist, der einen hört. Es war eine flüssige Sprache, wenn auch völlig unverständlich. Und auch die Musik floß irgendwie flüssig. Es gab keine Unterbrechungen in ihr, keinen Sprung von einer Note zur nächsten, nur ein glattes Fließen. Man konnte solche Musik sehr gut auf einer ›singenden Säge‹ spielen – oder dem elektronischen Spielzeug, das man ein Theramin nennt.

»Hübsche Stimme«, sagte Duncan, und ich hielt mich noch fester an seinem Jackett. »Hoffentlich ist *sie* ebenso hübsch –«

Dann kam sie an der Tür vorbei. Sie und ihr ... nun, es sah so aus, als handle es sich um eine Art Haustier; ein großer, zottiger Hund, der auf den Hinterbeinen ging. Er trug einen dicken Metallkragen um seinen häßlichen Hals, und in seinen Augen waren Leere und ein Ausdruck von Idiotie. Ein scheußliches Wesen, haarig und abstoßend, und so groß wie ein Mensch.

Sie war nicht scheußlich. Und menschlich war sie auch nicht, dachte ich; wahrscheinlich wäre es auch zuviel gewesen, hier ein menschliches Mädchen zu erwarten. Aber es kam dem recht nahe ...

Wahrscheinlich war es das schönste Mädchen, das ich je gesehen habe. Hochgewachsen und schlank, aber an den richtigen Stellen wohlgeformt, ja üppig gerundet; und von wunderschönem Angesicht; mit hochliegenden Backenknochen und leichten Grübchen in den Wangen; die leicht schräg liegenden Augen; slawisch, dachte ich, ja, sie sah slawisch aus. Ich frage mich, wie ein Slawe sie wohl beschrieben hätte.

All das war menschlich – oder übermenschlich. Nur ihr Haar war das nicht; es schwebte buchstäblich um ihren Kopf, dünn wie Spinnenseide und gewichtslos. Es war lang und glänzend, eine blaßrosa Korona, die beim Gehen träge auf und ab schwang und tanzte. Etwas ganz Besonderes. So verdammt schön, daß jede Frau auf der Erde ihr halbes Leben dafür gegeben hätte, so auszusehen.

Ich dachte, Duncan hätte etwas gesagt.

»Stör mich nicht«, murrte ich, ohne den Blick von dem Mädchen zu wenden. »Sag es mir später.«

»Ich hab' gar nichts gesagt«, protestierte er. »Ich dachte, du hättest gesprochen.«

Das beunruhigte mich so, daß ich mich umdrehte und ihn ansah. »Jemand hat etwas gesagt«, behauptete ich, »jemand, der weit weg ist, vielleicht.«

»Das habe ich auch gehört«, nickte er. Verwirrt versuchte ich das Gefühl zu rekonstruieren. Es war eine Stimme, dessen war ich sicher, aber ich hatte keine Ahnung, was sie gesagt hatte. Aber es schien mir nicht sonderlich wichtig, und Duncan unterbrach meine Gedanken.

»Hey«, sagte er. »Dort vorne, Nick. Die mustert uns.«

Sie war stehengeblieben und hatte sich herumgedreht, und jetzt sah sie uns an, die Lippen immer noch leicht geöffnet, aber sie hatte zu singen aufgehört.

»Hallo«, rief Duncan unsicher.

Ihr Gesicht verzog sich unwillkürlich zu einer Grimasse, als würde sie vom Klang seiner Stimme abgestoßen. Aber dann hatte sie sich wieder gefangen, und ihr Stirnrunzeln verschwand. Jetzt öffneten sich ihre Lippen wieder, und wohltönende Musik, spottende Musik, erklang.

Sie lachte uns aus.

»Ich muß schon sagen, ein netter Empfang, den man uns da bereitet«, brummte Duncan verärgert. »Lady, haben Sie keine besseren Manieren?«

Offensichtlich war das nicht der Fall, denn sie drehte sich um, immer noch lachend, und ließ uns stehen. Wir sahen ihr nach, wie sie langsam zu der Stelle ging, wo sich die Korridore kreuzten, gefolgt von dem zottigen Geschöpf, dessen Halsband mit einer Art silberner Leine mit einem ähnlichen verbunden war, das sie um den Hals trug. Sie wandte sich nach rechts und ging weiter, immer noch singend. Wir lauschten ihrer Stimme, bis sie verstummt war. Ich wünschte, ich hätte eine Symphonie aus dieser Melodie komponieren können. Sie wäre es wert gewesen.

»Mann!« entfuhr es Duncan, und er drehte sich um, um mich anzublicken. Ich hatte Duncan noch nie mit so weit aufgerissenen Augen gesehen. »Langsam gefällt es mir hier«, meinte er. »Hoffentlich ist sie Dauergast.«

Hinter uns ertönte ein indignierter, schriller Schrei. »Hey!« schrie eine schrille Stimme. »Was bildet ihr euch eigentlich ein?«

Wir fuhren unwillkürlich herum. Es war der Boß, der den Korridor heruntergerannt kam. »Zurück in euren Käfig!« schrie er. »Ihr dürft nicht heraus. Sofort!«

Wir beeilten uns. Dann fragte Duncan wagemutig. »Was war das, was wir da gerade gesehen haben?«

Das Gesicht des Boß nahm einen seltsamen Ausdruck an, der fast wie Verehrung wirkte. »Ein Khreen«, sagte er.

»Ein hübsches Mädchen«, meinte Duncan. »Können wir es wiedersehen?«

»Mädchen?« fragte er finster. »Sicher. Die Kleine ist nicht von Bedeutung; die ist auch nur ein Musterexemplar. Ihr werdet sie oft genug sehen.«

Duncan protestierte schwach. »Aber du hast doch gesagt, sie sei –«

»Egal, was ich gesagt habe«, unterbrach der Boß und funkelte uns in der Tür stehend an. »Ihr bleibt jetzt hier. Wenn ihr Ärger haben wollt, braucht ihr bloß wieder herauszukommen. Großen Ärger, durch mich persönlich.«

Duncan zuckte mit den Schultern. »Warum?« fragte er nicht zu Unrecht. »Wir sind schon eine ganze Zeit hier eingesperrt. Langsam geht uns das auf die Nerven – und außerdem kriegen wir Hunger.« Der böse Blick des Boß wurde etwas weicher, und sein Gesicht nahm eine seltsame Färbung an. »Ihr solltet euch beschweren«, sagte er mürrisch, führte aber den Gedanken nicht zu Ende. »Ich habe euch doch gesagt, wann ihr etwas zu essen bekommt. Morgen.«

»Bis dann –«, begann ich.

Das Froschgesicht des Boß faltete sich zu einem unglücklichen, finsteren Grinsen. »Das ist nur zu wahr«, gab er zu. Dann schob er die Tür mit einem leisen Klicken zu, das wir vorher nicht gehört hatten. Als Duncan sie kurz darauf wieder zu öffnen versuchte, stellten wir fest, daß sie versperrt war.

»Na schön«, meinte er. »Wir sollen ohnehin hier drin bleiben.« Er stippte mit dem Finger gegen die weiche Unterlage, die ihm als Liegestatt diente, und streckte sich dann darauf aus.

»Wir können dann ebensogut ein wenig schlafen«, beschloß er. Ich folgte seinem Beispiel, aber da war etwas, was mich beunruhigte und nach Aufklärung verlangte. Ehe ich einschlief, fragte ich: »Was meinst du wohl, was es sein mag, das den Boß so juckt?«

Duncan, der mir den Rücken zuwandte, zuckte unwirsch mit den Schultern. »Keine Ahnung«, brummte er. »Schlaf jetzt. Wahrscheinlich wird er dich auf seine mürrische Art aufklären, wenn wir ihn morgen sehen.«

2

Aber als wir den Boß das nächstemal sahen, war er blendender Laune. »Ich mag euch«, verkündete er vergnügt, als er unter der Tür erschien. »Da steht – Essen.«

Er hielt uns zwei Brocken Fleisch vor die Nase. »Da, eßt; ich werde euch dabei zusehen.«

Ich nahm mein Stück vorsichtig entgegen und untersuchte es gründlich. Es war offensichtlich nicht gekocht, trotzdem aber warm. Ich schnupperte daran, und der Duft, den ich wahrnahm, sagte mir zu. Also nahm ich einen Bissen.

Ich habe schon Schlimmeres gekostet. Es schmeckte eigenartig, war aber eßbar. Wenn man ein Schwein ein paar Monate vor dem Schlachten mit Heringen fütterte und die Schinken dann im Rauch chinesischer Opferstäbchen räucherte, hätte es vielleicht so schmecken können. Es war nicht gerade unerträglich, wenn man sich einmal daran gewöhnt hatte.

Den Boß bei guter Laune zu finden, war so unerwartet für uns, daß wir eine Weile keinen Nutzen daraus zu ziehen vermochten. Als ich meinen Fleischbrocken verzehrt hatte, brach ich das Schweigen. »Warum hast du uns denn gestern nicht zur Türe hinaussehen lassen?« fragte ich tastend. »War das wegen des Mädchens? Ist es tabu oder so etwas?«

Er grinste, aber es war ein freundliches Grinsen. »Das sage ich euch nicht. Habt ihr nicht bemerkt, daß ich euch kaum etwas wirklich sage?«

»Das merke ich langsam«, pflichtete ich ihm aufrichtig bei.

Sein Gesichtsausdruck verdüsterte sich, als hätte ich seine Gefühle verletzt. Er erklärte: »Ich will euch doch etwas verraten, weil ich euch mag. Heute landen wir. Das ist das Ende unserer Reise – und ich habe eine weitere Fahrt lebend beendet!«

Ich starrte ihn mit aufgerissenem Mund an. Er strahlte buchstäblich ob seines Triumphs des Überlebens und grinste vor sich hin wie ein mondsüchtiger Kobold. »Soll ich euch etwas zeigen?« flüsterte er verschwörerisch. »Etwas, was ihr gerne sehen würdet? Eigentlich sollte ich das nicht, aber es macht nichts. Und ich mag euch. Soll ich es euch zeigen?«

»Na klar«, ermunterte Duncan. Ich nickte eifrig.

»Also gut«, meinte der Boß. Er öffnete die Tür und trat in den Korridor hinaus. »Kommt«, forderte er uns auf.

Duncan und ich folgten ihm. Wir bogen an der Tür nach rechts und folgten ihm durch den Korridor bis zu der Stelle, wo der Gang scharf nach links abbog, und gingen dann ein paar Schritte den Korridor entlang. Er blieb vor einer Tür stehen und reckte ängstlich seinen dicken Hals, um uns anzusehen.

»Wißt ihr, weshalb ich euch mag?« fragte er plötzlich. »Das rührt nicht von irgend etwas her, was ihr getan habt. Ihr wirkt ziemlich abstoßend auf mich, müßt ihr wissen. Oh, dafür könnt ihr nichts; ihr Musterexemplare seid, wenn man es genau betrachtet, im Wesen alle recht widerwärtig. Dafür könnt ihr nichts... Ich mag euch«, sagte er, »weil ihr nicht sehr viel eßt.«

Er grinste vergnügt. »Ihr versteht nicht?« fragte er, immer noch in strahlender Laune. »Natürlich nicht; das hat auch niemand erwartet. Und jetzt gehen wir dahin. Benehmt euch anständig, denn wenn ihr mir Ärger macht, töte ich euch. Da hätte ich keine Hemmungen. So *sehr* mag ich euch nämlich auch wieder nicht.«

Dann riß er mit einer großzügigen Geste die Tür auf und winkte uns hinein.

Wir fanden uns in einem großen Raum wieder, der mit einem Sammelsurium der phantastischsten Gerätschaften und Instrumente vollgestopft war, die man sich vorstellen oder auch nicht vorstellen kann. »Du liebe Güte«, meinte Duncan überrascht und drückte damit auch meine Gefühle aus.

In dem Raum standen Maschinen... aber Maschinen, wie ich sie noch nie gesehen hatte. Kleine und große; viereckige und eine, die aus Resten und Einzelteilen zusammengesetzt schien.

Eines der Gebilde schien den mehr als zehn Meter messenden Raum zu beherrschen. Es war wirklich sensationell, ein flacher Tank mit einer orangefarbenen Flüssigkeit. Rechteckig, mit einer Art Springbrunnen, der in der Mitte emporsprudelte. Es wirkte dekorativ; ein seltsam blitzender Strahl von grellem Orange – aber seine Funktion war mehr als bloße Dekoration. Denn in dem Tank stand eine kleine Gruppe, zwei oder drei von den Pinkies, wie wir die rosafarbenen Geschöpfe inzwischen im stillen nannten, zwei von den Hundetieren und das Mädchen.

»So müßte man immer duschen«, hauchte Duncan an meiner Seite.

Und so sah es auch aus. Von der herunterströmenden orangefarbenen Flüssigkeit, vom Strahl des Springbrunnens selbst, von der Oberfläche des Tanks, überall bildeten sich Tröpfchen, die so aussahen, als bestünden sie aus schierer strahlender Energie, und diese Tröpfchen schwebten umher und fielen schließlich wieder in den Tank zurück. Dicke, orangefarbene Funken, die aber nicht elektrisch waren, weil sie nicht knisterten, sammelten sich und trieben träge dahin, bis sie wieder herabsanken. Und wo sie sich am stärksten gesammelt hatten, standen die Pinkies und die anderen mit geschlossenen Augen da, mit einem Ausdruck engelhafter Verzücktheit in den Gesichtern, und ließen sich von den Funken, oder was immer sonst sie waren, umspülen.

Ich hörte, wie der Boß neben mir befriedigt keuchte. »Was ist das?« fragte ich ihn. »Was machen die?«

Das war natürlich eine dumme Frage, weil ich wußte, wie seine Antwort lauten würde. »Das werde ich euch nicht verraten«, sagte er vergnügt. »Außerdem ist das nicht der Grund, weshalb ich euch hierhergebracht habe. Ich wollte – hey! Komm zurück!«

Das galt Duncan. Er bewegte sich zielstrebig auf den Tank und das Mädchen zu.

Der Boß stieß einen schrillen Wutschrei aus und sprang auf Duncan zu und zerrte ihn zurück. Ich stand wie gelähmt da. Duncan grunzte: »Was – was ist denn los?« wobei ihn der Arm vom Boß halb erwürgte.

»Tier! Bestie! Ich hab' euch gesagt, daß ihr meinen Befehlen gehorchen müßt! Wenn ihr mit dem Lebenswasser in Berührung kommt, ist das der Tod für euch!« Er ließ Duncan los, keuchte schwer, die Hand dicht an der Paralysenadel, die er im Gürtel trug.

Duncan zuckte mit den Schultern. »Schon gut«, beschwichtigte er, »ich wollte bloß mit dem Mädchen sprechen.«

»Sprechen! Ha! Ihr würdet sie nicht verstehen. Glaubst du, unsere Leute machen sich die Mühe, eure Sprache zu lernen?«

»Du beherrschst sie ja auch«, wandte Duncan ein. »Außerdem hast du gesagt, sie wäre auch ein Musterexemplar. Von der Erde, wie wir, nehme ich an?« Der Boß stieß schnaubend die Luft aus. Dann knurrte er verärgert: »Das ist nicht wichtig. Das habe ich jetzt davon, daß ich nett zu euch bin. Tiere!«

»Tut mir leid«, sagte Duncan resigniert. »Also, dann weiter, Boß.«

Er runzelte finster die Stirn und deutete dann mit dem Daumen zum anderen Ende des Raums. »Dort drüben«, sagte er bitter.

In der Ecke war eine weitere Tür. Wir gingen auf sie zu – gleiten wäre vielleicht das treffendere Wort, weil unser auf der Erde eingeübter Gang uns bei jedem Schritt weiter trug, als wir erwarteten. Der Boß riß die Tür auf.

»Seht hinein«, befahl er. Seine Stimme war inzwischen wieder ruhiger geworden.

Wir blickten hinein. Die Funken aus dem Tank schwebten umher, und obwohl sie nicht sehr dicht waren, bereitete es seltsame Mühe, sich in einer Atmosphäre zu orientieren, die mit dicken, leuchtenden Partikeln von Orange angefüllt war. Wo sie am dichtesten waren, vermittelte es den Eindruck, als blicke man in einer heißen Augustnacht vor Bermuda ins Wasser, an einer Stelle, wo ein Boot gerade das Plankton aufgewirbelt hat.

Aber ich blickte trotzdem hin, und schließlich erkannte ich, wer dort saß und mich mit seltsam zornigem Ausdruck ansah. Zuerst hätte ich ihn vielleicht gar nicht erkannt, aber er rief: »Hey, Freunde«, und das gab den Ausschlag. Es war Tommy Cleelock, auferstanden von den Toten.

»Aber er ist doch ertrunken«, wandte Duncan ein. Ich schüttelte den Kopf.

»Nicht Tommy«, widersprach ich. »Der ertrinkt nicht. Der ist zum Hängen geboren.«

Cleelock stand auf und kam auf uns zu. »Euch haben die also auch erwischt«, stellte er fest, und ich bemerkte, daß er ganz weiße Lippen hatte. Seine Stimme klang gepreßt, obwohl das, was er sagte, ganz lokker schien.

»Überrascht, uns zu sehen, Tommy?« frage ich neugierig. »Nun, wir jedenfalls sind überrascht –«

»Nee«, antwortete er, »die haben mir gesagt, daß ihr am Leben seid. Ich wußte nicht, daß ihr auf diesem Schiff wart, aber geahnt habe ich es schon.«

»Oh«, machte ich töricht. Dann herrschte ein paar Augenblicke Schweigen. Schließlich meinte Duncan: »*Ich bin* überrascht. Was machst *du* denn hier?«

»Das gleiche wie ihr«, erwiderte er. »Wie gefällt es euch denn, ein Menschenopfer zu sein?«

»Menschenopfer?«

Tommy grinste dreist und deutete mit dem Daumen auf den Boß. »Wollt ihr ihn fragen?«

Der Boß runzelte die Stirn. »Ihr macht nur Ärger«, klagte er an. »Euch Musterexemplaren wird jedoch kein Leid geschehen; man braucht euch nur für wissenschaftliche Zwecke.«

»Sicher, wissenschaftliche Zwecke. Vivisektion zum Beispiel.«

Der Boß vollführte eine ruckartige Handbewegung und würdigte uns keiner Antwort.

»Hör zu«, bat ich Tommy ernsthaft. »Verrate uns mehr über alles. Ich möchte wissen, wovon du redest.«

»Ach nichts«, wehrte Tommy mürrisch ab. »Ich würde an eurer Stelle bloß nicht damit rechnen, jemals nach Hause zu kommen. Wir fliegen zum Ganymed.«

»Ganymed? Was ist das?«

»Ganymed«, erklärte Tommy, »ist einer der Monde des Jupiter. Des Planeten. Dort geht die Reise hin.«

Ich kann von mir selber behaupten, daß ich die Neuigkeit recht ruhig hinnahm – schließlich hatten alle Anzeichen schon auf so etwas hingedeutet.

»Äh – warum Ganymed?« fragte ich.

»Weil *der* von dort stammt.« Wieder deutete Tommy auf den Boß.

Dieser nickte und grinste breit. »Natürlich, ich komme vom Ganymed«, erklärte er überlegen. »Ihr habt doch nicht etwa geglaubt vom Mars, oder? Habt ihr vielleicht gedacht, daß es auf dem Mars Leben gibt, auf diesem unwirtlichen, alten Planeten? Ho, ho, ho! Dumm!«

»Gut«, entgegnete ich ruhig. »Was mich interessiert, ist – was geschieht mit uns, wenn wir dort ankommen?«

Tommy meinte ernsthaft: »Wenn ich die Antwort darauf wüßte, würde ich sie dir für eine Million Dollar pro Wort verkaufen. Dieser Typ hier« – wieder wies er dabei auf den Boß – »redet dauernd um den Brei herum.«

»Ihr werdet es schon erfahren«, sagte der Boß geheimnisvoll. Er gähnte. »Jetzt lasse ich euch eine Weile allein«, verkündete er und schloß die Tür von draußen. Vielleicht wollte er sich mit seinen Freunden in dem seltsamen Springbrunnenbad unterhalten.

Tommy schüttelte traurig den Kopf. »Wenn man sich vorstellt, daß ich ihm alles beigebracht habe, was er weiß«, meinte er. »Und das nennt sich Dankbarkeit!«

»Was hast du ihm denn beigebracht?« fragte ich.

»Alles!« Er lehnte sich gegen die Wand und blickte betrübt drein. »Erinnert euch, ich hab' euch während des Sturms verloren. Ich beobachte noch, wie Duncan mit dem Rettungsfloß vom Heck wegschwimmt und zerre das andere aus der Kabine. Ich werfe es ins Wasser, und ich hinterher, und als ich wieder weiß, wie mir geschieht, treibe ich auf diese Insel zu. Ich gehe an Land und laufe ein wenig herum. Alles scheint in Ordnung, bis ich plötzlich sehe, wie sich etwas bewegt. Diese kleinen rosafarbenen Teufel. Einer von ihnen schleicht sich an mich heran und versetzt mir einen Stich und – *peng*, ich bin weg, so wie man eine Kerze ausbläst.« Er funkelte mich an.

»Ich war das doch nicht«, protestierte ich hastig. »Was dann?«

»Nun –« Er kratzte sich am Kopf. »Dann passierten Dinge, die ich nicht begreife. Ich wache auf und bin in diesem Ding, von dem der Boß behauptet, daß es ein Raketenschiff ist. Nur, daß er mir das damals nicht gesagt hat, weil er zu der Zeit kein Englisch gesprochen hat. Also bringe ich es ihm bei.«

»Du hast das – ich meine, du hast es ihm beigebracht?« Ich überlegte. »Vielleicht waren wir länger weg, als ich dachte. Seine Grammatik ist sehr fehlerhaft, aber schlimmer als die deine ist sie auch nicht. Er muß Monate gebraucht haben, um das alles zu lernen.«

Tommy schüttelte den Kopf. »Unterbrich mich nicht«, sagte er. »Zunächst einmal hast du recht; wir sind schon länger unterwegs, als ihr geahnt habt. Ich weiß nicht, wie lange, aber jedenfalls Monate – das hat mir der Boß erklärt. Zum zweiten, er hat nicht lange gebraucht, um Englisch zu lernen. Ich habe bloß die ganze Zeit geredet. Und er hat es einfach aufgeschnappt. Der saß da einfach in meiner Zelle, neben sich sein Lieblings-Orang-Utan, der sich die ganze Zeit das Fell kratzte, und starrte mich an, bis ich nervös wurde. Dann fing er an, auf alle möglichen Dinge zu zeigen. Ich bin ja nicht blöd; ich hab' schnell kapiert, was er wollte. Ich sagte ihm, wie alles auf Englisch heißt, und spielte ihm ein paar einfache Tätigkeitswörter vor; ich mußte im großen und ganzen nichts anderes tun, als seine Fragen zu beantworten. Erstaunlich.«

»Wie lange hat das gedauert?« fragte ich neugierig.

»Das werdet ihr nicht glauben.«

»Wie lange?«

Er seufzte. »Zwei Tage.«

Ich richtete mich auf und sah ihn an. »Cleelock«, sagte ich, »du bist ein ganz verdammter Lügner.«

Er zuckte mit den Schultern, ohne mir böse zu sein. »Ich habe es euch ja gesagt«, erinnerte er mich, »ich hätte das auch nicht geglaubt. Aber dieser kleine Stinker hat nie etwas vergessen. Verrückt war das. Ich nehme an, er hält nichts von Schlaf oder so etwas – ich war am ersten Tag zweimal weg, bin einfach während des Redens eingeschlafen, ehe er glauben wollte, daß ich ein wenig Ruhe brauchte. Plapper, plapper, plapper. Ich hab' mein ganzes Leben noch nie so viel Gequatsche gehört. Über alles haben wir geredet, was es unter der Sonne gibt.« Er schüttelte den Kopf. »Er hat mir mehr Fragen gestellt als die Steuerbehörde. Ich – ich hatte so die Idee, daß jemand ihm bei den Hausaufgaben behilflich war, wenn ihr versteht, was ich meine. Jemand, der ihm Fragen vorschlug, und ihm dabei half, die Antworten richtig zu verstehen. Aber sonst war niemand im Raum.«

»Hat er dir etwas davon verraten, was die mit uns vorhaben?«

»Einiges. Er erklärte, wir wären zum Ganymed unterwegs, und ich würde nie wieder zurückkehren. Er sagte etwas, was sehr unangenehm klang, etwas über chirurgische Maßnahmen – und dann hüllte er sich in Schweigen.« Cleelocks Blick wirkte plötzlich sehr besorgt. Dann meinte er bedächtig: »Da ist noch etwas Eigenartiges, was er mir gesagt hat – genau habe ich es nicht mitgekriegt. Ich beschrieb ihm einen Hund. Er wurde ganz aufgeregt, und dann entschied er, daß *er* ein Hund sei.«

»Hm. Vielleicht meinte er, daß er ein Tier sei«, warf ich ein.

»Nein, das glaube ich nicht. Später begann ich, Hauptwörter zu klassifizieren. Er ließ das Wort ›Tier‹ ohne Einwand durchgehen, aber als ich dann zu ›Haustier‹ kam, entschied er, daß er eines sei. Wißt ihr, was das bedeutet?«

Ich überlegte. »Haustier, du meinst, er ist einfach ein domestiziertes Wesen?«

Cleelock spreizte die Hände. »Ihr wißt genausoviel wie ich«, antwortete er. »Aber das ist der Eindruck, den ich bekam – nur –, wenn die nicht die Herren ihres Planeten sind, wer ist es dann?« Duncan bemerkte plötzlich, daß sein Mund offenstand, klappte ihn zu und nickte weise. »Das Mädchen«, sagte er.

Dem widersprach ich. »Nein – nicht nach dem, was der Boß gesagt hat. Erinnerst du dich nicht? Er erklärte doch, es sei ein Musterexemplar wie wir.«

Cleelock ließ mich nicht weiterreden. »Mädchen?« fragte er. »Was für ein Mädchen?«

»Nun, die Rothaarige im Korridor. Diese Kleine mit der Sopranstimme.«

Aber Tommy hatte das Mädchen noch gar nicht zu Gesicht bekommen. Als wir ihm von ihr erzählten, war er ganz erregt. »Das klingt ja gar nicht übel, wie?« meinte er, und seine Augen glänzten plötzlich. »Klingt ja nach einem Klasseweib.«

Ehe mir darauf eine passende Bemerkung einfiel, kam der Boß zurück. »Besuchszeit ist beendet«, brummte er und starrte uns durch die Tür an. »Wir gehen zu eurem Käfig zurück.«

Tommy funkelte ihn an. »Ich könnte mich dazu bringen, dich nicht zu mögen«, gestand er. Und dann, bedeutungsvoll: »Ich werde übrigens hungrig.«

Der Boß zuckte zusammen. »Das bist du nicht«, protestierte er schwach, »du hast doch gerade gegessen.«

Ich fragte: »Was soll das jetzt?«

»Wißt ihr das nicht?« Cleelock lachte. »Das ist das einzige, was wir diesen Typen voraus haben. Habt ihr schon gegessen?«

»Aber sicher.«

»Was hat man euch denn vorgesetzt?«

Ich war verwirrt. »Irgendeine Art Fleisch; roh zwar, hat aber ganz gut geschmeckt.«

Cleelock nickte überlegend. »Wißt ihr, was das war?« fragte er.

»Nein.« Ich sah den Boß fragend an und merkte, daß der richtig unglücklich wirkte. Dann begriff ich. »Willst du sagen, dieses Fleisch –«

»Mhm«, nickte Tommy. »Was ihr gegessen habt, war ein Stück rosa Teufel. Das ist die einzige Nahrung, die die mit sich führen.«

3

Für den Rest der Reise verzichtete ich auf Nahrung. Glücklicherweise handelte es sich nur um ein paar Stunden, aber danach, wie mir zumute war, wollte ich ohnehin nie wieder etwas essen. Der Boß gehörte ja nicht gerade meiner Rasse an, aber er sprach Englisch und schien intelligent..., und Kannibalismus hat für mich nie einen Reiz gehabt.

Duncan und ich diskutierten den Tatbestand und gelangten zu keinem wichtigen Schluß. Es schien so widerwärtig unmöglich – aber der Boß hatte es nicht geleugnet.

Schließlich blieb es dabei, und wir legten uns auf unsere Schlafplatten, um über die ganze Geschichte nachzubrüten. Ein paar Stunden, nachdem wir Tommy Cleelock verlassen hatten, kam der Boß in unsere Kammer und befahl uns, liegenzubleiben. Dann entfernte er sich wieder, und kurz darauf spürten wir, wie das Schiff herumgeschleudert wurde, als steuerte es jemand auf eine Landebahn – was auch offensichtlich den Tatsachen entsprach. Es gab einen letzten Ruck, dann einen Stoß, und schließlich verstummte das Dröhnen der Maschinen. Der Boß und einer seiner rosafarbenen Helfer trotteten herein. Sie trieben uns durch den Korridor zur Ausgangsluke und holten unterwegs Tommy Cleelock ab. Wir traten in eine Landschaft, über die sich ein lavendelfarbener Himmel breitete, hinaus.

»Das ist also Ganymed«, hauchte Duncan. »Ziemlich flach, wie?«

Ich pflichtete ihm bei. Nirgends war eine Erhebung zu sehen. Vielleicht war das ein Werk der Zeit und der Erosion – ich erfuhr später, daß Ganymed eine uralte Welt ist –, vielleicht war es aber auch schon von Anfang an so. Jedenfalls war die einzige Unregelmäßigkeit am Horizont eine Gruppe mächtig aufragender Türme, etwa zwanzig Kilometer von uns entfernt.

Duncan wies darauf. »Das sieht ja wie eine ziemlich große Stadt aus«, sagte er. »Beinahe größer als New York.«

»Möglich«, meinte Cleelock spöttisch. »Diese Bauten sind eine gute Meile hoch.«

»Los, los«, drängte der Boß mit seiner zänkisch klingenden, schrillen Stimme. »Haltet uns nicht auf.« Ich sah mich um und stellte fest, daß sich dem Boß einige Pinkies angeschlossen hatten, die das schöne Mädchen und ihr Tier eskortierten. Ein paar weitere Pinkies liefen durch die Korridore, mit irgendwelchen dringenden Aufgaben beschäftigt, aber ich machte mir nicht die Mühe, sie zu beobachten. Ich sah nur das Mädchen an.

Ich betrachtete es aufmerksam, und aus der Tatsache, daß Cleelock so heftig atmete, konnte ich entnehmen, daß er dasselbe tat. Aus der Nähe und am hellichten Tage betrachtet, war das Mädchen noch hübscher, als ich es mir vorgestellt hatte. Nur fiel jetzt auch auf, daß es nicht das menschliche Wesen war, für das ich es gehalten hatte. Dann ging mir durch den Sinn, daß der Boß erklärt hatte, das Mädchen sei ein Musterexemplar wie wir, aber das verdrängte ich. Es war anders als wir. Es war viel zu zart gebaut, viel feiner als Menschen. Die rosafarbene Wolke, die ihren Kopf umgab, war viel zu fein, um menschliches Haar zu sein.

»Ihr sollt *kommen*, habe ich gesagt«, herrschte der Boß uns an und trieb uns auf ein Gefährt auf Rädern zu. Es sah eher wie ein Kanu aus, aber wir stiegen ein, alle, und der Pinky, der ganz vorne saß, hantierte an ein paar Knöpfen, worauf der Wagen sich in Bewegung setzte. Er entfernte sich im rechten Winkel aus der Richtung der Stadt, und ich wollte gerade etwas dazu sagen, als wir das Heck der purpurfarbenen Rakete umfuhren. Vor uns lag eine weitere Stadt. Aber eine sehr eindrucksvolle Stadt war es nicht.

Ich warf rasch einen Blick auf die hinter uns liegende Stadt, um zu vergleichen. Aber sie hatten nichts Vergleichbares. Wo jene am Horizont hoch aufgetürmt war, breitete diese hier sich flach und häßlich aus. Die eine war ein filigranhaftes Märchenbauwerk aus Türmen; die andere einfach eine hingeworfene Ansammlung von Würfeln.

»Das hätten wir uns denken müssen«, murmelte Cleelock. »Die bringen uns in einen ganymedischen Slum.«

»Mund halten!« sagte der Boß zänkisch. Ich warf einen verstohlenen Blick auf ihn. Seine unvorhersehbare Laune hatte sich wieder verändert; während er vor ein paar Stunden nahezu nett gewesen war, wirkte er jetzt wieder mürrisch.

Der Wagen rutschte etwas zur Seite, als der Fahrer an einem kleinen

Stab drehte, und fuhr dann in einem Bogen auf den nächstliegenden Würfel zu. Aus der Nähe konnte ich erkennen, daß die Bauten nicht einmal Fenster hatten – nur eine glatte Fassade aus einer Art billigem Stuck.

»Vielleicht lassen die uns in der Rakete leben«, hoffte Duncan. »Das hier sieht mir jedenfalls nicht sehr heimelig aus.«

Der Wagen kam vor dem Würfel, der offenbar unser Ziel war, zum Halten, und wir sprangen auf Anweisung des Boß' hinunter und gingen hinein. Wir mußten uns bücken, um eintreten zu können, weil der Türrahmen nur für jemanden gedacht war, der vielleicht einen Meter sechzig oder kleiner war. Im Inneren war die Decke einen Meter achtzig über dem Boden, eine Tatsache, die ich aus der Haltung schloß, die Tommy Cleelock einnahm, der einen Meter dreiundachtzig groß war.

Ein schriller, metallischer Lärm schlug uns entgegen. »Was, zum Teufel«, fragte Cleelock. »Was ist das für Lärm?«

Wir lauschten. »Luftpumpen vielleicht?« vermutete ich. Es war ein rhythmisches Klatschen, und es klang tatsächlich nach Luftpumpen. Aber so laut?

»Fein«, sagte Duncan angewidert. »Was haltet ihr davon? Diese Leute bauen Raketenschiffe, aber wenn es auf einfache Dinge ankommt, eine Klimaanlage etwa, dann fallen sie auf die Nase. Ich hab' noch nie soviel Lärm gehört.«

»Vielleicht mögen die Lärm«, scherzte ich, »vielleicht macht ihnen das nichts aus.«

Bevor wir weitere Überlegungen anstellen konnten, unterbrach uns das Mädchen. Es starrte uns an und trillerte eine Melodie – nicht für uns bestimmt, sondern es fing einfach vergnügt an, etwas zu singen. Aber der Boß gab Antwort. Er stieß eine kurze Melodie aus – ich fand, daß sie, verglichen mit der ihren, etwas ausdruckslos klang –, und dann sah er mich finster an.

»Müßt ihr Musterexemplare jetzt schlafen?« fragte er schroff.

Ich sah die anderen an, die recht ausgeruht wirkten. Dann meinte ich: »Nein.«

»Und wie steht's mit Essen?«

»Nun –« Ich zögerte mit der Antwort. »Wenn das stimmt, daß wir *euch* essen –«

Er zuckte zusammen. »Das war nur auf dem Schiff«, erwiderte er hastig. »Hier haben wir anderes – Pflanzen oder so etwas. Was ihr Musterexemplare eben üblicherweise eßt.«

»Das ist gut«, sagte ich froh.

Wir aßen hellblaue, dickstengelige Farne. Sie schmeckten nach Pfeffer, und der Boß erklärte, daß das so schon seine Richtigkeit habe. »Viel besser, als ihr verdient«, fügte er hinzu. »Außerdem braucht ihr euch ja wahrscheinlich nicht mehr lange wegen des Essens Sorgen zu machen –« Eine Bemerkung, die mir recht geschmacklos schien.

Duncan schnitt mit einem stumpfen Messer, das man uns gegeben hatte, ein Stück Farnstengel ab, und starrte das Mädchen an. Es stand in unserer Nähe und schien zu träumen. Offenbar war es ebensowenig an Nahrung interessiert wie der Rest dieser Bande wie aus einem Alptraum, aber Duncan versuchte, ihm ein Stück Farn anzubieten. Es brachte ihn nicht weiter... Sie blickte durch ihn hindurch und an ihm vorbei, sah ihn aber nie direkt an. Nicht daß sie ihn bewußt gemieden hätte; aber er schien einfach keinen Eindruck auf sie zu machen.

»Wo ist denn ihr zweibeiniger ›Schoßhund‹?« fragte Duncan plötzlich. Jetzt, da er mich daran erinnert hatte, sah ich mich ebenfalls um. Aber das Tier war nicht im Raum.

Cleelock hatte darauf eine Antwort. »Der Boß hat ihn hinausgeführt. Habt ihr es nicht gesehen? Das Mädchen hatte einen Kragen um den Hals, der mit der Leine verbunden war. Sie hat ihn abgenommen, und der Boß hat ihn sich umgelegt, und dann gingen die beiden hinaus, er und das Viech.« Er lachte. »Schon einmalig, wie die das machen«, meinte er dann. »Der Boß und der Hund tragen Kragen, wenn sie spazierengehen – da weiß man wirklich nicht, wer der Herr und wer der Hund ist.« Als der Boß zurückkam, führte er das Tier tatsächlich bei sich, und beide trugen sie die flachen, silbernen Kragen.

Der Boß sagte in einem Tonfall, der neu und überraschend war, weil das, was er sagte, so ruhig und gelassen klang: »Kommt mit uns, alle drei.« Er sah das Mädchen an, und von seinen Froschlippen kam eine kurze Melodie. Es trillerte eine Antwort, zeigte zum ersten Mal Interesse an dem, was um es herum vorging. Und er drehte sich um und führte uns aus dem Raum.

In der Halle war der Lärm der Luftpumpen doppelt so schlimm wie in dem Raum, in dem man uns gefüttert hatte. Wir knirschten mit den Zähnen und ließen uns zu etwas führen, was wie ein Lift aussah. Wir stiegen ein, der Boß drückte einen Knopf und schloß die Tür; eine Sekunde später öffnete sich die Türe wieder.

»Nun«, sagte Cleelock, »jetzt fängt's an, besser zu werden. Ich mag Lifts, die sich ohne Ruck bewegen.«

Ich nickte. Nach den primitiven Klimaanlagen war diese letzte Probe der ganymedischen Technik eine angenehme Überraschung gewesen. Wir hatten nicht die Andeutung eines Rucks oder überhaupt einer Bewegung verspürt, und doch blickten wir jetzt in einen anderen Korridor, und dieser war breit und gut beleuchtet.

Der Boß ging voran. Er führte uns zu einem großen Saal, der wie ein Operationssaal aussah und sich auch als ein solcher erwies.

»Hey«, rief Cleelock mit erschreckt klingender Stimme aus. »Boß, was habt ihr hier mit uns vor?«

»Wir wollen euch testen«, entgegnete der Boß. »Setzt euch.«

»Uns testen?«

Der Boß zuckte mit den Schultern – genauer gesagt, er versuchte es; seine Schultern hatten etwa dieselben Dimensionen wie sein Hals, und er brachte nur eine Art Zucken zustande. »Um zu sehen, was wir mit euch anfangen können, natürlich«, sagte er. Er wies auf die Rothaarige. »Wir könnten an euch zum Beispiel dieselbe Behandlung vornehmen, die wir mit ihr gemacht haben.«

Ich sah das Mädchen an. Was auch immer das für eine ›Behandlung‹ gewesen sein mochte, sichtbare Spuren hatte sie offenbar nicht hinterlassen. Trotzdem –

»Was ist das für eine Behandlung?« fragte ich. »Was habt ihr mit ihr gemacht? War sie einmal wie wir?«

»Wie ihr? Nein. Sie war weiblich. Und viel kleiner.«

»Aber was habt ihr mit ihr gemacht?« wiederholte ich drängend.

Der Boß machte eine gelassen wirkende Handbewegung. »Was wir mit ihr gemacht haben«, sagte er ruhig, »war das, was man einmal an allen von uns vorgenommen hat. Sie kam von eurem schmutzigen, kleinen Planeten und ist als Musterexemplar eingefangen worden. Sie war sehr winzig. Bei ihr waren andere.« Er musterte uns prüfend. »Etwa von euerer Größe waren die«, ergänzte er. »Sie sind gestorben.«

»Puh«, entfuhr es mir unwillkürlich. Dann versuchte ich den Eindruck von Furcht mit einer Frage zu verwischen. »Habt ihr viele Musterexemplare von unserem Planeten?« fragte ich.

»Nein. Nur euch drei. Und sie.«

»Was haben – ich meine, woran sind die anderen gestorben?«

Er lächelte wohlwollend. »An verschiedenen Ursachen«, sagte er.

»Jetzt schau mal, Boß –« Cleelock schickte sich an, aufzustehen und aufzubegehren. Der Boß furchte die Stirn.

»Setz dich!« befahl er, und Cleelock setzte sich wieder. Dann fuhr der Boß ruhiger fort: »Ich will euch eine Geschichte erzählen, um eure Nerven zu beruhigen. Sie beginnt hier auf Ganymed, vor einer knappen Million Jahre nach eurer Zählung.«

»Ich will keine Geschichte hören«, protestierte Cleelock energisch. »Ich will –«

»Mich interessiert überhaupt nicht, was du willst«, entgegnete der Boß milde, aber bestimmt. »Diese Geschichte handelt von Einzelhaft. Freilich nicht von einem Mann in Einzelhaft. Von einer ganzen Rasse.«

»Wie kann man eine ganze Rasse in Einzelhaft halten, Boß?« fragte Cleelock.

Dieser funkelte ihn an. »Also gut«, meinte er verstimmt, »ich werde euch die Geschichte nicht erzählen; ich war ohnehin dagegen.«

Cleelock wollte einlenken. »Augenblick. Wir wollen – wir wollen die Geschichte hören. Bevor du – uns testest, meine ich.«

Der Boß schüttelte den Kopf. Er wies auf die Tür. »Zu spät«, sagte er bedeutungsvoll. »Die Prüfer sind bereit.«

Wir blickten beunruhigt zu der Tür hinüber.

Drei Pinkies kamen herein, jeder ein Zotteltier an der Leine führend, wohl um ihm Gesellschaft zu leisten. Der vorderste von ihnen schleppte einen Gegenstand, der ein wenig wie ein elektrischer Stuhl aussah. Er stellte ihn ab, drehte an ein paar Knöpfen und Schaltern an der Rückseite und sah dann erwartungsvoll mich an. Er sang ein kleines, einladendes Lied.

»Also gut«, sagte der Boß – aber zu meiner Erleichterung sprach er zu Cleelock gewandt, nicht zu mir. »Setz dich.«

Cleelock schlurfte benommen auf den Stuhl zu und setzte sich, wobei er nicht gerade den Eindruck erweckte, als säße er bequem.

Der Boß ›sang‹ einen Befehl; der Pinky neben dem Sessel berührte irgendeinen Schalter; ein Knistern von Energie lag in der Luft.

Cleelocks Körper wurde völlig durchsichtig. »Hey!« tönte er. »Was geht hier vor?«

»O Tommy«, rief ich aus. »Du siehst vielleicht komisch aus. Ich kann durch dich hindurchsehen.«

»Nun, *ich* kann überhaupt nichts sehen.« Er blickte erschreckt im Raum um sich, und seine Augen wirkten wie die eines Blinden. »Alles ist so undeutlich. Was *ist* das?«

»Deine Netzhaut registriert nichts«, wollte ich weise erklären – aber bis ich die Worte herausbekam, hatte das schon nichts mehr zu bedeuten. Die Pinkies hatten kurz in musikalischen Tönen miteinander kommuniziert, und das Knistern verstummte. Cleelocks Körper wurde wieder undurchsichtig, und sein nacktes Skelett war plötzlich wieder mit Fleisch bekleidet.

»Hört auf damit«, stöhnte er.

Der Boß deutete auf mich, und weil es keine andere Wahl gab, folgte ich der Anordnung. Als sie ›Saft‹ zulegten, wurde ich nicht geröstet, wie ich erwartet hatte. Tatsächlich hatte ich überhaupt keine Empfindung, nur diese eigenartige Unfähigkeit, meinen Blick auf etwas zu fixieren, die Cleelock schon beunruhigt hatte. Alles floß ineinander, und nichts sah wie irgend etwas aus. Ich schloß unwillkürlich die Augen, um den Eindruck zu verdrängen. Das war ein schlimmer Fehler. Es ist schon übel genug, mit offenen Augen das Chaos zu sehen. Wenn die Augenlider aber durchsichtig geworden sind und man spüren kann, wie man sie zusammenpreßt, und man immer noch einen Strom aus Licht und Farben sieht, dann ist es unerträglich.

Aber es dauerte nicht lange. Ein paar Sekunden, und Duncan trat an meine Stelle. Und ein paar weitere Sekunden, und wir hatten es alle hinter uns. Der Boß diskutierte mit den drei anderen Pinkies. Dann drehte er sich zu uns herum, und sein Gesicht ließ seine Unzufriedenheit erkennen.

»Wie haben wir denn abgeschnitten, Boß?« fragte ich hoffnungsvoll.

»Ha«, sagte er finster. »Nicht gut.«

»Nicht gut?«

»Nein. Ihr seid zu alt; wir können euch die Behandlung nicht geben. Das bedeutet nur eines«, fügte er hinzu und runzelte die Stirn. »Es muß eine Läuterung stattfinden!« Und er wies mit einer theatralischen Geste auf die Tür.

Wir trotteten wie befohlen hinaus, zurück zum Lift. Drinnen drückte er wieder einen Knopf, und die Tür schloß und öffnete sich wie schon vorher. »Was haltet ihr von dieser ›Läuterung‹?« flüsterte Cleelock. »Klingt mir recht übel.«

Aber bevor ich eine Antwort geben konnte, war die Türe wieder offen, und helles Sonnenlicht strömte herein.

Wir blickten auf eine Art Dachgarten hinaus. Da wir etwa zehn Meter vom Rand entfernt waren, schloß ich, daß es sich nicht gerade um ein kleines Dach handeln mußte. Dem Horizont nach zu schließen, befanden wir uns in einer Höhe von gut dreihundert Metern.

Wir standen auf einem Untergrund aus durchscheinendem, rötlichem Stein. Rings um uns wuchsen Büsche und Bäume.

»Kommt mit«, forderte uns der Boß sanft auf und wies auf eine Art Tümpel.

Wir gingen ihm voraus, und ich starrte hinein.

Womit auch immer der Tümpel gefüllt war, Wasser war es nicht. Es war dieselbe Flüssigkeit, die ich in dem Tank mit dem Springbrunnen auf dem Schiff gesehen hatte – eine kräftig orangerot gefärbte, die wie Feuer wirkte. Eine unbewegte, durchsichtige Flamme, aber so lebhaft, daß ich mit Hitzeausstrahlung rechnete und überrascht war, als ich nichts verspürte.

»Was sagt man jetzt dazu«, rief Cleelock aus. »Ein Fischteich voll Martinis!«

Der Boß trat neben uns, die Hand wohlwollend auf die Schulter seines treuen Begleiters gelegt, und ordnete an.

»Spring hinein!«

»*Waaas?*«

Gereizter: »Spring hinein!«

»Nein«, widersprach Cleelock entschlossen. »Schau mal, Boß, dieses Zeug ist gefährlich. Woher wissen wir denn, was das ist? Vielleicht ist es Säure.«

Die kleinen Furchen an der Stirn des Boß', dort, wo seine Augenbrauen hätten sein müssen, schoben sich nach oben. »Du weigerst dich zu springen?« fragte er ungläubig.

»Nun ja.« Cleelock schien nicht bereit, sich einschüchtern zu lassen.

Der Boß drehte sich zu mir herum. »Spring hinein!«

»Ich – ich möchte lieber nicht.«

Und Duncan schloß sich mir an. »Ich auch nicht. Ich sehe darin keinen Sinn.«

Das Mädchen, das uns aus großen Augen beobachtet hatte, sang dem Boß etwas Fragendes, Schnelles, worauf der mit einem schnellen Arpeggio antwortete. Dann wandte er sich wieder an uns: »Ihr habt keine Wahl, ihr Musterexemplare; ihr müßt in den Teich. Das ist für die Läuterung. Außerdem befehle ich es euch!«

»N–n.« Cleelock schüttelte heftig den Kopf, und Duncan und ich taten es ihm gleich. »Sei doch vernünftig, Boß. Dieses Zeug wirkt gefährlich.«

Ich rechnete damit, daß der Boß wütend werden würde, aber er funkelte uns nur einen Augenblick lang unschlüssig an und gab dann einen vieltönigen Trompetenstoß von sich in die allgemeine Richtung auf die Büsche zu. Einen Augenblick lang geschah nichts. Dann erschien ein halbes Dutzend Pinkies. Der Boß sang ihnen nach einem finsteren Blick auf uns ein kleines Liedchen, das uns Unheil ahnen ließ.

Wie Rugbyspieler, die sich formieren, bildeten sie ein Dreieck und kamen auf uns zu, drängten uns näher an den Teich.

»Augenblick«, bettelte Duncan. »Schau mal, Boß, wir sind doch die Musterexemplare, die du magst. Erinnerst du dich nicht? Wir essen nicht viel.«

»In den Teich«, knurrte der Boß. »Springt!«

Wir drei wurden zusammengedrängt und wichen langsam und widerstrebend zurück. Cleelock neben mir fluchte halblaut. »Okay,

Nick«, flüsterte er. »Der will es nicht anders. Wenn ich den Boß anspringe, packst du dir das Mädchen. Duncan – du nimmst dir einen von den anderen vor. Irgendeinen. Kapiert?«

»Hm?« fragte ich dumm, aber ich spürte, wie seine Hand mir etwas zuschob. Es war flach und kalt metallisch, und ich stellte fest – auf unangenehme Weise –, daß es eine scharfe Kante hatte. Es war eines der Messer, das sie uns zum Essen gegeben hatten! Cleelock war schlauer als Duncan oder ich gewesen – er hatte daran gedacht, sich das Messer für künftigen Bedarf zu sichern!

»Springt!« wiederholte der Boß noch einmal kühl, und die anderen Pinkies rückten näher. Wir zogen uns zurück, bis hinter uns nur noch der Teich war. –

»Jetzt!« brüllte Cleelock und sprang den Boß an. Den Bruchteil einer Sekunde später schnappte ich mir das Mädchen und drückte ihm das Messer gegen den nur unzureichend bedeckten Oberkörper. Es kreischte erschreckt auf, der Boß gab ein überraschtes Quäken von sich, und Cleelock schrie: »Jetzt werden wir sehen, wer hier das Sagen hat! Boß, ruf deine Hunde zurück – sonst geht es dir an den Kragen!«

Die Pinkies standen erstarrt. Einen Augenblick lang sah es aus, als hätten wir die Lage unter Kontrolle, aber lange dauerte der Augenblick nicht. Der Boß schäumte:

»Ihr närrischen Menschen! Von uns sind viel zu viele da – ihr müßt in den Teich!« Dann kreischte er etwas in ihrer polytonalen Sprache, und die anderen Pinkies rückten auf.

Cleelock zögerte, und Duncan und ich warteten ab, daß er uns unser Stichwort gäbe. Dann stieß er einen wütenden Fluch aus und warf sein Messer weg. »Greift sie an!« schrie er und warf sich auf die Pinkies.

Duncan und ich hetzten hinter ihm her. Ihre kinderähnlichen, auf leichte Schwerkraft abgestimmten Körper waren für uns wie Stroh.

Wir fegten sie zur Seite, rannten geführt von Cleelock weiter und erreichten kurz darauf den Lift. Die Überraschung und die Mühe, wieder auf die Beine zu kommen, sorgten dafür, daß die Pinkies beträchtliche Distanz zu uns einhielten, und Cleelock hatte Zeit, an den Knöpfen herumzufummeln. Er wählte willkürlich einen aus, drückte ihn... Es funktionierte! Die Türe schob sich zu. Eine kurze Pause, und sie öffnete sich wieder. Kein Ruck, kein Stoß... aber wir waren nicht länger auf dem Dach. Wir blickten in einen pechschwarzen Korridor hinaus.

Cleelock schob vorsichtig den Kopf nach draußen. Nichts passierte; wir traten hinaus und sahen uns um. Völlige Schwärze, kein Licht, nur das aus dem Lift selbst fallende.

»Und jetzt?« flüsterte Duncan.

»Keine Ahnung«, sagte ich. »Vielleicht ist das der Keller.« Es war stockfinster. Nichts deutete darauf hin, daß sich jemals jemand hier aufgehalten hatte – und plötzlich wurde mir bewußt, daß da nicht einmal der Lärm der Luftpumpen zu hören war.

»Unheimlich«, flüsterte ich. »Verschwinden wir von hier.«

Nun, das war natürlich falsch. Je verlassener, desto besser wäre es für uns gewesen. Aber der Korridor hatte etwas so Einsames und Verlassenes an sich, daß wir uns einfach nicht die Zeit nahmen, richtig darüber nachzudenken. Wir zwängten uns wieder in den Lift und sahen Cleelock an, und Cleelock wandte sich den Knöpfen zu. Er betätigte den nächsten. Die Tür schloß sich, und wir warteten ab, um zu sehen, in welchem Stockwerk wir diesmal landen würden. Die Tür öffnete sich wieder.

Sonnenlicht fiel herein.

»Du lieber Himmel!« stöhnte Cleelock. »Wir sind wieder auf dem Dach!«

Ein Blick überzeugte mich – es war tatsächlich ein Dach. »Steh nicht einfach da«, drängte ich. »Wir müssen von hier weg, ehe den Pinkies klar wird, daß wir wieder aufgetaucht sind!«

Cleelock nickte und streckte schnell die Hand aus. In dem Augenblick, als sein Finger sich auf einen Knopf zu senkte, hielt Duncan ihn mit einer Handbewegung zurück. »Augenblick«, sagte er. »Sieh dich mal genauer um. Das ist nicht dasselbe Dach!«

Das verblüffte uns und gab uns zu denken. Ich starrte auf das Dach hinaus und mußte erkennen, daß Duncans Behauptung unwiderlegbar der Wahrheit entsprach.

Ich erinnerte mich genau an das andere Dach. Dort war ein mit durchscheinenden Steinen belegter Weg gewesen, Bäume und Büsche wuchsen um einen Teich. Und ganz besonders an die Pinkies. Hier war von all dem nichts zu sehen, nur ein paar Flecken mageren Grases. Und der Rand des Dachs war viel näher, weil dieses Dach nicht sehr groß war.

Cleelock spuckte zornig aus. »Das sind vielleicht Typen«, schimpfte er. »Die bauen Häuser mit zwei Dächern.«

Und Duncan meinte nachdenklich: »Dieses andere Dach – könnte es sein, daß wir uns geirrt haben? War es vielleicht nur eine Terrasse? Eine Galerie vor einem der unteren Stockwerke?«

Cleelock schüttelte den Kopf. »Und der Rest des Gebäudes war wohl unsichtbar, wie? Hast du höhere Stockwerke gesehen – oder siehst du jetzt welche?«

»Nun, das nicht. Aber, Tommy –«

»Von wegen aber Tommy! Terrasse, behauptet der Mann. Wie könnte es eine Terrasse sein?«

»Also schön, was war es dann? *Zwei* Dächer, wie du gesagt hast?«

Cleelocks Gefühl der Überlegenheit war plötzlich dahin. »Frag mich doch nicht«, sagte er kläglich. »Ich weiß nur, daß ich nicht weiß, wo ich bin.«

Ich konnte die anderen Gebäude rings um uns sehen. Es waren hohe Türme und Spitzen, nicht die Würfel, an die ich mich erinnerte. Dann kam mir eine Idee. »Das läßt sich doch klären. Wenn es eine Terrasse war, müßten wir sie doch über die Dachkante sehen können. Weshalb überzeugen wir uns nicht?«

»Ja eben, weshalb nicht?« stimmte Duncan zu.

Wir gingen auf die Dachkante zu... vorsichtig, weil der Architekt dieses Hauses versäumt hatte, ein Sicherheitsgitter vorzusehen. Wir spähten in die Tiefe, von Schwindel erfaßt.

Nirgends eine Terrasse. In der Tat – gar nichts. Nichts als Tiefe, ein unendlicher Abgrund, der Lichtjahre weit zu reichen schien und tatsächlich wenigstens eine Meile betragen mußte.

Wir zogen uns von dem mörderischen Abgrund zurück und standen reglos da und hatten Mühe, unsere Nerven zu beruhigen. »So ein Unsinn«, stöhnte Cleelock. »Wollt ihr immer noch die Terrasse suchen? Vielleicht ist sie auf der anderen Seite.«

»Nein«, widersprach Duncan, und seine Stimme klang gequält. »Nein, auf der anderen Seite ist sie nicht.«

Ich sah ihn fragend an. »Woher weißt du das?«

»Seht doch.« Er vollführte eine Handbewegung, die ins Leere wies. »Blickt mal an diesem rosafarbenen Turm dort rechts vorbei. Dort hinten am Horizont – seht ihr es?«

Ich spähte hinüber. Eine kräftige Brise wehte, die mir das Wasser in die Augen trieb. Ich hatte Schwierigkeiten, und während ich meine Augen zusammenkniff, um etwas zu erkennen, entdeckte es Cleelock. »Du meinst – o ja. Das ist eine andere Stadt. Die sieht so würfelförmig aus wie die hier.«

»Nein«, entgegnete Duncan. »*Nicht* wie die hier. Erkennst du dieses purpurfarbene Ding zwischen der Stadt und uns?«

»Nun, nein. Das heißt, ein wenig vertraut sieht es schon aus. – Ach!«

Cleelock schienen plötzlich die Worte ausgegangen zu sein. Und in dem Augenblick begriff auch ich, wovon die Rede war.

Es war eine würfelartig angelegte Stadt. Und davor, durch die große Entfernung zu winzigen Dimensionen zusammengeschrumpft, aber immer noch erkennbar, stand ein purpurfarbener Torpedo. Die Rakete, in der wir hierhergekommen waren.

»Aber das ist doch unmöglich«, sagte ich ungläubig. »Das ist doch die Stadt, in der wir sind.«

4

Wir standen eine ganze Weile da und starrten jene Stadt mit weit aufgerissenen Augen an, bis wir es glauben konnten; und doch waren wir nicht sicher. Sie war gute fünfzehn Meilen von uns entfernt. Fünfzehn Meilen, die wir dem Anschein nach in der Zeit überbrückt hatten, die die Lifttür gebraucht hatte, um sich zu öffnen und zu schließen. Aber wie?

»Ich nehme an, daß diese Lifttür dann gar keine Lifttür war«, vermutete Cleelock.

»Was war sie dann?«

Er zuckte mit den Schultern. »Ich weiß nicht, wie man das nennen würde. Vielleicht eine Rakete; oder eine U-Bahn; oder irgend etwas anderes; was auch immer es ist, jedenfalls hat es uns schnell von dort nach hierher versetzt.«

Duncan sah die Dinge praktischer. »Nun, wir wollen uns nicht darüber den Kopf zerbrechen. Das Wichtigste ist, was sollen wir jetzt unternehmen? So, wie ich es sehe, sitzen wir ganz schön im Schlamassel, und das ohne Aussicht auf Rettung. Wir hängen hier auf Ganymed fest. Wir haben nichts zu essen, keine Waffen, keine Freunde. Die einzigen Leute, die wir auf dem ganzen Planeten kennen, wollen uns in einen Swimming-pool tauchen, der aussieht, als wäre er mit Schwefelsäure gefüllt.«

»Immerhin haben wir noch unsere Messer; ich zumindest habe das meine. Vielleicht könnten wir einen von den Pinkies fangen und ihn zwingen, uns zu der Rakete zu bringen, und dann –«, schlug ich vor.

»Und dann *was*?« schnaubte Cleelock. »Ich habe meinen Pilotenschein im anderen Anzug vergessen.«

»Das ist richtig«, schaltete Duncan sich ein. »Wir können die Rakete nicht fliegen. Und selbst wenn wir das könnten, ist da noch etwas. Was soll das Gerede von wegen einen Pinky *zwingen*, etwas zu tun? Das haben wir doch versucht, erinnert ihr euch? Und denkt daran, was passiert ist?«

»Nun, ich meine, da hast du recht«, räumte ich ein. »Denen scheint der Gedanke an den Tod nichts auszumachen. Das ganze ist verrückt.« Ich grübelte eine Weile über unsere Lage nach. »Vielleicht war es ein Bluff«, mutmaßte ich. »Ich hab' darüber nachgedacht, ob der Boß dort hinten auf dem anderen Dach tatsächlich glaubte, daß wir ihn töten würden. Vielleicht dachte er, daß wir blufften, und hat seinerseits geblufft, und es hat geklappt.«

»Ich denke nicht«, meinte Duncan nachdenklich. »Er hat uns schon geglaubt. Weißt du, Tommy, je mehr ich darüber nachdenke, desto mehr beschäftigt mich etwas, was du uns gesagt hast.«

»Und was war das?« fragte Cleelock.

»Du hast gesagt, der Boß hätte behauptet, ein Hund zu sein. Nun – vielleicht ist er das.«

Ich meinte zweifelnd: »Darüber haben wir schon einmal gesprochen. Du folgerst daraus, es würde bedeuten, daß die Pinkies gar nicht die herrschende Rasse auf diesem Planeten sind – nur irgendeine Art von Haustieren. Aber wenn sie es nicht sind, wer denn dann? Wir müßten doch die herrschende Rasse eines Planeten zu Gesicht bekommen. Das Mädchen kann nicht dazu gehören – der Boß hat gesagt, es sei bloß ein Musterexemplar wie wir, und noch dazu nur ein einzelnes.«

Duncan spreizte die Hände. »Ich gebe auf«, erklärte er resigniert. »Es paßt einfach nicht zusammen. Bis zu einem gewissen Punkt stimmt alles. Die Pinkies sehen sich selbst als Haustiere; sie sind bereit, sich töten zu lassen, um ihre Aufgabe zu erfüllen – sie bieten sich sogar selbst als *Nahrung* für uns an. Aber genau das ist auch der Punkt, an dem die ganze Theorie wieder zusammenbricht. Wenn sie nicht die Herren dieses Planeten sind, wer ist es dann?«

»Vielleicht dieses aufrechtgehende Monstrum von einer Rothaarigen?« schlug Cleelock vor, und wir lachten alle.

Duncan blickte in die Runde. Dann sagte er: »Die wichtigste Frage haben wir aber noch nicht gelöst. Was tun wir?«

Schweigen. Schließlich meinte Cleelock: »Eines ist sicher; wir dürfen nicht einfach den Dingen ihren Lauf lassen. Dann werden wir verhungern. Wie wäre es, wenn wir Nicks Vorschlag ausprobierten?«

»Du meinst, einen der Pinkies zu zwingen, uns zum Schiff zu bringen?« fragte ich.

»Nein. Nicht einen von den Pinkies – das Mädchen.« Er fuhr sich durchs Haar. »Mir ist egal, was der Boß sagt – wenn es nicht seine Rasse ist, die diesen Planeten beherrscht, dann ist es die des Mädchens. Der kann nicht einfach so tun, als wäre sie ein Mensch. Ihr wißt doch, wie sie ausgesehen hat. Hübsch, ja. Menschlich – du lieber Gott, nein –, nicht mit dem Haar. Aber ihr könnt mir glauben – ob Mensch oder nicht, es hat noch nie eine Frau gegeben, die nicht das tut, was ich ihr sage. Überlaßt sie mir – sonst verlange ich nichts.«

Duncan sah mich zweifelnd an, und ich meinte: »Was können wir schon verlieren?«

»Also gut.« Er nickte und drehte sich zu dem – wollen wir es weiterhin einen Lift nennen – um.

Die Tür der Kabine war geschlossen.

Cleelock raufte sich das Haar. »Hätten wir das nicht wissen müssen?« stöhnte er. »Hey! Bedeutet das, daß jemand dieses Ding benutzt – jemand, der uns vielleicht damit jagt?«

»Wahrscheinlich«, gab ihm Duncan mit ausdrucksloser Stimme recht. Und die Verzweiflung, die ihm ins Gesicht geschrieben stand, fügte hinzu: *Und wenn ja, was können wir dann dagegen unternehmen?*

Cleelock schloß die Augen. »Nun«, begann er, und seine Stimme klang wie ein Gebet, »es muß doch eine Möglichkeit geben, die Tür zu öffnen. Und die müssen wir finden. Und sobald wir sie herausgefunden haben, steht der Plan immer noch.«

Aber in Wirklichkeit stand er eben nicht, weil wir die Tür nicht öffnen konnten.

Wir suchten überall die glatte Fläche ab, oben, unten, seitlich und fanden – nichts. Nicht einmal ein Muster. Nichts, was wie ein Knopf oder ein Hebel oder ein Schalter oder sonst etwas aussah, das uns helfen könnte, hier wegzukommen. Der Plan war gescheitert, noch bevor er richtig begann.

Schließlich gaben wir auf und suchten das restliche Dach ab. Auch da zogen wir eine komplette Niete. Es gab nichts, was uns weitergeholfen hätte. Das Dach war ein glattes Rechteck mit der schachtelähnlichen ›Lift‹-Kabine in der Mitte, mit einer Art Rasen bedeckt und ringsum von Abgrund umgeben.

Cleelock lag auf dem Bauch, von Duncan und mir an den Füßen festgehalten, und sah nach unten und berichtete, er könne keine Fenster ausmachen. Und selbst wenn welche vorhanden gewesen wären, so hätten wir sie kaum erreichen können. Wir hatten keine Leiter. Das Gras ließ sich nicht zu einem Tau verflechten, obwohl wir daran dachten – es hatte etwa die Konsistenz von gekochtem Spargel. Möglicherweise hätten wir unsere Gürtel zusammenbinden können – aber woran hätten wir sie verankern sollen?

Nein, es gab keine Möglichkeit, dieses Dach zu verlassen, und außerdem hatten wir nichts zu essen.

Wir saßen vor der verschlossenen Tür und warteten darauf, daß etwas passierte. Duncan sagte nachdenklich: »Ich wette, die finden uns recht schnell. In der Kabine waren nur etwa zweihundert Schaltknöpfe. Mit ein wenig Rumprobieren kriegen die das schon raus.«

Ich wandte voll Hoffnung ein: »Nun, vielleicht auch nicht. Die meisten anderen Stockwerke – oder wie man sie sonst nennen mag – müssen etwas mehr Deckung als dieses hier bieten. Sie werden jedes mögliche Versteck überprüfen müssen, und das könnte eine ganze Weile dauern.«

Duncan hielt müde dagegen: »Alles das bedeutet nur, daß wir die Chance haben zu verhungern. Zum Teufel damit. Wir kommen nicht weiter – machen wir uns nichts vor.«

Darüber dachten wir eine Weile schweigend nach. Ich blickte mit zusammengekniffenen Augen zu dem lavendelfarbenen Himmel auf und sah, daß die Sonne – auf diese Entfernung klein, aber hell – sich schnell dem Horizont näherte. Aus alter Gewohnheit begann ich, mich schläfrig zu fühlen.

»Wir sollten eine Wache aufstellen und uns schlafen legen«, schlug ich daher vor.

Cleelock nickte benommen, und Duncan, der noch hellwach war, pflichtete bei: »Also schön. Ich übernehme die erste Wache. Ihr könnt jederzeit schlafen. Aber« – sein Blick wanderte an die Dachkante, die keine zwanzig Fuß entfernt war – »vermeidet es, aus dem Bett zu rollen!«

Duncan stieß mich an, und ich erwachte. Es war Nacht, aber am Himmel standen mehr Sterne, als ich je gesehen hatte. Duncans Gesicht war in ihrem Schein deutlich zu sehen.

Ich gähnte. »Ist etwas Aufregendes passiert?«

Er schüttelte den Kopf. »Nicht das geringste. Oh, dort hinten am Horizont ist etwas Komisches. Aber es ist nicht sehr aufregend. Nur ein kräftiges rötliches Licht – sieht wie ein großes Feuer aus.«

Ich stand auf und blickte in die Richtung, die er mir wies. Der Himmel war von flammendem Rot verfärbt und zeichnete deutlich die Silhouette der Liftkabine ab. Aber es war wirklich weit weg. »Zu weit entfernt, um uns zu stören«, sagte ich. »Okay, du kannst dich schlafen legen; ich bin jetzt wach.«

Er legte sich hin, und ich begann auf und ab zu gehen und wünschte, ich hätte eine Zigarette. Auf dem Dach wurde es jetzt sehr kalt, und ich war für meine lederne Fliegerjacke dankbar. Ich sah mich mit einigem Interesse um. Obwohl wir uns in der ›Wir Sterbenden grüßen dich‹-Situation befanden, war es doch eine einmalige Situation, und ich war in bezug auf unsere Umgebung neugierig.

Am Firmament machte ich die vertrauten Sternbilder aus. Ich fand den Großen Wagen und das etwas verzerrte W der Kassiopeia, das auch hundert Millionen Meilen Parallaxenverschiebung nicht verändert hatten. Seltsam hell kamen sie mir vor, obwohl sonst nichts seltsam daran war. Ich konnte deutlich das Reiterlein über dem Großen Wagen erkennen, und der Arkturus im Süden war fast zu grell, um hinzusehen. Die dünne Atmosphäre, dachte ich.

In dem monochromatischen Sternenlicht verblaßte das Blaugrün des Grases, und die buntfarbigen Türme, die uns rings umgaben, waren in ein einförmiges Grau ausgebleicht. Nirgends war ein Licht zu sehen. Keine Fenster – natürlich; ich erinnerte mich jetzt, daß wir das Fehlen von Fenstern bemerkt hatten. Trotzdem hätte ich in einer Stadt irgendein Licht erwartet, selbst wenn es nur von unten herauf reflektiert wurde.

Voll Wagemut kroch ich auf Händen und Knien an den Dachrand und blickte hinunter.

Ich halte mich für einen phlegmatischen Typ; jedenfalls zähle ich nicht zu denen, die unter dem Drang leiden, sich in die Tiefe zu stürzen. Aber während ich so in den gähnenden, ebenholzfarbenen Abgrund jener verlassenen Stadt hinabblickte, spürte ich die Anziehung, die davon ausging. Es war so unsagbar tiefschwarz. Selbst die Umrisse der benachbarten Bauten verdunkelten zu einem tintigen Schwarz. So schwarz, daß es wie eine Art mitternächtlicher Brunnen wirkte, und ich hatte das Gefühl, daß ich in dieses dicke, klebrige Vakuum springen und darin schwimmen könnte.

Aber glücklicherweise versuchte ich es nicht; ich kroch vom Dachrand zurück und erhob mich.

Völlige Schwärze. Es schien, daß wir uns in einer Geisterstadt befanden. Kein Geräusch, auch nicht das leiseste Flackern von Licht.

Plötzlich hatte ich eine Idee, und ich spähte hinüber, dorthin, wo ich bei Licht die Würfelstadt gesehen hatte. Und tatsächlich; so, wie ich es erwartet hatte, sie leuchtete! In jener Stadt war Leben, ganz ohne Zweifel. Es gab dort keine gelblichen, leuchtenden Punkte, wie man sie vielleicht auf der Erde sehen kann, keine Fenster, keine Leuchttransparente. Aber ein bläuliches Glühen durchsetzte sie, zeichnete ihre schachtelartigen Gebäude selbst auf fünfzehn Meilen Distanz ziemlich klar ab.

Ich hatte meine Uhr immer wieder aufgezogen. Die Zeit, die sie anzeigte, auf eine Zeitzone auf einem Planeten Hunderte von Millionen Meilen entfernt eingestellt, bedeutete überhaupt nichts, aber man konnte sie zumindest dazu benutzen, eine Vorstellung vom Verstreichen der Stunden zu bekommen. Zwei Stunden einsamer Wache, so entschied ich, würden genug sein. Dann würde ich Cleelock übernehmen lassen.

Ich lehnte mich gegen den ›Lift‹ und ließ zu, daß meine Gedanken in Träumerei übergingen. Es war ein angenehmes Gefühl... bis ich mich gerade noch rechtzeitig fing, bevor ich zu Boden ging, und da wußte ich, daß ich fast eingeschlafen wäre. Ich rappelte mich hoch und begann wieder auf und ab zu gehen.

Das rötliche Leuchten hob immer noch die Silhouette des Liftgehäuses von der Umgebung ab, aber viel heller als vorher. Neugierig ging ich um die Kabine herum.

Ein leuchtender Halbkreis aus Licht brach über mich herein. So groß wie hundert Monde, fleckig und von roten und purpurfarbenen Lichtstreifen durchzogen.

Jupiter!

Ehrfürchtig fasziniert starrte ich den riesigen Planeten an. Ein phantastischer Anblick, selbst nach den phantastischen Maßstäben des phantastischen Ortes, an dem wir uns befanden. Ich sah wolkige Flächen, die ich für Kontinente und Seen hielt, viel deutlicher, als ich mich aus meiner Jugend erinnerte, von den phantasievollen Zeichnungen, die ich damals so geliebt hatte. So nah und so riesig – ich stellte mir vor, ich brauchte nur die Hand auszustrecken und könnte den mächtigen Globus berühren.

»Jupiter«, flüsterte ich, »tatsächlich.« Und in dem Augenblick wurde mir das Fremdartige unserer Lage klarer als je zuvor. Wir waren tatsächlich auf Ganymed gelandet... weit, weit von zu Hause entfernt.

Versunken blickte ich zu der riesigen Scheibe hinüber. Als die zwei Stunden vorüber waren, war das Dach fast so hell erleuchtet wie am Tag, und der riesige Kreis des Jupiters starrte auf uns herab. Cleelock wälzte sich unruhig im Licht, und ich hatte keine Skrupel, ihn zu wekken.

Er starrte aus großen, erstaunten Augen den Planeten an, der über ihm hing. »Was, zum Teufel!« stieß er hervor.

Ich sagte ihm, was es war, und er nickte, jetzt hellwach. Unsere Stimmen weckten Duncan, und dann redeten wir drei erregt über das großartige Bild, das sich uns bot, bis Duncans praktischer Verstand uns zu einem wichtigeren Thema führte.

»Verdammt, habe ich Hunger«, knurrte er bedrückt.

Das brachte alles weitere Reden über abstrakte Dinge zum Verstummen. Wir waren alle hungrig, und es schien nichts zu geben, was wir dagegen unternehmen konnten. Cleelock befahl: »Vergeßt es. Schlaft wieder.« Den Umständen nach schien das der beste Rat, und Duncan und ich versuchten, ihn in die Tat umzusetzen. Aber es gelang uns nicht. Denn in dem Augenblick, als wir uns hinlegten und die Augen schlossen, hörten wir einen überraschten Ausruf von Cleelock und das metallische Geräusch einer sich öffnenden Tür.

Wir sprangen auf. Die Tür zur ›Lift‹-Kabine hatte sich geöffnet. Durch sie traten unsere traumhaft schöne Reisebegleiterin und ihr zweibeiniges Zotteltier!

»Ergreif sie, Tommy!« rief ich, und Cleelock sprang auf, um meiner Aufforderung nachzukommen. Das Mädchen griff sich erschreckt an den Mund, aber es leistete keinen Widerstand. Nach der ersten Überraschung starrte es ihn nur voller Abwehr an. Irgendwie dümmlich blickend, ließ er ihre Arme nach einer Weile los und stand einfach nur in drohender Haltung da. Duncan und ich rückten näher, und ich fuchtelte mit meinem kleinen Messer herum. »Großartig!« strahlte Cleelock. »Viel mehr hätten wir nicht erwarten können! Genau die Person, die wir wollen, und sie läuft uns direkt in die Arme!«

»Was machen wir jetzt mit ihr?« fragte ich.

Cleelock zögerte. »Nun – die soll uns zum Schiff bringen!«

»Und wie machen wir ihr das klar?«

»Ich will es versuchen«, erbot sich Duncan. Er fixierte das Mädchen mit einem geradezu hypnotischen Blick. »Sprechen Sie Englisch?« fragte er sie.

Das Mädchen sah ihn in staunendem Schweigen an.

»Ob Sie Englisch sprechen, habe ich gefragt?« wiederholte er. *»Parlez-vous français? Govoritchi li pa russki? Parla italiano? Sprechen Sie Deutsch? Se habla* – ich meine – *habla Espanol?«*

Sie runzelte unsicher die Stirn und gab dann einige unverständliche Töne von sich.

»Hör auf, du Sprachkundler, deine Zeit zu vergeuden«, unterbrach Cleelock. »Angenommen, sie würde wirklich eine dieser Sprachen sprechen. Was würde uns das nützen? Wir beherrschen sie doch gar nicht.« Duncan zuckte verlegen mit den Schultern. »Laß es mich noch einmal versuchen«, bat er. Er schnippte mit den Fingern, um ihre Aufmerksamkeit auf sich zu lenken, und versuchte es dann mit Zeichensprache. Er wies auf die Lifttür, dann nach unten, dann auf uns und dann mit weit ausholenden Bewegungen in den Himmel. Das Mädchen starrte ihn verwirrt an.

»Du machst das fein«, spottete Cleelock belustigt. »Wie meinst du wohl, daß sie das kapieren soll? Ich *weiß*, worauf du hinauswillst, und trotzdem verwirrst du mich mit deinem Gefuchtel.« Er strich sich nachdenklich durchs Haar. »Dieses Palaver bringt uns nicht weiter«, sagte er dann. »Versuchen wir es direkt.«

»Sicher«, sagte Duncan. »Aber wie?«

»Wir zerren sie in den Lift. Vielleicht kapiert sie. Wenn nicht, na schön – dann drücken wir einfach so lange ein paar Knöpfe, bis wir dort hinkommen, wo wir hinwollen. Und beeilen wir uns – bevor jemand anderer auf die Idee kommt, die Kabine wieder für sich zu benutzen.«

»Okay«, stimmte ich zu – die Idee war genauso gut wie jede andere. »Und was ist mit dem Hund?«

»Den lassen wir hier«, entschied Cleelock der Entschlossene. »Ich zeig' euch, wie.«

Er lenkte die Aufmerksamkeit des Mädchens auf sich und wies auf den Kragen, den sie um den Hals trug, machte ihr mit Gesten klar, daß sie ihn abnehmen sollte. Es starrte ihn mit geweiteten Augen und verständnislos an. Er berührte das hundeähnliche Tier, deutete auf den Kragen, fuhr mit dem Finger an der Leine entlang bis zu dem ihren, und wiederholte seine Gesten.

Jetzt begriff sie. Sie taumelte in entsetztem Schrecken zurück. Ich kann mir keine obszöne oder drohende Geste vorstellen, mit der er in einem Mädchen von der Erde eine erschrecktere Reaktion hätte hervorrufen können. In den Augen der Rothaarigen standen Furcht und Ekel.

»Du lieber Gott«, stöhnte Cleelock. »Was ist denn?« Er griff impulsiv nach der Leine und zerrte daran.

Das machte es noch schlimmer. Sie stieß einen erschreckten Schrei aus – der mir übrigens vor Mitgefühl fast das Herz brach –, und ihre Hände flogen hilflos an ihren Hals. Ein *Klick* war zu hören, und der Kragen löste sich, sie hielt ihn jetzt in den Händen. Vorsichtig legte sie ihn auf den Boden, streichelte das Tier wie Abschied nehmend und schien das Schlimmste zu erwarten.

»Seht ihr?« prahlte Cleelock, breit grinsend. »Los, gehen wir! Komm jetzt, du« – er stieß das Mädchen leicht an und gab ihm zu verstehen, daß es zur Liftkabine gehen sollte – »beeilen wir uns, solange der Jupiter noch scheint.«

Sie tat es ohne Widerstand, und wir drei folgten dicht hinter ihr. Als wir in der Kabine standen, blickte sie auf und sah das verlassene Tier, das uns mit ausdruckslosem Blick nachsah. Jetzt wandte es den Blick von uns und begann, wie ein grasendes Schaf sich auf den Rand des Gebäudes zuzubewegen. Jetzt drehte sie durch.

»Halt sie fest, Nick!« schrie Cleelock. »Laß sie nicht hinaus.«

Ich hatte sie gepackt – aber es war nicht leicht, sie festzuhalten, so wild schlug sie um sich. »Sie hat Angst, ihr Zottelvieh könnte vom Dach stürzen«, keuchte ich.

»Halte sie fest«, befahl Cleelock. »Um den können wir uns jetzt nicht kümmern.« Er starrte die Anordnung von Knöpfen an, hob die Hand und berührte einen.

In dem Augenblick, als sein Finger den Knopf antippte, stieß das

Mädchen einen Laut aus, der an das Geräusch eines Nebelhorns erinnerte, und riß sich los; es stürzte sich zur Tür hinaus.

»Halt!« schrie ich und sprang hinterher. Ich riß das Mädchen mit einem Satz zu Boden, aber es entwand sich mir wie ein Aal und hetzte hinter dem Tier her, das jetzt gefährlich nahe der ungesicherten Dachkante gekommen war.

Ich beobachtete, wie sie es einfing und in Sicherheit brachte. Aber mir war das in dem Augenblick nicht sonderlich wichtig.

Denn als ich mich über die Schulter umsah, sah ich auch, daß die Tür zu dem Lift sich wieder geschlossen hatte.

Meine Freunde waren ohne Zweifel inzwischen bereits in der anderen Stadt und fühlten sich sicherlich ebenso verloren und besorgt wie ich selbst.

5

Die Rothaarige kam auf mich zu, sie lächelte glücklich und preßte sich den silbernen Kragen mit der Hundeleine liebevoll an den Hals. Die unsanfte Berührung, die ich ihr hatte angedeihen lassen, schien ihr überhaupt nichts auszumachen.

Ich stand auf und wischte mir die Grasflecken von den Beinen. Offengestanden, ich war beunruhigt. Es war schon schlimm genug gewesen, als Cleelock und Duncan noch mein Mißgeschick teilten, aber jetzt, nachdem sie weiß Gott wohin entschwunden waren, empfand ich es noch weit schlimmer. Trotzdem... dies war ein bemerkenswert hübsches Mädchen, sagte ich mir, und die Situation konnte durchaus auch ihre angenehmen Seiten haben. In dem rubinroten Jupiterlicht verschwamm das flammende Purpur ihres Haars, und sie hätte ebensogut auch eine terrestrische Blondine mit ungewöhnlich feinem Haar sein können.

Sie lächelte mir freundlich zu und sang eine fragende Passage.

»Keine Ahnung, Honey«, sagte ich. »Versuch mal, es als Polka zu singen.«

Sie sah mich ausdruckslos an. Ich deutete auf die geschlossene Tür.

»Öffnen«, befahl ich ohne viel Hoffnung.

Wieder ein paar Noten.

»Öffnen, habe ich gesagt«, wiederholte ich. Ich erinnerte mich an das Messer und richtete es drohend auf sie. »Du sollst diese Tür öffnen!«

Diesmal keine Melodie als Antwort, vielmehr lachte sie richtig vergnügt, dann plötzlich streckte sie die Hand aus und nahm mir das Messer einfach weg.

Sie starrte es einen Augenblick lang an und warf es dann gleichgültig beiseite. Es segelte durch die Luft und fiel in den Abgrund hinter der Dachkante. Sie blickte ihm ernst nach und drehte sich dann um und schenkte mir erneut ein Lächeln.

»Nun, da hab' ich jetzt ziemlich dumm aus der Wäsche geguckt, das muß ich sagen«, meinte ich bitter. »Also schön, Süße. Was machen wir jetzt?«

Sie tätschelte mir beruhigend die Schulter. Dann reichte sie mir den Silberkragen.

Ich stand da und hielt ihn in der Hand. Es prickelte eigenartig, so als wäre er mit schwachem elektrischen Strom geladen. Ich schickte mich an, ihn ihr zurückzureichen, ein wenig nervös, aber sie wehrte ab. Mit Gesten machte sie mir klar, daß ich mir den Kragen an den Hals halten sollte, so wie sie das vorher getan hatte.

»Hm?«

Wieder Musik. Sie runzelte die Stirn und wiederholte die Geste.

»O Mädchen«, seufzte ich, »für Spielchen habe ich keine Zeit. Ich bin voll damit beschäftigt, mir Gedanken über meine Lage zu machen.« Ich reichte ihr den Kragen zurück und ging zu der geschlossenen Tür des Lifts. Ich hantierte nochmals, wenn auch hoffnungslos, an der Tür, als sie mich an der Schulter antippte. Ich drehte mich um. Wieder hielt sie mir den Kragen hin, diesmal mit einem flehenden Blick.

Ich begann die Geduld zu verlieren. »Du lieber Gott«, sagte ich verstimmt, »laß mich doch in Ruhe.« Ich starrte in die rot erleuchtete Nacht hinaus, hinüber zu der würfelförmigen Stadt.

Der schwarze Abgrund, jetzt mit stumpfem Rot durchsetzt, lag tief unter mir. Ich blickte hinunter – aus sicherer Distanz – und empfand dabei beinahe eine grimmige Art von Vergnügen. Zumindest dachte ich, blieb mir jederzeit unbenommen, dort hinunterzuspringen...

Leise musikalische Klänge ertönten hinter mir. Ich trat vom Rand des Daches zurück.

Wieder hielt sie mir den Kragen hin. Ich mußte an eine Passage aus Shakespeare denken; etwas ›bot dreimal an des Königs Kron', die dreimal er verschmäht‹.

»Honey, schleich dich nicht von hinten an mich heran«, warnte ich.

Sie lächelte verschämt. Dann kam sie, immer noch lächelnd, auf mich zu, die Arme mir entgegengestreckt. Das ist schon eine seltsame Situation, dachte ich...

Aber sie kam ganz dicht an mich heran, bis ihr Gesicht nur noch ein paar Zentimeter von meiner Brust entfernt war. Ihre Arme legten sich um meinen Hals. Ich brauchte den Bruchteil einer Sekunde, um mir klarzuwerden, was sie eigentlich vorhatte, und das war viel zu viel Zeit.

Mein Unterbewußtsein erwachte und begann zu warnen: *Gefahr!*, aber es war zu spät. Ich spürte, wie etwas Kühles, Metallisches sich um meinen Hals legte. Dann lähmte mich einen Augenblick lang ein betäubender elektrischer Schock; ich hörte das Klicken, als sie den Verschluß betätigte...

Und der Kragen hatte sich um meinen Hals geschlossen.

Etwas redete auf mich ein, wenn auch nicht mit Worten.

Es war keine Stimme, aber ich verstand es. Es waren nicht meine eigenen Gedanken, aber es war in meinem Bewußtsein.

Es war ein Gedanke, ein Gefühl und eine Stimmung. Es waren drei Dinge... oder mehr als drei Dinge... gleichzeitig ausgedrückt, und doch stand jedes für sich alleine. Da war der Befehl, mich nicht zu fürchten; ein breites, tonloses Lachen; eine Erinnerung an meine Starrköpfigkeit.

In Worten hätte es etwa folgendermaßen formuliert werden können: *Hab keine Angst, Erdenmensch. Du hast kräftig dagegen angekämpft, aber – Gelächter – der Kampf ist vorbei.*

Ich starrte das Mädchen ungläubig an. Die Rothaarige beobachtete mich, und in ihrem zartgeschnittenen Gesicht stand Amüsiertheit, aber ganz sicher waren es nicht ihre Gedanken, die sich in mein Bewußtsein drängten. »Wer – wer bist du?« fragte ich laut.

Wieder dieses hallende Gelächter. Dann tauchte plötzlich ein Bild in meinem Bewußtsein auf, so lebhaft, so deutlich, daß es alles verdrängte, was meine Augen sahen, und den Anblick durch eine Vision des... des unförmigen, hundeähnlichen Geschöpfs ersetzte, jenes Geschöpfs, mit dem mich jetzt eine Leine verband, in seiner ganzen Scheußlichkeit.

Ich protestierte mit schwacher Stimme: »Nein. O nein!«

Das bin ich, sagte die tonlose Stimme in meinem Bewußtsein, und in die Bedeutung des Gedankens mischten sich Trauer und Resignation. *Das ist es, was mein Volk seit einer Million Jahren war.*

Was dann geschah, ist eine höchst ruhmlose Episode in meiner Laufbahn, und es ist wohl besser, wenn ich nicht näher darauf eingehe. Panik erfaßte mich. Plötzlich war mir das alles zuviel... und ich lehnte mich auf.

Ich krallte die Finger in den Kragen an meinem Hals, suchte nach einem Verschluß, den ich nicht finden konnte. Ich bin nicht ganz sicher, aber ich muß halb wahnsinnig gewesen sein. Meine Angst erweckte in dem Bewußtsein, das sich in das meine eingenistet hatte, eine Alarmreaktion, und ich fühlte, daß es sich für den Bruchteil einer Sekunde zweifelnd zurückzog.

Dann... kehrte es zurück, warm, stark, beruhigend. *Schlaf, Erdenmensch,* forderte die Stimme in meinem Bewußtsein voll sanfter Besorgtheit. *Schlaf –*

Ich fiel in einen tiefen Schlaf.

Chaotische Träume wirbelten durcheinander, die mein Verständnis überstiegen, und ein Gefühl, als erhielte ich von einem Meister Instruktionen. Dann erwachte ich.

Es war kein wirklicher Schlaf, nehme ich an. Ich glaube nicht, daß es viel länger als einen Augenblick gedauert hat, denn als ich die Augen aufschlug, bedrückte mich nicht die Benommenheit des Erwachens, und ich sah, daß das Mädchen noch so dastand wie vorher, und mich erwartungsvoll ansah.

»Ist es vorbei?« fragte es.

Ich nickte und wollte gerade antworten: ja. Aber dann zuckte ich zusammen und starrte die Rothaarige aus geweiteten Augen an. Ihre Stimme war wieder Musik gewesen – und doch hatte ich verstanden, was sie sagte.

Sie sah meine Verwirrung und lachte, als sie begriff. »Ich sehe, daß es vorbei ist«, sagte sie in jener fremdartigen Musik und beantwortete damit die Frage für sich selbst. »Wie fühlst du dich? Kannst du mich verstehen?«

Ich nickte wortlos.

»Dann sag mir, wie du dich fühlst«, bat sie. »Wenn du verstehen kannst, vermagst du auch zu sprechen.«

Nun, das schien einleuchtend. Nichtsdestoweniger war es absurd. Ich versuchte – ungläubig – zu sprechen. Und obwohl ich nicht hätte sagen können, wie es geschah, kam mir eine musikalische Passage in den Sinn, und ich gab sie von mir und wußte, was sie bedeutete: »Ich fühle mich gut!«

Aber das war eine Lüge. Ich war benommen und so verwirrt, daß ich es kaum ertragen konnte.

Ich setzte mich schwach in das Gras. Die Bewegung zerrte an der Leine, die an meinem Hals befestigt war, und das Hundewesen – das sich gerade in meinem Bewußtsein befunden hatte – gab ein protestierendes Geräusch von sich und glitt dann mit einem Ruck auf die Knie und starrte verständnislos in die Runde.

Das Mädchen sagte: »Komm – laß mich den Kragen abnehmen. Er hat seinen Rapport zurückgezogen. Beim erstenmal ist es schwierig. Es macht ihn müde und ist schlecht für dich.«

Ich ließ zu, daß ihre schlanken, starken Finger etwas an dem Kragen berührten. Die beiden Hälften, die an einer Stelle mit einem Gelenk verbunden waren, fielen herunter, und sie hielt sie in der Hand. Sie lächelte mir zu.

»Sage mir, was das alles bedeuten soll«, bat ich sie.

Sie zögerte, und dann begann sie, es mir zu erklären.

Ich befand mich in einer Stimmung, in der ich bereit war, alles in mich aufzunehmen, alles zu glauben, und selbst wenn das, was sie mir sagte, ganz offensichtlich Erfindung gewesen wäre, hätte ich es trotzdem geglaubt, weil mir einfach der Wille fehlte, daran zu zweifeln.

Aber es war die ganze phantastische Wahrheit.

»Zunächst«, begann sie, »jetzt bist du nicht mehr in Gefahr. Es bestand anfangs die Möglichkeit, daß dein Bewußtsein den Kontakt mit dem Bewußtsein des Khreen nicht überleben würde.«

»Khreen?« Das war eine trillernde, ansteigende musikalische Note, dasselbe Wort, das der Boß in der Rakete gebraucht hatte. Ich deutete auf das dösende Geschöpf. »Meinst du *das*?«

»Ja«, antwortete sie. Sie sah das Tier an, und ich entdeckte in ihrem Blick sowohl Zärtlichkeit als auch Respekt. Respekt für diese primitive Bestie!

»Das mußt du mir erklären«, bat ich sie.

Sie streichelte das Tier liebevoll. »Vor einer Million Jahren«, begann sie, »war Ganymed eine zivilisierte Welt. Seine Bewohner waren menschenähnlich – mehr mir ähnlich, denke ich, als dir. Und wie du sehen kannst, waren sie in der Wissenschaft weit fortgeschritten.« Sie zögerte, und dann fuhr sie fort, und mit der Zeit begann ich zu begreifen. Es gab einen Grund, weshalb diesem seltsamen Tier von einem Mädchen wie ihr Respekt und Zuneigung entgegengebracht wurde, denn auch wenn es ein Tier war... es besaß den brillantesten Verstand, den das Universum je hervorgebracht hatte!

»Vielleicht«, erzählte sie weiter, »war ihre Wissenschaft zu weit fortgeschritten. Sie kannten Mittel und Wege, um das Wesen des Lebens selbst zu verändern – Strahlung, chirurgische Techniken, Dinge, die ich nicht begreifen kann. Und dadurch entstand die große Katastrophe.«

Die Khreen, wie ich inzwischen gelernt hatte, sie zu nennen, waren gewachsen und gereift, hatten ihren Planeten mit ihren Werken geformt und Späher zu jedem Planeten des Systems geschickt. Aber was sie gefunden hatten, war – nichts. Die Hälfte der Welten erstarrte in ewigem Eis; einige waren tosende Feuerhöllen, und zwei – Erde und Venus – zeigten Anzeichen von Leben, aber nichts, was man Intelligenz nennen konnte.

Enttäuscht von ihrer Suche nach der Gemeinschaft mit einer anderen Rasse kehrten sie zu ihrer eigenen Welt zurück, entschlossen, selbst eine intelligente Rasse zu erschaffen! Eine Lebensform ihres

Planeten nach der anderen untersuchten und erprobten sie, und eine nach der anderen erwies sich als unbrauchbar. Bis sie schließlich ein amphibisches Geschöpf mit winzigem Gehirn fanden, rostfarbig und von geringer Zahl, eine Gattung von Lebewesen, die in ihren Sümpfen lebte. Das war es, was sie suchten, weit genug auf dem Wege der Evolution fortgeschritten, um Lebenswert zu haben, und doch noch nicht spezialisiert.

Sie brachten dieses rostfarbene Reptil aus den Sümpfen in ihre Laboratorien. Sie steckten einen Weg ab, dem seine Entwicklung folgen sollte, und setzten es mit Hilfe ihrer Wunderstrahlen auf diesen Pfad.

Und dann ging etwas schief.

»Es schien sich um eine selbstspeisende Reaktion zu handeln«, fuhr das Mädchen langsam fort. »Ich – ich weiß nicht genau, was geschah, denn das Wissen darüber ging in den Wirren verloren, die sich anschlossen, und ich könnte es wahrscheinlich ohnehin nicht begreifen. Aber die Strahlen gerieten außer Kontrolle, und überall auf Ganymed geriet die natürliche Evolution aus ihren Bahnen.«

Ich nahm die Bedeutung ihrer Worte langsam in mich auf. Das Bild, das dadurch heraufbeschworen wurde, war ein schreckliches. Während sie weitersprach, malte ich mir aus, wie es sein müßte, wenn die Gattung frei und ungehindert mutierte, machte mir ein Bild von den Ungeheuern, die da auf die Welt losgelassen worden sein mußten.

Es hatte nicht lange gedauert, erklärte sie mir, aber in der kurzen Zeit, in der die Welt sich unter dem Einfluß der unbehinderten Strahlung befand, wurde ihr Status quo vernichtet. Es lief darauf hinaus, daß über jede Person und jedes Tier, das auf Ganymed lebte, ein Todesurteil verhängt worden war, und es war nur eine Frage der Zeit, bis die Leichen erkalteten. Denn langsame, schreckliche Strahlungsverbrennungen vernichteten sie.

Noch bevor ein Jahr verstrichen war, waren die einzigen lebenden Geschöpfe die Neugeborenen... und sie waren monströs.

»Jede Gattung brachte ihre Mutanten hervor«, berichtete sie weiter. »Ungezählte Hunderttausende. Manche hatten mehrere Köpfe, andere keine Gliedmaßen. Wieder andere hatten gummiartige Skelette, einige wurden wahnsinnig geboren, lebten eine Zeitlang im Wahnsinn und starben elend. Einige waren steril, und auch sie starben. Einige waren überhaupt nicht lebensfähig... und starben. Von all den Tausenden neuer Lebewesen, die die Strahlen hervorbrachten, fanden nur zwei Gefährten, und nur sie waren imstande, sich fortzupflanzen und überlebten. Die eine Gattung waren die Khreen« – sie streichelte wieder das Hundewesen. »Die andere Gattung war das, was ihr die Pinkies nennt – die Abkömmlinge des kleinen roten Reptils, mit dem das alles begonnen hatte.«

Ich schüttelte staunend den Kopf. Dann fiel mir etwas ein: »Der Boß hat mir einmal so etwas gesagt. Er sprach von einer Rasse, die sich eine Million Jahre in Einzelhaft befunden hatte. Damals verstand ich nicht, und jetzt verstehe ich es auch nicht. Ist es das, wovon er sprach?«

Sie nickte. »Das war das Schreckliche daran«, fuhr sie bekümmert fort. »Denn die Khreen sahen aus wie Tiere, waren aber keine Tiere. Sie überlebten die Strahlung – doch ihre Tragödie war fast noch schlimmer, als wenn sie ausgestorben wären.«

Ich starrte das Hundewesen ungläubig an. »Du sagst, dies sei kein Tier? Nun, mich hätte es getäuscht. Haben – haben die Strahlen vielleicht in umgekehrter Richtung funktioniert – und aus ihm einen Atavismus oder so etwas gemacht?«

»Nein«, sagte sie. »Die Strahlen haben ihr Werk nur zu gut getan. Die Khreen haben sich weit über die Menschheit hinaus entwickelt. Was du vor dir siehst, ist ein Übermensch.«

Ich lachte unsicher. »Sicher«, meinte ich und ging auf das, was ich für einen Scherz hielt, ein. »Das kann man ja gleich auf den ersten Blick sehen.«

»Wirklich«, beharrte sie, und jetzt erkannte ich, daß sie nicht scherzte. »Die Khreen haben sich entwickelt, aber in einer unglücklichen Richtung. Das Gehirn der Khreen wurde zu einem wunderbaren Instrument für den reinen Gedanken. Der Körper – entwickelte sich auch. Du weißt, daß selbst in deinem eigenen Körper und in meinem ein Teil der Handlungen von etwas gelenkt wird, was du Reflexe nennst?«

»Ja.«

»Und daß diese Reflexe sich nicht im Gehirn, sondern in einer Gruppe von Nerven in der Wirbelsäule entwickeln?«

»Das hatte ich gehört«, gab ich zu.

Sie nickte. »Nun, in dem entwickelten Körper der Khreen wurde die Arbeit jener Gruppe motorischer Nerven stark gesteigert. In der Tat hat diese Gruppe jede physische Funktion übernommen. Die Nerven, die zum Gehirn selbst führten, verkümmerten und verschwanden schließlich. Der Körper wurde unabhängig, mit seinem eigenen winzigen ›Gehirn‹, einem separaten Nervensystem mit kompletter Kontrolle über die Muskulatur. Das Gehirn und der Körper wurden zu getrennten Individuen... und das Ergebnis war ein gottgleiches Bewußtsein im Körper eines Tieres!«

»Du großer Gott«, seufzte ich.

Ich legte mich zurück und starrte zu der runden Scheibe des Jupiters über mir hinauf und dachte nach. Fragen strömten in mein Bewußtsein – zu viele, als daß ich auch nur eine hätte stellen können, weil jede Frage von einem Dutzend weiterer verdrängt wurde, ehe ich sie über die Lippen bringen konnte. Ich war wie betäubt und verwirrt... und dann war da etwas Physisches, das sich in mein Bewußtsein drängte und immer mehr Aufmerksamkeit forderte. Ich war hungrig.

Ich stand auf und fühlte mich schwach. Kein Wunder – seit die Pinkies uns in dem Raumschiff geweckt hatten, hatte ich nur zwei Mahlzeiten gehabt! Das Mädchen sah mich taumeln. »Was ist denn?« fragte es in seinen silberhellen Klängen.

»Nichts«, sagte ich, Nachsicht heischend. »Ich bin nur hungrig.«

»Hungrig? Oh.« Die Rothaarige sah mich konzentriert mit gefurchter Stirne an. »Wir – wir essen hier nicht«, sagte sie schließlich. »Trotzdem, ich nehme an –«

»Ihr eßt nicht?« stieß ich hervor. »Wovon lebt ihr denn?«

»Nun, wir gebrauchen die Lebenswasser«, entgegnete sie überrascht. »Eure Nahrung tut nichts anderes, als euch mit Energie und Materialien zu versorgen, um Verbrauchtes zu ersetzen. Die Lebenswasser bewirken dasselbe. Nur viel einfacher – durch Absorption durch die Haut – und ohne die Verseuchung, die man mit gewöhnlicher Nahrung in sich aufnimmt. Außerdem wirken sie bakterientötend«, fügte sie hinzu. »Wie ich höre, ist euer ganzer Körper mit Bakterien durchsetzt.«

»Lebenswasser«, murmelte ich und kostete das Wort auf der Zunge aus. »Nun schön. Wohin gehen wir, um dieses Lebenswasser zu finden?«

»Zum Beispiel auf dem Dach des Eingangsgebäudes.« Sie deutete auf die ›Würfelstadt‹. »Wo du und deine Freunde so – äh – aufgeregt gewesen seid.«

»Gehen wir«, forderte ich sie auf. »Ich bin bereit.«

Sie machte eine Handbewegung vor der ›Lift‹-Tür – sie erklärte mir auf Befragen, daß es sich nicht um einen Lift, sondern einen Materietransmitter handelte. Die Tür öffnete sich. Drinnen angelangt, dicht gefolgt von mir und dem Khreen, drückte sie einen Knopf, und die Tür schloß sich, öffnete sich wieder, und wir befanden uns wieder auf dem anderen Dach.

»Ein raffinierter Apparat«, sagte ich anerkennend und taumelte leicht benommen. Dann erinnerte ich mich an etwas: »Übrigens, du hast mir noch nicht gesagt, wie ich gelernt habe, eure Sprache zu sprechen.«

»Die Khreen haben es dich gelehrt. Auf telepathischem Wege, während du den Kragen trugst. Dazu dient der Kragen nämlich – das ist ein telepathischer Wellenverstärker, und der Draht ist ein Verbindungskabel.«

Ich wollte weitere Fragen stellen, aber sie hinderte mich daran. »Später«, sagte sie fest. »Zuerst solltest du in den Teich gehen.«

Ich sah mich um und spürte, wie mich unwillkürlich ein leichter Schauder überlief. Außer uns war niemand auf dem Dach, nur wir beide – und der Khreen. Der Teich, der dort vor mir lag, war genau so, wie ich ihn in Erinnerung hatte, wie eine durchsichtige orangerote Flamme.

»Nur zu«, sagte sie. »Es tut dir nicht weh.«

Ich zögerte.

»Also gut. Soll ich mit den Kleidern hineinspringen?«

»Natürlich nicht! Zieh sie aus.«

»Dann mußt du dich umdrehen«, verlangte ich. »Darauf bestehe ich.«

Ihr Schulterzucken ließ völlige Verständnislosigkeit erkennen, aber nach einem fragenden Blick kam sie meinem Wunsch nach. »Wie lange muß ich noch so stehen bleiben?« fragte sie dann mit einer Stimme, die leicht beleidigt klang.

»Ich sage dir, wenn du dich umdrehen darfst«, erklärte ich...

Ich brauchte ein paar Sekunden, um genügend Mut aufzubringen, aber schließlich sprang ich hinein.

Die Flüssigkeit war warm... das war mein erster Eindruck. Davon abgesehen fühlte sie sich wie ganz gewöhnliches Wasser an. Ich war ein wenig enttäuscht.

Aber seltsam beruhigend wirkte es. Ich legte mich auf den Rücken, entspannt, ließ mich treiben und spürte, wie neue Kraft ich mich einströmte. Ich fühlte mich warm und geborgen. Ich hätte in den Schlaf sinken mögen...

»Darf ich mich schon umdrehen?« fragte das Mädchen.

Ich blinzelte und arbeitete mich hoch, trat ›Wasser‹. »Nein! Aber sag mir, wie lange ich in dem Teich bleiben soll?«

»So lange du magst«, antwortete sie. »Du bist aber schon für drei Tage drin gewesen – du kannst ebensogut herauskommen.«

Gehorsam kroch ich heraus, wischte mit der flachen Hand die goldenen, feurigen Tropfen ab und stieg in meine Kleider. Ich fühlte mich wie ein neuer Mensch. Ich musterte sie mit neuer Bewunderung. »Sag mal«, fragte ich, »hast du einen Namen?«

»Einen Namen?« Ihre Frage klang verwirrt. »Nein.«

»Dann will ich dir einen geben«, entschied ich. »Ich glaube, ich werde dich – Honey – nennen.«

Sie wiederholte das Wort. Ihre Versuche amüsierten mich, aber ich hatte noch eine andere Frage im Sinn.

»Du hast vergessen, mir deine eigene Geschichte zu erzählen«, erinnerte ich sie. »Wie steht's damit?«

Sie drehte sich um und sah mich an. Dann sagte sie: »Ich kenne meine Geschichte nicht. Nur das, was die Pinkies mir erzählt haben. Du mußt wissen, ich war sehr jung, als ich hierherkam.«

»Von der Erde?«

Sie nickte. »Die erste Expedition. Die, mit der du gekommen bist, war die zweite. Sie fanden mich und meine Eltern und brachten uns hierher – als Kuriositäten, denke ich, aber auch, um uns in ihren Laboratorien einzusetzen.«

Ich verzog schmerzlich das Gesicht. »Das klingt grausam«, bedauerte ich. »Du meinst zu chirurgischen Studien?«

»O nein. Die Khreen sind immer noch mit dem Versuch beschäftigt, die Evolutionsstrahlen unter Kontrolle zu bringen. Mit meinen Eltern konnten sie nichts anfangen, weil sie reif, voll ausgeformt waren. An mir, so sagen sie, hatten sie begrenzten Erfolg.« Sie berührte ihre Korona aus rosafarbenem, federleichtem Haar. »Du bist auch schon zu alt«, sagte sie und lächelte elfenhaft, »sie waren so enttäuscht!«

»Aber was ist mit deinen Eltern? Was geschah mit ihnen?«

»Sie starben, als ich sehr jung war. Oh, es war nicht die Schuld der Khreen. Sie waren krank, als man sie fand, und man konnte sie nicht retten.«

Ich nickte. Das paßte zu all dem anderen, und ich war erleichtert, daß sie wenigstens einmal menschlich gewesen war. Ich *wollte*, daß sie menschlich war...

Aber ich hatte noch eine Frage. »Du sagtest, die Khreen wären in Einzelhaft gewesen, nicht wahr? Was meintest du damit?«

»O das. Das ist jetzt vorbei. Aber fast eine Million Jahre lang haben sie weder etwas gesehen noch gehört oder gefühlt. Sie waren untereinander telepathisch verbunden und konnten von Bewußtsein zu Bewußtsein miteinander in Verbindung treten. Aber siehst du, auf dem ganzen Planeten gab es überhaupt kein anderes Bewußtsein, das sie erreichen konnten.«

»Nicht einmal die Pinkies?«

»Zuerst nicht. Nach langer, langer Zeit begannen die Pinkies, Intelligenz zu entfalten. Strahlen verschafften ihnen einen guten Start, aber das reichte nicht ganz. Es dauerte fast eine Million Jahre, bis ihr Gehirn sich weit genug entwickelt hatte, um die Gedanken der Khreen aufzunehmen. Selbst heute ist es noch nicht perfekt. Deshalb benutzten sie – und wir – diese hier.« Sie berührte den silbernen Kragen des Tieres, das neben uns auf dem Boden eingeschlafen war.

»Aber sobald die Pinkies einmal die Intelligenz erlangt hatten«, fuhr sie fort, »war es einfach. Der Kontakt war noch sehr unvollständig, aber einige der Pinkies erwiesen sich als sensitiv. Und da begannen die

Khreen, ihrem Bewußtsein Vorschläge zu machen. Der erste Schritt« – sie lächelte bei dem Gedanken – »bestand darin, daß sie sie überredeten, die Khreen zu domestizieren!«

»Du meinst, sie für etwas zu gebrauchen?«

»Ja. Als Lasttiere. Dem Bewußtsein der Khreen machte das natürlich nichts aus – sie konnten nicht fühlen. Und es hielt die beiden Rassen zusammen, bis die Khreen genügend Zeit gehabt hatten, ihnen einige Grundsätze der Naturwissenschaft beizubringen und den Denkkragen für bessere Kontrolle zu entwickeln. Die Tatsache, daß ihre alten Städte noch standen und einige ihrer Werkzeuge immer noch vorhanden waren, half ihnen dabei.«

Ich sah mich um. »Ist das hier eine von ihnen?«

Ihr Gesichtsausdruck ließ leichten Abscheu erkennen. »Nein. Das haben die Pinkies für sich gebaut. So häßlich! Aber die andere Stadt – wo wir gerade waren –, das ist eine von den alten. Viel schöner. Ich gehe oft dorthin.«

Sie hörte auf zu reden, und ich begann auf und ab zu gehen und das Gehörte zu verarbeiten. Es war schwer zu glauben, aber es mußte die Wahrheit sein. Alles paßte zusammen. Nichts, das zu den Tatsachen paßte, könnte weniger phantastisch sein.

Ich entdeckte Cleelocks weggeworfenes Messer an der Stelle, wo er es hingeworfen hatte, und hob es auf. Dann hatte ich plötzlich eine Idee.

»Sag mal«, meinte ich, »warum können denn die Khreen dieses Telepathiegerät nicht an ihrem eigenen Gehirn einsetzen. Nicht dem wirklichen Gehirn – dem anderen, dem, das ihren Körper kontrolliert?«

Sie schüttelte den Kopf. »Telepathie«, erinnerte sie mich, »kann es nur geben, wenn das Bewußtsein beider Partner ausgewachsen und reif ist. Die Körperhirne sind sehr rudimentär. Sie hoffen, daß sie sich vielleicht eines Tages ein wenig weiterentwickeln würden..., aber sie haben Angst vor dem Risiko einer weiteren Katastrophe wie der vorhergegangenen. Sie experimentieren sehr viel – so wie an mir.«

Ich wollte dazu etwas äußern, aber etwas hinderte mich daran. Etwas, das gleichsam an meinem Bewußtsein zerrte, so als riefe mir jemand, der weit entfernt war, eindringlich und lautlos etwas zu.

Ich wandte mich um, und das Mädchen hatte es ebenfalls verspürt. Seine Augen weiteten sich, als mache es sich Vorwürfe.

»Die Khreen!« stöhnte es. »Ich bin außer Reichweite gewesen –«

Das Mädchen klammerte sich an dem Kragen des Tieres fest – das allen äußeren Anzeichen nach zu schließen immer noch schlief. Es legte sich ihn um den Hals und begann zu dem wachen Bewußtsein im Inneren des schlafenden Tieres zu ›sprechen‹. Ich sah, wie ein Ausdruck der Überraschung und des Schreckens über das Gesicht des Mädchens glitt, und dann starrte es mich fast feindselig an.

»Was ist denn?« fragte ich besorgt.

Die schöne Rothaarige runzelte erregt die Stirn.

»Deine Freunde sind in Schwierigkeiten«, erklärte sie. »Sie haben es irgendwie zuwege gebracht, ins Innere des Raketenschiffs zu gelangen. Sie haben die Luken geschlossen – und versuchen jetzt zu starten!«

»Diese Narren!« stöhnte ich. »Die können es unmöglich fliegen; sie werden umkommen!«

»Natürlich«, sagte sie nüchtern. »Aber das ist noch nicht das Schlimmste. Einer der Khreen ist in dem Schiff gefangen!«

6

Den Bruchteil einer Sekunde später waren wir wieder im Lift, alle drei. Ehe ich Gelegenheit hatte, meine Gedanken zu sammeln, wurde die Tür wieder geöffnet, und wir befanden uns auf dem Korridor im Erdgeschoß.

Wie zuvor wartete der kanuförmige Wagen auf uns, mit einem Pinky am Steuer. Er war dabei, sich in Wut hineinzusteigern. Als er mich sah, brach sie aus. »Wilde! Kannibalen! Mörder!« schrie er, und sein Ton, noch mehr als die Tatsache, daß er englisch sprach, ließ mich ihn als den Boß erkennen.

»Beruhige dich«, beschwichtigte ich ihn und bediente mich dabei der musikalischen Sprache, damit das Mädchen verstehen konnte. »Ich habe nichts getan.«

»Ha!« sagte er bitter. »Ihr seid alle gleich, ihr Musterexemplare. Scheusale!«

»Wir wollen uns nicht beschimpfen, Boß«, bat ich. »Das einzige, was die versuchen, ist hier wegzukommen; dafür kannst du ihnen keinen Vorwurf machen.«

»Doch, das kann ich!«

»Nun, dann ist es deine eigene Sache«, sagte ich müde. »Ihr habt uns halb zu Tode erschreckt. Was ist geschehen?«

»Schlimmes! Die zwei Scheusale sind aus diesem Gebäude dort drüben gekommen –« Er deutete mit seiner Flossenhand. »Einer von uns sah sie, aber bis er sich einen Wagen beschaffen konnte, um sie zu verfolgen, hatten die schon die Hälfte der Strecke zum Schiff zurückgelegt, so sind sie gerannt. Diese Riesenscheusale!«

»Nun, dann wollen wir auch hin«, sagte ich. »Vielleicht kann ich denen etwas Vernunft beibringen. Obwohl ihr das, weiß der Himmel, schwer genug gemacht habt.«

Er fauchte mich an. »Steig ein«, befahl er mürrisch.

Das taten wir, und er machte sich an den Armaturen vor sich zu schaffen. Der Wagen vollführte einen Satz, beschrieb einen scharfen Bogen und raste auf die purpurfarbene Rakete zu.

»Wie sieht's denn aus?« rief ich dem Mädchen mit lauter Stimme zu, um das Windgeräusch zu übertönen. »Können die uns kommen sehen?«

Sie schüttelte den Kopf. »Es gibt keine Möglichkeit, mit ihnen von außen Kontakt aufzunehmen.«

»Großartig!« sagte ich überrascht und beunruhigt zugleich. »Welchen Sinn hat es dann überhaupt hinzufahren?«

Das Mädchen erklärte hastig. »Ich meine, solange wir auf dem Boden sind. Es *gibt* eine Möglichkeit, ihre Aufmerksamkeit zu erlangen. Du mußt auf die Nase des Schiffs klettern, wo das Steuerabteil ist – der Khreen, der von ihnen gefangen ist, glaubt, daß sie dort sind, das geht aus den telepathischen Botschaften hervor, die er *meinem* Khreen geschickt hat. Sobald du dort oben bist, können sie dich durch die Nase des Schiffes sehen. Es gibt dort eine Luke, die sich öffnen läßt, wenn man sie von innen betätigt –« Sie beschrieb mir die Luke genauer.

»Nun, das klingt ja ganz einfach«, meinte ich zuversichtlich. »Und wo ist der Haken bei der Sache?« Sie sah mich besorgt und mit einer Spur Furcht an – nicht Furcht um sich selbst, dachte ich entzückt, sondern Furcht, die mir galt.

»Der Haken ist, daß die versuchen, das Schiff in Gang zu setzen. Und wenn ihnen das gelingt –«

Sie biß sich auf die Lippen und sprach den Satz nicht zu Ende.

Das war auch nicht nötig; ich schluckte. »Ich verstehe, was du meinst«, sagte ich. »Wenn die gewinnen, verliere ich.«

Der Boß brachte den Wagen zum Stillstand; er bremste hart ab. Wir standen jetzt unter der hochragenden Nase des Schiffs.

Das Mädchen wies auf die vorgewölbte Glaskuppel, hinter der die Pilotenkanzel lag. Am Rumpf waren Vorsprünge und Sprossen aus Metall angebracht, offenbar dienten die den Versorgungsmannschaften. Es würde nicht sehr schwierig sein, dort hinaufzuklettern, insbesondere bei der schwachen Schwerkraft.

Ich packte die erste Sprosse und fing an, mich hinaufzuziehen.

Ich hörte hinter mir die Stimme des Mädchens, ganz sanft. »Nick –« Sie sprach es wie *Nieck* aus. »Warte einen Augenblick, Nieck.«

Ich drehte mich um und ließ mich wieder hinunter. Das Mädchen hatte den Wagen verlassen und stand mit erwartungsvollem Blick da, die Arme halb ausgestreckt. Es machte auf mich den Eindruck eines Mädchens, das geküßt werden wollte. Ich küßte sie.

»Nieck. Bitte, paß auf dich auf. Bitte.«

»Ich will mir Mühe geben. Hey – wo gehst du hin?« Sie hatte mich losgelassen und schickte sich an, wieder in den Wagen zu steigen.

»Ich muß die Reichweite der Düsen verlassen«, sagte sie besorgt und wies auf das Tier im Wagen. »Ich darf den Khreen nicht in Gefahr bringen. Aber bitte, komm heil zurück, Nieck.«

Ich vergeudete keine weitere Zeit, lauschte aber den schwächer werdenden Geräuschen des Wagens, als ich die Kletterpartie begann.

Sie konnte nicht viel länger als eine Minute gedauert haben, aber das war eine der längsten Minuten meines Lebens. Ich rechnete mit dem Schlimmsten. Die ganze Zeit zogen Bilder durch mein Bewußtsein, Bilder, die mir zeigten, wie ich wohl aussehen würde, wenn Cleelock und Duncan die Rakete in Gang setzten, ehe ich sie aufhalten konnte.

Es gab einige Möglichkeiten, aber keine davon gefiel mir. Der Raketenstrahl konnte mich erfassen, und in dem Fall würde ich zu Asche verbrannt werden; oder, wenn ich mich festhalten konnte, bis das Schiff einige Höhe erreichte und erst dann abstürzte, würde ich zerschmettert werden. Das Beste, worauf ich hoffen konnte, entschied ich, war, mich festzuklammern, bis sie den Weltraum erreichten... in dem Fall würde ich zu einem aufgedunsenen Eiszapfen abkühlen.

Aber bis ich alle Möglichkeiten durchdacht hatte, hatte ich es auch geschafft, und ich klammerte mich an den äußersten Rand des durchsichtigen Kegels an der Nase des Schiffs.

Durch das Glas konnte ich Duncan und Cleelock sehen, die fieberhaft an den Geräten am Armaturenbrett des Schiffs hantierten.

Dem Ausdruck der Verzweiflung und der Besorgnis nach zu schließen, die ihnen im Gesicht standen, trieben sie einander zu größter Eile an.

Ich trommelte mit aller Kraft gegen das Fenster. Nichts geschah. Ebensogut hätte ich mit einem Gummihammer auf die Stahlkammer einer Bank einschlagen können, so viel Lärm machte ich. Ich schrie, aber das war hoffnungslos, sie konnten mich offensichtlich nicht hören, weil ich sie auch nicht hören konnte. Und dann hatte ich plötzlich eine brillante Idee.

Cleelocks Messer, das ich auf dem Dach aufgehoben hatte, steckte noch immer in meinem Gürtel. Ich holte es heraus und nahm es in die Hand. Es war klein, aber es bestand aus schwerem Metall, damit würde ich es schaffen. Ich schlug damit gegen das Glas.

Es war nicht Glas, sonst wäre es zerbrochen. Es hielt stand; es gab einen tiefen, glockenähnlichen Ton von sich, und der Schlag hinterließ nicht einmal einen Kratzer. Aber die beiden hörten es.

Sie starrten mich an, als wäre ich ein Monstrum mit schwarzen Flügeln. Aber schließlich kapierten sie, daß ich zu ihnen wollte, und auch, wie sie das bewerkstelligen sollten.

Ich taumelte hinein und atmete erleichtert auf. »Wo kommst du denn her?« wollte Duncan überrascht wissen.

»Ich bin außen hochgeklettert«, erklärte ich. »Hört zu, ich habe mit dem Khreen gesprochen –«

Cleelock ließ mich nicht ausreden. »Das ist jetzt nicht wichtig! Weißt du, wie man mit diesen Dingern umgeht?«

»Nein, natürlich nicht. Aber das ist nicht wichtig. Ich sage euch, ich habe mit dem Khreen gesprochen; ihr braucht euch keine Sorgen zu machen. Die sehen wie Tiere aus, das gebe ich zu, aber tatsächlich sind sie intelligent und kultiviert und –«

Cleelock hing die Kinnlade herunter, und er starrte mich mit einer Mischung aus Ungläubigkeit und Besorgnis an. »Bist du verrückt geworden?« fragte er. »Sprichst du von diesen ganymedischen Zottelbiestern?«

»Sicher. Ich weiß selbst, wie sie aussehen, aber sie meinen es gut. Die haben zwei Gehirne, verstehst du? Nur daß sie nichts mit dem Körper zu tun haben.«

Duncan nickte langsam. »Der ist unter der Belastung mürbe geworden. Meinst du, wir sollen ihn fesseln und festbinden?«

Cleelock schüttelte den Kopf und musterte mich aufmerksam. »Der ist bloß ein bißchen durcheinander«, sagte er großherzig. »Komm schon, machen wir hier weiter; ich will nach Hause.«

Sie schoben mich zur Seite und wandten sich wieder dem Armaturenbrett zu. »Versuch es damit«, schlug Cleelock vor und wies auf eine Reihe roter Knöpfe. Duncan begann, willkürlich einen nach dem anderen zu drücken, er schien von panischer Angst erfüllt.

»Halt, Leute«, rief ich.

Sie knurrten mich über die Schultern an.

»Nun«, meinte ich, »wenn ihr unbedingt unvernünftig sein wollt.« Ich nahm den Messergriff in die Hand. »Mir tut das mehr weh als euch«, murmelte ich und hob die Hand für den Schlag...

Nun, diese Ereignisse liegen jetzt eine Weile zurück. Wir leben jetzt fast ein Jahr auf Ganymed, und nur der Himmel weiß, wie lange die Reise von der Erde hierher gedauert hat – zumindest auch ein Jahr. Der Boß hat es mir einmal gesagt, aber er drückte es als einen Teil des Jupiterjahres aus, und wir alle zermarterten uns eine Stunde lang die Köpfe und versuchten uns zu erinnern, wie lange ein Jupiterjahr dauert. Dann gaben wir auf.

Wir suhlten uns eines Morgens im Lebenswasserteich, nach dem

Carna, aber vor der *Brunt*-Zeit, und Duncan sagte: »Ihr könnt es ausrechnen, wie ihr wollt, aber zwei Jahre sind es jetzt bestimmt, daß wir von zu Hause weg sind. Ich fange an, ein wenig Heimweh zu bekommen.«

Wir nickten. »Ich würde gerne wissen, wie die Dodgers zur Zeit spielen«, meinte Tommy. »Und der Kalte Krieg – wie meint ihr wohl, daß der sich entwickelt hat?«

»Yeah«, sagte Duncan wehmütig und schlug mit den Füßen um sich, daß orangefarbene Funken aufflogen. »Es wäre schön, wieder einmal nach Hause zu kommen.«

»Ganz bestimmt wäre es das«, stimmte ich zu. »Ich würde sehr gerne etwas unternehmen, um – nun, damit alles auch formell seine Ordnung hat – ich meine –« Ich redete nicht weiter und deutete auf Honey, die verträumt in den lavendelfarbenen Himmel blickte. Cleelock und Duncan nickten, sie verstanden. Dann meinte Cleelock: »Ich hatte selbst ein Mädchen in Memphis. Hoffentlich wartet sie noch.« Einen Moment lang wurde sein Blick wehmütig. »Tatsächlich«, sagte er dann, »hoffe ich, daß *Memphis* noch da ist.«

Honey wandte den Blick vom Himmel und warf ihr herrliches Haar in den Nacken.

Dann sagte sie in ihrem Singsang: »Der Boß fährt bald wieder zur Erde, auf einer Musterexpedition. Wenn ihr ihn bittet, bringt er euch vielleicht ein paar Mädchen mit.«

»Ah!« sagte Tommy. Und dann, in englischer Sprache: »Vielleicht könnte er sogar noch etwas Besseres tun. Vielleicht könnte er uns zur Erde zurückbringen.«

Duncan nickte. »Zur Erde zurück. Dort gehören wir hin, Männer. Zurück nach San Diego in den schönen Nebel, der den ganzen Winter darüberhängt. Zurück zu Klotchweilers Laden und meinem alten Job hinter der Theke.«

»Zurück zur Arbeit«, ergänzte ich. »Um wieder aufzustehen, wenn der Wecker läutet, zu den Kopfschmerzen und der Atombombe. Und dem Fraß bei McDonald's.«

»Und den Streiks«, warf Tommy ein, »Bergarbeiterstreiks, Stahlarbeiterstreiks, Poststreiks, Eisenbahnerstreiks und –«

»Und zur Einkommensteuer«, sagte Duncan. »Vergeßt die Einkommensteuer nicht. *Niemals* dürft ihr die Einkommensteuer vergessen.«

Tommy stand auf und schüttelte den Kopf wie ein Mann, der gerade aus einem Traum erwachte. »Diesen Planeten verlassen und zur Erde zurückkehren«, flüsterte er und sah uns mit geweiteten Augen an. »Leute, soll das ein Witz sein?«

Wenn vor einer Generation Schriftsteller zusammenkamen, ergab sich als eines der Themen immer die ›Richtung‹. Nicht daß es das Hauptthema gewesen wäre. Die zwei wichtigsten Themen waren Geld und die Absonderlichkeiten der Herausgeber, und daran zumindest hat sich nichts geändert. Aber das Thema ›Richtung‹ – also, wie man seine Arbeit so aufbaute, daß man bei einem Herausgeber richtig ankam und ihn dazu veranlaßte, einen Scheck auszustellen –, dieses Thema stand immer an. Dies war eine der Fähigkeiten, die jeder Schriftsteller zu erlernen trachtete, ebenso wie die Fertigkeit, Kaffeeflecken von einer abgelehnten Story wegzuradieren und die Gläubiger so lange hinzuhalten, bis ein Scheck einging. RED MOON OF DANGER hatte ich mit aller Kunstfertigkeit, derer ich fähig war, für eine Frau namens Kathleen Rafferty geschrieben.

Rafferty war die Herausgeberin eines Abenteuermagazins, das sich FIVE NOVELS nannte. Sie hatte nie irgendwelche Science Fiction veröffentlicht, wohl aber Krimis. Und, was noch wichtiger war, sie zahlte viel mehr als die existierenden SF-Magazine; also probierte ich es bei ihr mit einer Detektivgeschichte. Sie war jedoch nicht interessiert. Sie hatte ihre regelmäßigen Schreiber für diesen Teil des Magazins, aber was ihr fehlte, vertraute sie mir an, war jemand, der Science Fiction schrieb, und ob ich dazu vielleicht Lust hätte?

Ob ich Lust hatte? Ich ging nach Hause und schrieb mit unglaublicher Geschwindigkeit – NACHDEM ich alle alten Ausgaben der FIVE NOVELS gelesen hatte, um ihre ›Richtung‹ kennenzulernen und den Versuch zu unternehmen, daraus zu extrapolieren, um zu entscheiden, welche Art von SF sie veröffentlichen würde, wenn sie je welche publiziert hatte. FIVE NOVELS war für die allgemeine Leserschaft bestimmt. Offensichtlich (nahm ich an) durften die Geschichten nicht zu kompliziert sein. Es mußte verständliche Science Fiction sein, mit dem Schwerpunkt auf Abenteuer und Handlung; und was dabei herauskam, war ›Kampf um den Mond‹. Rafferty nahm die Story an, las sie mit prompter Höflichkeit... und lehnte sich dann im Sessel zurück, um mir zu sagen, daß das absolut nicht das sei, was sie brauche. Etwa um die Zeit begann ich, neben anderen Dingen mir auch die Frage zu stellen, ob es überhaupt richtig war, auf eine ›Richtung‹ einzugehen.

Heute scheint mir ziemlich klar, daß es nicht richtig war. Das einzige, was ein Schriftsteller zu verkaufen hat, ist seine eigene, persönliche, originelle Art der Betrachtung des Universums. Wenn er das unter dem begräbt, was er für die Wünsche eines Herausgebers hält, so könnte er ebensogut überhaupt nicht schreiben. Kathleen Rafferty war (und ist immer noch) eine liebenswürdige Frau. Sie kaufte ein oder zwei andere Geschichten von mir, und ich bin ihr für ihr Wohlwollen und für ihren Rat zu Dank verpflichtet. Ich bin ihr sogar irgendwie dankbar, daß sie RED MOON OF DANGER nicht kaufte. Das tat dann Bob Lowndes und brachte mich wieder dahin zurück, wo ich hingehörte.

Kampf um den Mond

1

Steve Templin trat aus der Luftschleuse in den Hadley Dome und sah sich um. Er suchte jemanden, an dem er Dampf ablassen konnte. Templin war wütend – seit drei Tagen hielt das jetzt an, seit er den Befehl für diesen geheimnisvollen Einsatz auf dem Mond erhalten hatte.

Templin streifte seinen Druckanzug ab und hätte ihn beinahe dem Angestellten vor die Füße geworfen. »Ich suche Ellen Bishop«, knurrte er. »Wo finde ich sie?«

Der Angestellte sagte unterwürfig: »Miss Bishops Suite ist auf Etage neun, Sir. Unmittelbar unter dem Solarium.«

»Okay«, brummte Templin und ging weiter.

»Augenblick, Sir«, rief ihm der Angestellte nach. »Sie haben Ihre Marke vergessen. Und wen darf ich bitte melden?«

Templin nahm die Metallplakette und steckte sie in die Tasche. »Sie werden niemanden melden«, rief er dem Mann über die Schulter zu. »Ich will sie überraschen.«

Er sah sich ein wenig verächtlich in der prunkvoll ausgestatteten Halle des Hadley Dome um, ignorierte den wartenden Lift und ging auf die breite Basaltfreitreppe zu, die nach oben führte. Da die Schwerkraft hier auf dem Mond nur etwa ein Sechstel der auf der Erde herrschenden betrug, war ein Lift ein ausgesprochen nutzloser Luxus. So etwas, fand Templin, paßte nur zu den degenerierten Aristokraten, die es sich leisten konnten, für die fünfhundert Dollar pro Tag, die es sie kostete, im Hadley Dome zu wohnen, irgendwelchen Vergnügungen nachzujagen. Templin, der auf seinem Heimatplaneten ein Schwergewicht war, wog auf dem Mond nur reichliche dreißig Pfund. Er hetzte die Treppe in großen, weitausholenden Sprüngen hinauf, wobei er jedesmal acht oder zehn Stufen nahm.

In der neunten Etage hielt er inne, ohne irgendwie Atemnot zu verspüren, und sah sich um. Überall protzten die kostbaren Symbole ungeheuren Reichtums. Templin, der die Entbehrungen des Weltraums gewöhnt war, sah in Hadley Dome so etwas wie ein Geschwür der Ausschweifung im Angesicht des Mondes. Er warf einen abschätzigen Blick auf den dicken Perserteppich auf dem Boden und die prunkvollen Wandgemälde, die von den höchstbezahlten Künstlern der Welt an Ort und Stelle gemalt worden waren.

Jemand kam die lange Halle herunter. Templin drehte sich um und sah einen dunklen, kräftig gebauten Mann in dem seltsam zeitlupenhaft wirkenden Gang, der für die geringe Mondschwerkraft typisch war, auf sich zukommen. Templin hielt ihn mit einer Handbewegung an.

»Ich suche Ellen Bishop«, fragte Templin träge. »Wo ist ihr Zimmer?«

Der Mann blieb stehen und musterte Templin gelassen. Der mit Edelsteinen besetzten Gürtelschnalle nach zu schließen, die seine grellbunten Shorts schmückte, war er einer der zahlenden Gäste des Dome. Was bedeutete, daß er zumindest Millionär war. Als er antwortete, klang seine Stimme kalt und selbstsicher: »Wer, zum Teufel, sind Sie?«

Templin unterdrückte eine Temperamentsaufwallung und biß die Zähne zusammen. Dann antwortete er vorsichtig: »Mein Name ist Templin. Steve Templin. Wenn Sie wissen, wo Ellen Bishops Zimmer liegt, dann sagen Sie es mir, sonst lassen Sie es.«

Der dunkle Mann meinte nachdenklich: »Templin. Den Namen kenne ich – o ja. Sie sind dieser verrückte Forscher, nicht wahr? Der immer zum Merkur oder zur Venus oder zu irgendeinem anderen Planeten unterwegs ist.«

»Ganz richtig«, entgegnete Templin. »Und jetzt hören Sie, zum letztenmal –«

»Weshalb wollen Sie Ellen Bishop sprechen?« unterbrach ihn der Dunkle.

Templin verlor die Kontrolle über sich. »Vergessen Sie es«, ereiferte er sich. Er schickte sich an, an dem Mann vorbeizugehen, aber der streckte den Arm aus und hielt ihn auf. Templin blieb stehen, wurde völlig ruhig. »Hören Sie, Mister«, sagte er. »Ich hab' einen harten Tag hinter mir, und Sie gehen mir auf die Nerven. Nehmen Sie die Hand von meinem Arm.«

Worauf der Dunkle zornig erwiderte: »Beim Himmel, ich lasse Sie aus dem Dome werfen, wenn Sie nicht Ihre Zunge im Zaum halten! Ich bin Joe Olcott!«

Templin schüttelte den Arm des Mannes einfach ab. Der stieß ein unartikuliertes Knurren aus und stürzte sich auf ihn.

Templin wich ihm elegant aus. »Ich habe Sie gewarnt«, sagte er, und dann zuckte seine Faust in die Höhe und traf Olcotts Kinnspitze. Dieser stieß ein Grunzen aus und brach bewußtlos auf dem teppichbelegten Boden zusammen, was in der geringen Schwerkraft ein groteskes Bild abgab.

Ein Aufstöhnen hinter sich machte Templin klar, daß er Zuschauer hatte. Er wirbelte herum; ein Mädchen in der grünen Uniform eines Zimmermädchens war unter der Tür eines der Zimmer erstarrt; es hielt eine Hand an den Mund und wirkte erschreckt.

Templin sah sie und grinste. »Keine Aufregung«, beruhige er. »Er wollte es nicht anders. Jetzt können *Sie* mir vielleicht sagen, wo Ellen Bishops Zimmer ist?«

»J-j-ja«, stammelte das Zimmermädchen. »Die Suite an der Ecke, am Ende des Korridors.«

»Danke.«

Das Zimmermädchen zögerte. »Wußten Sie, daß das Mr. Joseph Olcott war?« fragte es zögernd.

Templin nickte vergnügt. »Das hat er mir gesagt.« Dann schlenderte er wesentlich besserer Laune zu der Tür, die das Zimmermädchen gezeigt hatte. Er warf einen mißbilligenden Blick darauf – sie war aus einem einzigen massiven Stück Eichenholz gearbeitet, auf dem baumlosen Mond ein seltener Schatz –, aber dann zuckte er mit den Schultern und klopfte.

»Herein«, antwortete eine Mädchenstimme aus einem verborgenen Lautsprecher neben der Tür, die sich automatisch öffnete. Steve trat ein und entdeckte, daß er sich in einem wohlmöblierten Salon befand, der keinerlei Vergleiche mit ähnlichen Räumen auf der Erde hätte zu scheuen brauchen.

Hinter einem riesigen Schreibtisch sitzend musterte ihn ein Mädchen, etwa zwanzig Jahre alt, das Haar so schwarz wie die Mondnacht, blaue Augen, die vielleicht liebreizend gewesen wären, wenn von ihrem Blick Wärme ausgegangen wäre.

Templin sah sich gelassen um, nahm dann eine Zigarette aus der Packung und steckte sie sich zwischen die Lippen. Die chemisch behandelte Spitze fing zu glühen an, als er an ihr sog. »Ich bin Steve Templin«, stellte er sich vor. »Weshalb wollten Sie mich sprechen?«

Die Andeutung eines Lächelns spielte um die Mundwinkel des Mädchens. »Setzen Sie sich, Mr. Templin. Ich bin froh, daß Sie hier sind.«

Templin nickte und nahm sich den dem Schreibtisch am nächsten stehenden Stuhl. »Ich nicht.«

»Das ist ja nicht gerade schmeichelhaft.«

Steve Templin zuckte mit den Schultern. »Das soll es auch nicht sein. Ich habe für Ihren Vater gearbeitet, weil ich ihn mochte und weil er mir freie Hand gelassen hat. Nachdem er starb und Sie die Firma übernahmen, habe ich meinen Vertrag mit der Gesellschaft erneuert, weil ich das für die einzige Möglichkeit hielt, meine Arbeit auf den Inneren Planeten weiterzuführen. Jetzt – ich weiß nicht. Welche Absichten haben Sie hier mit mir?«

Ellen Bishop seufzte. »Ich weiß nicht«, gestand sie. »Wenn ich es wüßte, hätte ich vielleicht den Befehl, zum Merkur zurückzukehren, nicht zu widerrufen brauchen. Ich weiß nur, daß wir hier Hilfe brauchen, und es sieht so aus, als wären Sie der einzige, der diese Hilfe bieten kann.«

»Welche Art von Hilfe?« fragte Steve ausdruckslos.

Das Mädchen zögerte. »Seit wann sind Sie denn nicht mehr über die Vorgänge informiert?«

»Sie meinen, solange ich auf dem Merkur war? Etwa elf Monate, und ich bin gerade zurückgekommen.«

Ellen nickte. »Und hat Ihnen jemand etwas über unsere – Schwierigkeiten hier erzählt?«

Steve lachte. »Niemand hat etwas verlauten lassen«, entgegnete er ruhig. »Vielleicht hatten die auch keine Zeit. Ich kam mit Vermessungskarten vom Merkur zurück, für die ich sechs Monate gebraucht habe; sie zeigen, wo es Ablagerungen von Bodenschätzen gibt, die so riesig sind, daß im Vergleich dazu alles hier auf dem Mond armselig wirkt. Alles, was ich wollte, war die Karten der Gesellschaft zu übergeben, mir etwas Material zu besorgen und zur Venus zu starten. Und da wartete am Denver Skyport einer von Ihren aufgeblasenen Büroboten mit Ihrem Äthergramm mit der Aufforderung, mich hier zu melden. Ich hatte gerade noch Zeit für eine richtige Mahlzeit und ein Bad, bis ich die Pendlerrakete zum Mond nahm.«

»Nun –« sagte das Mädchen zögernd, »dann sollte ich wohl ganz von vorne beginnen. Sie wissen, daß mein Vater diese Gesellschaft, Terralune Projects, gegründet hat, um die Uranlager hier auf dem Mond zu nutzen. Er hat eine Menge Geld aufgebracht, die Firma gegründet und Pläne gemacht. Er hat sogar Flüge zu anderen Planeten finanziert, zum Beispiel den Ihren zum Merkur und zur Venus, weil ihm solche Dinge mehr bedeuteten als das Geldverdienen. Und dann starb er.«

Ihr Gesicht verdüsterte sich. »Er starb«, wiederholte sie, »und ich habe die Aktienmehrheit an Terralune geerbt. Und dann fing der Ärger an.«

Ein Summer auf Ellen Bishops Schreibtisch ertönte und unterbrach sie. Sie meldete sich mit einem »Hello«, und ihre Sprechanlage schaltete sich automatisch ein.

Eine Männerstimme sagte gedehnt: »Hier ist Culver. Soll ich jetzt raufkommen?«

Ellen zögerte und antwortete dann »Ja« und schaltete ab. »Das ist Jim Culver«, erklärte sie. »Er wird, während Sie hier sind, Ihr Assistent sein.«

»Wie nett«, entgegnete Templin bissig. »Assistent für was?«

Das Mädchen sah ihn überrascht an. »Oh, das habe ich Ihnen nicht gesagt, wie? Sie werden die Uranbergwerke an der Hyginus-Spalte leiten.«

Templin riß erstaunt die Augen auf und starrte sie an. »Hören Sie, Miss Bishop«, protestierte er, »das kann ich nicht. Was verstehe ich denn von Uranbergwerken – oder irgendwelchen anderen Berkwerken?«

Noch bevor das Mädchen antworten konnte, öffnete sich die Tür. Ein großer, schlanker Mann schob sich herein und sah Templin mit traurigen Augen an. »Hello«, grüßte er.

Templin nickte ihm zu. »Zurück zu meiner Frage«, erinnerte er das Mädchen. »Was ist mit diesen Bergwerken? Ich verstehe davon nichts.«

»Das weiß ich. Wir hatten in den letzten acht Monaten drei Bergwerksingenieure eingesetzt. Aber das hat keine Besserung gebracht – im Gegenteil; fragen Sie Culver.« Ellen deutete auf den schlanken Mann, der in den Taschen seines Jacketts nach einer Zigarette kramte.

Culver fand sie und nickte zustimmend. »Es ist kein gewöhnlicher Ärger«, sagte er kurz. »Es geschehen – seltsame Dinge. Maschinen, die plötzlich den Geist aufgeben. Und Tunnel, die einstürzen. Und Ersatzteile, die verschwinden. Ereignisse, womit ein Bergwerksingenieur nicht zurechtkommt.«

»Aber vielleicht etwas, womit *Sie* zurechtkommen.« Ellen Bishop sah Templin an, und in ihren Augen lag ein bittender Ausdruck, dachte der Mann von den Inneren Planeten. »Haben Sie 'ne Ahnung, wer den Ärger verursacht?« fragte er. »Glauben Sie, daß es nur ein Zufall ist? Oder hatten Sie Ärger mit irgendeiner anderen Firma oder so etwas?«

Ellen Bishop biß sich auf die Unterlippe. »Keinen richtigen Ärger«, sagte sie. »Da ist natürlich Joe Olcott...«

Joe Olcott. Der Name ließ in Templin eine innere Warnglocke erklingen. O Gott... ja, natürlich! Der vierschrötige Mann im Korridor – der, den er niedergeschlagen hatte!

Er grinste. »Ich habe Mr. Olcott kennengelernt«, erklärte er. »Ein unangenehmer Typ, aber sehr gefährlich wirkte er nicht auf mich.«

Ellen Bishop zuckte mit den Schultern. »Vielleicht ist er das auch nicht. Oh, man hört Geschichten über ihn, wenn man ihnen glauben will. Es heißt, er sei in ein paar halbseidene Angelegenheiten verwikkelt gewesen – ja, er hätte selbst Verbrechen begangen. Aber – ich glaube das eigentlich nicht. Nur ist es doch komisch, daß wir überhaupt keinen Ärger hatten, bis Olcott versuchte, sich die Mehrheit an Terralune zu verschaffen. Wir haben sein Angebot abgelehnt – das war höchstens einen Monat nach Dads Tod –, und seitdem ist es immer schlimmer geworden.«

Templin drückte seine Zigarette aus und überlegte. Seine Finger griffen automatisch in die Tasche, holten die nächste Zigarette heraus. Dann stand er auf.

»Ich glaube, jetzt habe ich kapiert«, sagte er. »Das, was an Informationen noch fehlt, kann ich ja später einsehen. Sie wollen, daß ich hier die Leitung der Terralune-Bergwerke auf dem Mond übernehme und versuche, wieder normale Zustände herbeizuführen, also mit diesem Ärger Schluß zu machen, was auch immer er zu bedeuten hat. Nun, vielleicht gelingt mir das. Die einzige Frage ist, was fällt für mich dabei ab?«

Ellen Bishop blickte ihn verblüfft an. »Was für Sie dabei abfällt? Wie meinen Sie das?« fragte sie. Dann blickten ihre eisblauen Augen plötzlich verstimmt. »Oh, ich verstehe«, sagte sie. »Natürlich, Sie sind der Meinung, wir seien auf Ihre Gnade angewiesen. Nun –«

Templin ließ sie nicht ausreden. »Ich habe Sie etwas gefragt. Was fällt für mich dabei ab?«

Sie runzelte die Stirn. »Nennen Sie Ihren Preis«, sagte sie bitter.

»Nun.« Templin schüttelte den Kopf. »Ich will kein Geld. Ich will etwas anderes.«

»Etwas anderes?« wiederholte sie verwirrt. »Was?«

Templin lehnte sich über den Schreibtisch. »Ich will wieder zurück. Ich will eine ganze Flotte von Raketenschiffen, die mit mir zur Venus fliegen... genug, um eine Kolonie zu gründen. Auf dem Mond gibt es Uran und auf dem Merkur Edelmetalle... aber auf der Venus gibt es etwas, was viel wichtiger ist. Das ist ein junger Planet, eine Welt, so wie die Erde. Mit Bäumen und Dschungeln und Tieren. Und kein einziges menschliches Wesen. Ich will dort eine Kolonie aufbauen – und ich möchte, daß Terralune Projects die Rechnung bezahlt.«

Ellen Bishop starrte ihn ungläubig an, und langsam huschte ein Lächeln über ihre Lippen. Dann meinte sie. »Entschuldigen Sie bitte... Temp. Schon gut. Einverstanden.« Sie griff impulsiv nach seiner

Hand. »Wenn Sie es fertigbringen, daß die Uranbergwerke wieder reibungslos laufen und ihr Geld einbringen, dann sorge ich dafür, daß Sie Ihre Schiffe bekommen. Und Ihre Kolonie. Und ich sorge dafür, daß Sie jeden, der auf der Lohnliste von Terralune steht, mitnehmen können, wenn Sie wollen, um dort richtig anfangen zu können.«

»Topp«, sagte Templin. Er ließ ihre Hand los und schlenderte nachdenklich zu dem riesigen Fenster, das eine ganze Seite des Raumes einnahm.

Auf einen Fingerdruck öffnete sich die undurchsichtige Abdeckung des Fensters wie eine riesige Irisblende, und er blickte auf die kahle Mondlandschaft hinaus. Die Kuppel befand sich auf der Spitze des Mount Hadley und gab den Blick auf eine trostlose, relativ flache Felswüste frei, die vom drückend dumpfroten Schein reflektierten Lichts der am Himmel stehenden Erde beleuchtet wurde. Hinter der Ebene war eine ehrfurchtsgebietende Bergkette zu erkennen, deren nadelscharfe Spitzen in grelles Sonnenlicht getaucht waren, während die Sonne langsam an ihnen hochrückte.

Culver sagte hinter ihm: »Das nennt sich das Meer der Gelassenheit.«

Templin lachte glucksend. *»Mare Serenitatis«*, meinte er. »Ich weiß. Ich bin schon einmal hier gewesen – das war vor vierzehn Jahren.«

Ellen Bishop erklärte. »Wußten Sie das nicht, Culver? Temp war einer von Dads Mannschaft, als die alte *Astra* hier 1957 landete. Ich kann mich nicht mehr an die genaue Reihenfolge erinnern – waren Sie jetzt der dritte Mann, der den Mond betreten hat, oder der vierte?«

Templin grinste. »Der dritte. Ihr Vater war der vierte. Zuerst hatte er die zwei Delegierten der Vereinten Nationen hinausgeschickt, damit alles legal war; dann wollte er als Kapitän des Schiffs selbst den Boden betreten. Nun, das war sein Privileg. Aber er sah mich in der Luftschleuse – ich war damals noch ein grüner Junge –, und dann lachte er und sagte: ›Nur zu, Temp‹, und ich hab' ihm nicht widersprochen.« Templin wurde wieder ernst und blickte Ellen Bishop an. »Man hat mir schon so manchen Job angeboten, und einige davon klangen recht gut, aber ich hab' sie abgelehnt. Vielleicht ist es nicht sehr klug, Ihnen das zu sagen, aber es gibt nichts auf der Welt, was mich dazu bringen könnte, die Firma zu verlassen, die Ihr Vater gegründet hat. Obwohl er tot ist und jetzt eine Debütantin das Sagen hat.«

Er grinste sie wieder an und ging auf die Tür zu. »Kommen Sie, Culver?« fragte er. Der Große nickte und folgte ihm. »Wiedersehen«, sagte Templin an der Tür und schloß sie hinter sich, ohne die Antwort abzuwarten.

2

Sie legten ihre Druckanzüge an, gingen durch die Schleuse und traten hinaus auf das harte Felsgestein. Culver winkte Templin zu einer kleinen Rakete, wie sie für Sprünge zwischen den Kratern benutzt wurde, die ein paar hundert Meter von der Kuppel entfernt abgestellt war. Es dauerte noch acht Tage bis zum Sonnenaufgang, und über ihnen hing die mächtige Scheibe der Erde, so hell, daß man in ihrem Licht lesen konnte, und so groß wie ein riesiger dahinschwebender Ballon.

Der Mount Hadley sticht in das trockene Mare Serenitatis wie eine Pfeilspitze, die ein Herz durchbohrt. Wie die gesamte Mondoberfläche besteht er aus nacktem Felsgestein, und die Bergketten dahinter gleichen nichts auf Erden. Templin starrte neugierig in die Runde und erinnerte sich daran, wie es ihm vorgekommen war, als jener erste abenteuerliche Flug dort gelandet war. Dann sprang er mit einem langen Satz hinter Culver über die Felsen.

Culver berührte einen Schlüsselring in der Luftschleuse der Rakete, und die Tür öffnete sich. Sie kletterten an Bord, schlossen die Außentür, und Culver betätigte ein Ventil, das die Schleuse mit Luft füllte. Dann öffneten sie die innere Tür und zogen die Druckanzüge aus.

»Das Terralune-Bergwerk liegt oben an der Hyginus-Spalte, etwa vierhundert Meilen südlich von hier«, sagte Culver. »Das schaffen wir in etwa zwanzig Minuten.«

Templin nahm in einem der Sitze vor dem doppelt angeordneten Steuerpult Platz, Culver folgte ihm etwas langsamer und schnallte sich an, ehe er nach den Kontrollhebeln für die Düsen griff. Bei dem Schiff handelte es sich um einen kleinen Zweitonner, der speziell für den

Einsatz auf der Mondoberfläche konstruiert war; angetrieben wurde die Maschine von chemischem Treibstoff anstelle der riesigen Atomanlagen größerer Schiffe. Es konnte zwei Personen und etwa hundert Kilo Ladung befördern – das war alles.

Er schaltete die Treibstoffzufuhr auf die winzigen Düsen, wartete eine Weile, bis die Vergaser warmgelaufen waren, und gab dann Zündung. Ein kurzes Stottern, dann ein Aufheulen. Als er den Fahrthebel nach vorne schob, war von unten ein halb ersticktes Röhren zu hören, und dann war da eine seltsame, ruckartig schwankende Empfindung, als die Rakete einen Augenblick auf ihren Schwanzdüsen tanzte, bevor sie startete.

Dann flogen sie.

Culver stieg auf tausend Fuß und ging in Waagrechtflug, nahm Kurs auf einen riesigen Krater am Horizont. »Das ist meine erste Landmarke«, erklärte er Templin.

Templin nickte stumm und starrte zum Horizont hinaus. Obwohl die Sonne selbst noch nicht sichtbar war, befand sie sich, aus ihrer Höhe gesehen, knapp unter der Krümmung des Horizonts. Als sie über eine Senke in der Oberfläche dahinflogen, fing Templin einen kurzen Blick unerträglicher Helligkeit auf, wo die Sonne war; eine lange Flammenzunge, die sich wie eine Schlange bewegte. Das war die Korona der Sonne – ein seltener Anblick auf der Erde, auf dem Mond, wo es keine Atmosphäre gab, stets sichtbar.

Culver sagte wißbegierig: »Ich wußte gar nicht, daß Sie einer der frühen Mondforscher waren. Wie kommt es, daß Sie nicht auch zum Millionär geworden sind so wie die anderen?«

Templin zuckte mit den Schultern. »Ich bin immer unterwegs«, antwortete er vieldeutig. »Ja, es hätte damals viele Möglichkeiten gegeben. Ich hätte Bergwerksrechte beanspruchen können oder Vortragsreisen halten oder mir von einer Raketentransportgesellschaft ein fettes Gehalt dafür bezahlen lassen können, daß sie mich in ihren Aufsichtsrat stecken. Aber alles das wollte ich nicht. So wie die Dinge jetzt stehen, bezahlt mich Terralune recht gut dafür, daß ich die Inneren Planeten für sie erforsche. Ich bring' die Schecks ohnehin nur auf die Bank – wo ich meine Zeit verbringe, kann man kein Geld ausgeben. Geld bedeutet auf der Venus nichts.«

Culver nickte. Seine Finger tanzten geschickt über die Schalter, als die Nase der Rakete um Haaresbreite vom Kurs abwich. Das Schiff schwenkte gehorsam ein paar Grad herum, bis es wieder exakt auf den Zielpunkt am Horizont wies, und raste unterdessen über die uralte, ausgezackte Mondlandschaft dahin.

»Irgendwie beneide ich Sie, Temp«, meinte Culver beiläufig. »Es muß ein einmaliges Gefühl sein, Dinge zu erforschen, die vorher noch kein Mensch gesehen hat. Ich schätze, das ist der Grund, daß ich zum Mond gekommen bin, um nach solchen Dingen zu suchen. Aber, weiß Gott, es wird hier immer mehr so wie auf der Erde. Auch wie die Slums auf der Erde. Seit die diese Kuppel auf den Mount Hadley gesetzt haben, wimmelt die Gegend hier von millionenschweren Touristen.« Templin nickte geistesabwesend. Seine Aufmerksamkeit galt dem nach hinten gerichteten Periskop. Er runzelte die Stirn. »Culver«, sagte er. »Was ist das da hinter uns?«

Culver warf einen Blick zurück. »O das. Eine Vergnügungsrakete. Sieht wie Joe Olcotts Schiff aus – er besitzt so ziemlich die größte Raumjacht, die es hier gibt. Nur daß es eigentlich gar kein Vergnügungsschiff ist. Er hat nämlich an ein paar politischen Fäden gezogen und sich eine Stelle als stellvertretender Kommandant in der Sicherheitspatrouille beschafft, und das bedeutet, daß seine Jacht als Hilfskreuzer eingestuft ist. Natürlich ohne Kanonen, aber die Patrouille zahlt seine Treibstoffrechnung.«

»Raffiniert«, meinte Templin anerkennend. »Aber, warum zum Teufel ist er so nahe? Wenn er nicht aufpaßt, verbrennt er sich die Nase. Bei der Fahrt, die er jetzt macht, rennt der uns genau in den Raketenstrahl.«

Culver starrte besorgt ins Periskop. Die zigarrenförmige Raketenjacht hinter ihnen wurde im Periskop größer und war jetzt höchstens noch eine Meile entfernt. Dann atmete er aus. »Da schwenkt er ab«, sagte Culver erleichtert. Das andere Schiff bog ein paar Grad nach rechts ab. Es war eine große, schnelle Maschine, die doppelt so viel Treibstoff verbrannte wie ihr leichter ›Kraterspringer‹, und glitt jetzt in höchstens einer Viertelmeile Abstand an ihnen vorbei, offenbar in derselben Richtung.

»Joe Olcott«, sagte Templin versonnen. »Langsam glaube ich, daß ich Mr. Olcott nicht mögen werde. Und ich bin ziemlich sicher, daß er mich auch nicht mag. Sein Kinn tut ihm bestimmt noch ein paar Tage weh, und das wird ihn an mich erinnern.«

Culver grinste und kramte in den Taschen nach einer Zigarette. »Er ist einer von den millionenschweren Touristen, von denen ich gesprochen habe, Temp«, sagte er. Er sog an der Zigarette und stieß blauen Rauch aus, den die Luftreiniger sofort wieder einzogen. »Olcott ist so ziemlich der Schlimmste von dem Verein, schätze ich. Nicht nur, daß er ein reicher Mann ist, sondern er hat auch mit – hey! Was machen Sie da?«

Culver stieß einen überraschten Laut aus, als Templin mit einem Fluch an ihm vorbeischoß und sich aufs Steuer warf. Dann entdeckte Culver, was Templin im Bruchteil einer Sekunde vorher gesehen hatte.

Die große zigarrenförmige Rakete hatte sie überholt und dann einen weiten Bogen geschlagen und raste mit guten fünfzig Meilen die Minute auf ihr kleines Schiff zu.

Templin rang fluchend mit der Steuerung. Unter seinen Händen drehte sich ihr Schiff langsam zur Seite... zu langsam. Das zigarrenförmige Schiff, das über doppelt so viele Düsen verfügte wie sie, raste auf sie zu, bis es höchstens noch hundert Meter entfernt war. Dann kippte es zur Seite ab und wendete in einer 10-G-Drehung. Als die Steuerdüsen die Wende vollendet hatten, gab der Pilot der Raumjacht volle Energie auf die Hauptdüsen. Und tödliche, weißglühende Gase aus den Raketenrohren schossen Templin und Culver entgegen.

Das kleine Schiff erzitterte in tödlicher Agonie. Templin, dessen Lippen schmal und weiß geworden waren, tat das einzige, was ihm noch blieb. Er schaltete sämtliche Düsen ab; der ›Kraterspringer‹ wurde in dem Strom flammender Gase des anderen Schiffs herumgeworfen, zur Seite geschleudert, und dann zog ihn die Schwerkraft des Mondes nach unten, aus der Gefahrenzone heraus. Jetzt schaltete Templin den Hauptantrieb wieder ein, bremste ihren Fall in einem wilden Gegenschubmanöver. Der Andruck war so heftig, daß Culver fast die Besinnung verloren hätte; einen Augenblick lang tanzten dunkelrote Flekken vor seinen Augen. Als er wieder klar sehen konnte, erkannte er, daß sie gerade auf einer felsigen Ebene landeten, die die Mitte eines kleinen Kraters bildete.

Templin arbeitete am Steuer, bis die Landestreben den Felsen berührten, dann schaltete er den Antrieb ab; die schwankende, unsichere Bewegung verebbte, und sie standen.

Culver schüttelte benommen den Kopf. »Was, zum Teufel, ist da passiert?« stieß er hervor.

»Warten Sie!« Templins Stimme klang eindringlich. Culver sah ihn erstaunt an, sagte aber nichts. Templin saß einen Augenblick lang stocksteif da, eine Haltung, die völlige Konzentration ausdrückte, dann entspannte er sich. »Ich höre keine Luft entweichen; die Rumpfwand ist also noch intakt.« Er blickte durch die Sichtluke zu dem schwarzen, von Sternen erfüllten Himmel auf. Die Auspuffflamme des anderen Schiffs umkreiste sie in einer weit ausholenden Kurve noch zweimal. Dann schien der andere Pilot sichtlich zufrieden und nahm wieder Fahrt auf. Der Flammenstrahl wies jetzt genau in die Richtung, aus der sie gekommen waren. Jetzt beschleunigte die Raumjacht. Im nächsten Augenblick war sie verschwunden.

Templin lächelte ein eisiges Lächeln. »Der meint jetzt, er hat uns erwischt«, sagte er. »Soll er das ruhig glauben – für den Augenblick.«

»Erklären Sie mir, was das alles zu bedeuten hat«, bat Culver. »Seit zwei Jahren bin ich jetzt auf dem Mond, und noch nie ist mir so etwas widerfahren. Was, in drei Teufels Namen, hatte der vor?«

Templin sah ihn milde lächelnd an. »Uns umbringen, würde ich meinen. Beinahe hätte er es ja geschafft.«

»Aber warum?«

Templin zuckte mit den Schultern. »Das will ich eben herausfinden. Vielleicht, weil er der Mann ist, den ich im Dome niedergeschlagen habe – aber das bezweifle ich. Vielleicht auch, weil er glaubt, daß ich das Terralune-Bergwerk wieder auf die Beine stellen kann. Ich wünschte, ich könnte seine Zuversicht teilen.«

Er schnallte sich los und stand auf. »Hat diese Kiste Radio?« fragte er.

Culver, der noch immer über das nachdachte, was er gerade gehört hatte, sah ihn eine Sekunde lang mit glasigen Augen an. »Radio? Oh –

nein, natürlich nicht. Schiffsradios funktionieren auf dem Mond nicht. Das sollten Sie wissen.«

Templin grinste. »Als ich hier war, gab es keine anderen Schiffe, mit denen man hätte sprechen können. *Warum* funktionieren Schiffsradios nicht?«

»Nicht genug Energie. Das ist nicht wie auf der Erde, wissen Sie – dort kann man mit jeder kleinen Ein-Watt-Anlage senden, weil die Signale von der Heaviside-Schicht abprallen. Aber auf dem Mond funktioniert Radio nur so weit, wie man sehen kann, weil es keine Heaviside-Schicht gibt, die die Radiowellen reflektiert, und so breiten sie sich nur gradlinig aus.«

»Was ist mit dem Radio in der Kuppel?«

Culver zuckte mit den Schultern. »Das ist eine große Anlage, die ihre Signale von der Heaviside-Schicht der Erde reflektiert. Wozu wollen Sie denn ein Radio?«

»Ich wollte Zeit sparen. Aber macht nichts. Kommen Sie, wir müssen uns die Außenhaut ansehen. Ziehen Sie Ihren Druckanzug an.«

Culver kam der Aufforderung automatisch nach. »Was wollen wir?«

»Eine gründliche Inspektion durchführen. So wie die uns hier herumgeschubst haben, möchte ich ganz sichergehen, daß unser Rumpf in Ordnung ist, ehe ich dieses Ding wieder starte.«

Die zwei Männer schlüpften in luftdichte Druckanzüge, schlossen ihre Helme und traten leichtfüßig hinaus in die Mondlandschaft.

Templin ging um die Rakete herum, untersuchte sorgfältig mit Hilfe einer Lampe jede sichtbare Linie und Markierung am Rumpf. Dann sagte er in sein Helmmikrofon: »Scheint in Ordnung, Culver. Übrigens, was ist das für ein Ding dort drüben?«

Er wies auf etwas am Ansatz der Kraterwand, das in rötlich metallischem Schein glänzte. Culvers Blick wandte sich in die Richtung, in die sein Arm deutete.

»Das ist eine Abschußrampe für Raketen«, sagte er. »Man hält sich da am besten fern. Ein Überbleibsel des Drei-Tage-Krieges – Sie wissen schon, als die Boys auf die Idee kamen, sie könnten die Erde erobern, indem sie sie mit Atomraketen vom Mond bepflasterten.«

Templin nickte. »Ich erinnere mich gut«, antwortete er mit grimmiger Miene. »Die Stadt, in der ich aufgewachsen bin, war eine der ersten, die vernichtet wurde. Aber warum soll man sich fernhalten?«

Culver blickte finster. »Unkontrollierte Strahlung. Die hatten einen Plutoniummeiler für die Energieerzeugung, und bei den Kämpfen geriet das Ding außer Kontrolle und ging hoch. Da sind radioaktive Trümmer im Umkreis von einer halben Meile herumgeflogen. Das meiste davon ist inzwischen natürlich tot – diese Isotopen haben ziemlich kurze Halbwertzeit. Aber der Meiler ist immer noch da.«

»Und kann meinetwegen auch dort bleiben«, meinte Templin. »Nun, gehen wir weiter. Das Schiff scheint mir intakt – wenn es das nicht ist, werden wir es ja sehen, wenn wir die Maschinen einschalten.«

Culver folgte ihm in die winzige Druckkammer des Schiffs. Als sie ihre Helme abnehmen konnten, sagte er neugierig: »Was kommt jetzt als nächstes, Temp? Werden Sie sich Olcott vornehmen?«

»Das weiß ich noch nicht. Aber eines steht fest – das war kein Versehen; der wollte uns wirklich erledigen. Und mit diesem Minischlachtschiff, in dem er herumfliegt, hätte er das auch schaffen können. Das war nicht seine Schuld, daß wir ihm weggetaucht sind und auf die Weise bloß eine kleine Dosis abbekommen haben … Nehmen Sie das Steuer, Culver. Je schneller wir zum Bergwerk kommen, desto früher fängt die nächste Runde an!«

Drei Stunden später stand Templin in einem Schacht in der Hyginus-Spalte und starrte auf die Überreste eines Mark-VII-Diggers. Das hier war Schacht Acht mit der ertragreichsten Ader mit Uranerz, die sie je gefunden hatten. Gerade als die Mark VII richtig begonnen hatte, ansehnliche Metallmengen zu liefern, hatte es in dem Felsgestein darunter eine Verschiebung gegeben, die Stützpfeiler waren gebrochen, und die Schachtdecke war eingestürzt und hatte die Maschine verschüttet. Jetzt war die Mark VII, die auf ihren glitzernden Raupenketten wie ein riesiger, stahlgepanzerter Käfer aussah, Schrott im Wert einer halben Million Dollar.

Culver erklärte gerade: »Tim Anson hat die Maschine bedient, als die Schachtdecke einbrach; er kann Ihnen alle Einzelheiten berichten.« Templin sah zu dem Mann hinüber, auf den Culver gezeigt hatte, eine kleine Gestalt im Weltraumanzug, deren Gesicht hinter einer undurchsichtigen Maske verborgen war. In den Bergwerken wurde natürlich im Vakuum gearbeitet; es wäre unmöglich gewesen, die Schächte mit Luft gefüllt zu halten. Und die gefährlichen Strahlungen, die von dem Uranerz ausgingen, machten es notwendig, daß alle, die sich längere Zeit in Reichweite aufhielten, Spezialhelme trugen – ein Plastikmaterial, das Licht und andere harmlose Strahlung in nur einer Richtung durchließ; gefährliche Strahlen wurden abgeschirmt. »Nun, wie steht's, Anson?« fragte Templin. »Was ist passiert?«

Die Stimme des Mannes kam über sein Helmempfangsgerät: »Da gibt es nicht viel zu berichten, Sir«, sagte die Stimme. »Wir haben diesen Schacht vor etwa einer Woche angefangen und ein paar recht hübsche Proben herausgeholt. Also haben wir die Mark Sieben eingesetzt, und ich saß darauf, als sie plötzlich zu zittern anfing. Ich dachte, die Maschine hätte irgendwo einen Defekt, also schaltete ich ab. Das Zittern hielt an, also sprang ich ab, beeilte mich, daß ich den Fluchtkorridor erreichte. Und dann krachte die Schachtdecke herunter. Gut, daß ich abgesprungen war, übrigens; der Fahrersitz ist wie ein Spielzeug zerdrückt worden.«

Templin runzelte die Stirn. »Werden denn diese Schächte nicht vermessen?« wollte er von Culver wissen.

»Wenn es darunter eine Felsspalte gegeben hat, warum haben Sie dann das nicht vorher herausgefunden, ehe Sie die Mark VII eingesetzt haben?«

Culver spreizte die Hände. »Ob Sie es nun glauben oder nicht, Temp. Wir haben vermessen. Da *war keine* Spalte.«

Templin funkelte ihn an. Ehe er weitersprechen konnte, sagte eine andere Stimme vorsichtig: »Mr. Templin? Nachricht aus dem Radioraum.« Das war ein Bergmann, der ein Blatt Papier in der behandschuhten Hand hielt. Templin nahm ihm das Blatt ab und hielt es vor seine Sichtscheibe. Im Licht seiner Helmlampe las er:

Pilot der auf Joseph Olcott registrierten Rakete Silvanus hat Unfall vorschriftsmäßig gemeldet. Dem Bericht nach hat man Ihre Rakete erst erkannt, als die Kollision fast unvermeidbar war, und dann sofort ein Ausweichmanöver eingeleitet, wobei nicht vermieden

werden konnte, daß der Raketenstrahl Ihr Schiff streifte. Dem Piloten ist ein Verweis erteilt worden.
Gezeichnet: Stephens, HQ Lunadmin Tycho-Krater.

Templin grinste und reichte das Radiogramm der Lunarverwaltung an Jim Culver weiter. »Ich hab' mich in Tycho wegen unseres kleinen Zusammenstoßes mit Olcott beschwert«, erklärte er.

Culver überflog das Blatt, und sein Gesicht verdüsterte sich. Templin meinte über die Funkanlage seines Anzugs: »Regen Sie sich nicht auf, Culver – ich hab' nichts anderes erwartet. Schließlich war ja zu vermuten, daß Olcott es als Unfall melden würde. Das mußte er ja für den Fall, daß wir überlebt hatten. Zumindest wissen wir jetzt, wo wir stehen.« Er sah sich in dem Bergwerksschacht um und runzelte dann wieder die Stirn. »Ich habe genug gesehen«, sagte er abrupt. »Gehen wir wieder hinauf.«

Culver nickte, und sie gingen zu dem wartenden Monorail-Erzwagen zurück. Sie stiegen ein und drückten den Fahrthebel, und die winzigen Räder begannen sich zu drehen. Der Wagen kam schnell auf Fahrt; eine halbe Minute später verlangsamte er aber seine Bewegung bereits wieder und hielt am Schachteingang an. Sie überquerten eine freie Fläche und gingen dann in die Luftschleuse des Baus, in dem die Bergleute von Terralune untergebracht waren.

Im Büro streifte Templin seinen Druckanzug ab und griff sofort nach einer Zigarette. Culver folgte seinem Beispiel etwas langsamer und setzte sich dann Templin gegenüber. »Jetzt haben Sie es selbst gesehen, Temp«, begann er. »Haben Sie eine Ahnung, was wir tun können?«

Templin verzog das Gesicht. »Im negativen Sinn, ja.«

»Was meinen Sie damit?«

»Nun, bis vor kurzem war ich ziemlich sicher, daß Joe Olcott hinter all unseren Schwierigkeiten steckte. Ich dachte, damit könnte ich zurechtkommen. Genauer gesagt, man könnte sogar sagen, daß ich mich darauf gefreut habe. Aber Olcott ist zwar ein reicher und mächtiger Mann, aber ich kann mir einfach nicht vorstellen, daß er Erdbeben auslösen kann.«

Culver nickte. »Das ist es«, sagte er nüchtern. »Das ist aber nicht das erste Mal, daß so etwas passiert ist. Wir hatten schon anderen Ärger –

kaputtgegangene Maschinen, unverständliche Fehlentscheidungen und anderes mehr. Ich hatte genau wie Sie angenommen, daß Olcott dahinterstecken würde. Aber – nun, du lieber Gott, Temp, der Mond ist ein alter, uralter Planet. Es gibt keine innere Hitze mehr – alles ist abgekühlt, und man möchte eigentlich glauben, daß die Kruste sich inzwischen stabilisiert hat. Und doch... gibt es immer wieder Erdbeben. Fünf bis jetzt.«

Templin brummte und warf seine Zigarette in den Aschenbecher. »Rufen Sie die Vorarbeiter zusammen«, bat er. »Wir wollen eine Besprechung abhalten; vielleicht hat jemand eine Idee.«

Culver schaltete eine Sprechanlage ein. Er führte vier oder fünf Gespräche mit verschiedenen Stationen und schaltete dann ab. »Die sind alle in fünf Minuten da«, meldete er.

»Okay«, sagte Templin. Er wies auf eine Landkarte an der Wand hinter Culver. »Was ist das?« fragte er.

Culver drehte sich um. »Das ist das Bergwerk und seine Umgebung, Temp. Hier« – er legte den Finger auf die Landkarte – »sind die Wohnquartiere und das Verwaltungsgebäude, wo wir uns im Augenblick befinden. Hier ist der Eingang zu den Schächten. Energieanlage – dort sind die Sonnenkollektoren. Sie wissen, daß wir das Sonnenlicht mit Parabolspiegeln auffangen, es auf einen Wärmetauscher richten und so Elektrizität erzeugen. Das hier drüben ist die Sauerstoffanlage.«

»Heißt das, daß wir unseren eigenen Sauerstoff herstellen?«

»Nun, sozusagen ja. Auf dem Mond gibt es eine Menge Quarz. Und wie Sie ja wissen, ist das Siliziumdioxid. Wir elektrolysieren es und ziehen uns den Sauerstoff heraus.«

Templin nickte. »Diese Markierung ganz oben an der Karte?«

Culver lächelte. »Das ist unser ganzer Stolz und unsere Freude, Temp. Eine alte Loonie-Stadt. Weiß der Himmel, wie alt – die ist fast ganz im Boden versunken. Vielleicht eine Million Jahre, aber das weiß niemand genau. Aber die Lunarianer, wer auch immer sie waren, haben wirklich für die Ewigkeit gebaut. Einige ihrer Gebäude stehen immer noch. Wollen Sie später einmal hinüber und sie sich ansehen?«

Templin zögerte. »Nein, heute nicht«, sagte er bedauernd. »Das wäre mir ein Vergnügen, und für das Vergnügen ist jetzt keine Zeit.«

An der Tür klopfte es. Culver rief: »Herein«, und die Tür ging auf.

Ein besorgt blickender Mann in mittleren Jahren trat ein. Culver stellte ihn vor. »Sam Bligh. Sam ist Ingenieur und für die Energieversorgung verantwortlich.«

Templin schüttelte zuerst Bligh und dann einem halben Dutzend anderer Männer die Hand, die ihm durch die Tür folgten. Als alle versammelt waren, stand er auf und sprach zu ihnen.

»Mein Name ist Templin. Ich werde dieses Projekt eine Weile leiten. Ich habe den Job nicht verlangt, und ich will ihn eigentlich auch nicht. Aber er scheint mir anzuhängen. Je früher wir anfangen zu produzieren, desto früher sind Sie mich wieder los.« Er sah sich um. »Und jetzt einer nach dem anderen. Ich möchte hören, was Sie für Probleme haben...«

Die Besprechung dauerte etwa eine Stunde. Dann sagte Templin, was er zu sagen hatte: »In den nächsten vierundzwanzig Stunden wird hier Erz gefördert werden«, verlangte er. »Mir ist völlig egal, wie das bewerkstelligt wird. Aber wir werden in dieser Woche wenigstens eine Schiffsladung von dem Zeug verschiffen. Und in der nächsten Woche zwei Schiffsladungen, und drei in der Woche darauf, bis wir unsere Quote erfüllt haben. Ist das klar?« Er sah sich im Raum um. Die Männer nickten. »Okay«, meinte er. »Dann wollen wir's anpakken.«

3

Vierundzwanzig Stunden später, gerechnet nach der großen ›terrestrischen Uhr‹, die am ebenholzschwarzen Himmel hing, stand Templin im Raumanzug am Eingangsschacht des Bergwerks und sah zu, wie die erste Monocarladung Uraniumerz heraufbefördert wurde. Zu seinen Füßen stand eine flache, schwarze Kiste, etwa von der Größe eines kleinen Handkoffers. Als die Kranmannschaft die glitzernden Erzfragmente entladen und sie im Laderaum einer Frachtrakete verstaut hatte, sagte Templin über Funk: »Halt, Culver; schicken Sie den Monorail nicht zurück. Ich möchte mir Galerie Acht noch einmal ansehen.«

Culver, der den Ladevorgang überwachte, antwortete: »Geht in Ordnung, Temp; ich komme mit.« Er sprang leichtfüßig in das Monorail. Templin ergriff die schwarze Kiste und folgte ihm. Dann hielten sich beide fest, um nicht von der Beschleunigung überrascht zu werden. Der Wagen kam schnell auf Fahrt, und sie rasten die sich windenden Bergwerksschächte hinunter, die nur von den Scheinwerfern ihres Fahrzeugs beleuchtet wurden. Obwohl es keine Luft gab, die den Schall hätte übertragen können, spürten sie doch das Vibrieren der riesigen Räder auf der einzelnen Metallschiene als tiefes, brummendes Zittern. Dann veränderte das Brummen seinen Klang, als der Bremsschalter am Ende der Gleisstrecke den Wagen zum Stillstand brachte.

Sie stiegen aus und kletterten über die aus dem Felsgestein geschlagenen Stufen der Galerie zu der Stelle hinunter, wo acht Arbeiter halbherzig damit beschäftigt waren, das Felsgestein von dem eingezwängten Mark VII Digger zu entfernen.

Sie hielten in ihrer Arbeit inne und sahen Templin an. Der meinte: »Macht nur weiter, Jungs; wir sehen uns bloß um.«

Er ging auf die Mark VII zu, dicht gefolgt von Culver, und sah sich den Schaden an. Galerie Acht lag siebenhundert Fuß unter der Mondoberfläche, und das bedeutete, daß selbst bei der geringen Schwerkraft, die auf dem Satelliten herrschte, Millionen von Tonnen Felsgestein über ihren Köpfen aufgetürmt waren.

Templin stellte mit gerunzelter Stirn fest, daß die Tunnelwände Sprünge zeigten, tiefe, lange Sprünge, die vom Boden bis zur Decke reichten. Sie schienen von dem Punkt auszugehen, wo der Digger festlag.

Einer der Arbeiter ging auf sie zu und beobachtete Templin neugierig. Dieser blickte den Mann an und wandte sich dann Culver zu. »Sehen Sie sich das an«, meinte er.

Culver schien nichts aufzufallen. »Hm. Das ist die Stelle, wo der Fels gesprungen ist.«

»Nun.« Templin schüttelte den Kopf. »Jetzt zäumen Sie das Pferd beim Schwanz auf. Diese Sprünge *gehen* von der Maschine *aus.* Die Maschine ist zuerst durchgebrochen, und *dann* sind die Wände gesprungen.«

Culver starrte ihn durch den Helm seines Druckanzuges an.

»Und?«

Templin grinste. »Das weiß ich noch nicht«, gestand er, »aber ich habe vor, es herauszufinden.«

Er griff nach dem Behälter, den er mitgebracht hatte, und öffnete ihn. Er enthielt eine Vielzahl von Instrumenten – Skalen, Meßgeräten, etwas, das wie ein altmodisches tragbares Radio aussah und mit Kopfhörern ausgestattet war. Templin zog die Steckdose heraus und befestigte sie an einem Verbindungsstecker an seinem Kragen, der zu seinem Anzugradio führte.

Culver kniff neugierig die Augen zusammen, dann veränderte sich sein Ausdruck. »Oh, jetzt verstehe ich«, sagte er. »Das ist ein Schallmeßgerät. Sie meinen –«

»Ich meine, daß dort unten vielleicht etwas nicht stimmt«, unterbrach ihn Templin. »Wie ich schon gestern sagte, das sieht mir so aus, als wäre hierunter eine Felsverwerfung. Diese Maschine ist durch den Tunnelboden gebrochen. Wenn Sie bedenken, wie leicht alles hier auf dem Mond ist, dann bedeutet das, daß die Felsschicht darunter verdammt dünn war. Oder – nun, ich weiß nicht, was es sonst sein könnte.«

Culver lachte. »Am besten lassen Sie sich etwas einfallen, Temp. Dieser Boden war massiv; das weiß ich, weil ich die Bohrarbeiten in dieser Galerie selbst geleitet und sorgfältig darauf geachtet habe, daß die Mark VII nicht hereinkommt, solange ich nicht selbst Schallmessungen am Gestein durchgeführt hatte – ich habe die Kurven im Büro. Kommen Sie mit, dann zeige ich sie Ihnen.«

Templin zögerte und schüttelte dann den Kopf. »Sie könnten sich ja geirrt haben, Culver. Ich – ich kann es Ihnen ja ruhig sagen. Ich hab' sie gestern überprüft. Ich habe mir die Berichte der Schallmessungen gestern abend angesehen. Nach diesen Berichten ist das Felsgestein tatsächlich massiv – aber trotzdem ist die Mark VII durchgebrochen.« Er beugte sich vor und legte den Schalter an seinem Detektor um. »Aber damit werde ich ja die Frage ein für allemal klären.«

Im Inneren des Instruments begann ein elektronischer Oszillator einen gleichmäßigen Takt auszusenden, der von einem Schallreflektor übernommen und in gerader Linie ausgestrahlt wurde. Ein elektronisches ›Ohr‹ in der Maschine lauschte auf das Echo, verglich es mit dem Sendeimpuls und konnte auf diese Weise sehr exakt Richtung und Distanz jeder Schwachstelle in dem sie umgebenden Felsgestein ausfindig machen.

Die Maschine war empfindlich genug, um den Unterschied zwischen trockenen und ölhaltigen Sandschichten festzustellen – dazu hatte man sie auf der Erde eingesetzt. Höhlen im massiven Felsgestein des Mondes festzustellen, war verglichen damit ein Kinderspiel. So einfach und so schwer zu verkennen, daß Templin der Frage aus dem Wege ging, wie es dazu hatte kommen können, daß die ersten Berichte, die auf Culvers Tests beruhten, hatten falsch sein können. Die Maschine hatte sich nicht irren können, das wußte Templin. Konnte es sein, daß die Menschen, die sie bedient hatten, ein unsauberes Spiel spielten?

Templin richtete den Reflektor des Instruments auf das Gestein unter der Mark VII und griff nach dem Schalter, der es ihm möglich machte, das Echo abzuhören.

Culver, der Templin zusah, bemerkte, wie sich hinter ihnen etwas regte. Die acht Arbeiter, die sich um die Mark VII drängten, ließen plötzlich die Werkzeuge fallen und begannen, wild mit den Armen fuchtelnd auf sie zuzurennen.

»Was, zum Teufel, ist hier los?« stieß Culver hervor. Templin blickte auf.

Dann spürten sie es auch. Durch die Sohlen ihrer metallbelegten Stiefel spürten sie ein immer stärker werdendes Vibrieren im Felsen. Irgend etwas geschah hier – etwas Unvorhergesehenes. Sie hielten einen Augenblick lang inne, und dann waren die Arbeiter in ihrer Panik in Reichweite ihrer Radios gekommen, und sie hörten sie schreien: »*Einbruch!*«

Templin richtete sich auf. Die Risse in den Wänden verbreiterten sich unheildrohend; der Felsboden unter ihren Füßen wirkte plötzlich nicht mehr massiv. Und das konnte nur eines bedeuten. Irgendwie wiederholte sich der Felsrutsch, der schon die Mark VII bewegungsunfähig gemacht hatte. Irgendwo unter ihren Füßen füllte sich ein Loch im Felsgestein – und es war durchaus möglich, daß sie zu guter Letzt in diesem Loch enden würden.

Fluchend sprang Templin zur Seite, um die von Panik erfüllten Arbeiter vorbeieilen zu lassen. Dann hetzte er, den halb gelähmten Culver hinter sich herziehend, auf das Monorail zu, der nach oben führte. Sie waren die letzten, die in den Wagen sprangen, und kamen gerade noch rechtzeitig. Die Bergleute in ihrer Panik hatten bereits den Starthebel betätigt, und jetzt nahm das Monorail Fahrt auf.

Benommen zurückblickend, sah Templin, wie die Tunneldecke zu zittern begann und dann herunterstürzte und die Mark VII unter sich begrub. Zum Glück breitete sich das Beben nicht weiter aus, aber es war ein schreckenerregendes Spektakel, wie hier völlig lautlos Felsbrocken herunterfielen und des Menschen Werk unter sich begruben.

Um so mehr, weil Templin in dem Augenblick, in dem die Tunneldecke den Digger unter sich begrub, eine Gestalt im Schutzanzug und im undurchsichtigen Bergarbeiterhelm hinten von der Maschine weg auf eine Nische in der Galeriewand zurennen sah. Der Mann war gefangen; selbst wenn es eine Möglichkeit gegeben hätte, das Monorail anzuhalten und umzukehren, so gab es doch keinen Weg, durch Tausende von Kubikmetern Felsgestein an ihn heranzukommen...

Im Büro wirkte Templin wie ein eingesperrter Tiger, der unruhig auf und ab rannte. In der geringen Schwerkraft war sein Schritt ein lächerliches Schleichen im Zeitlupentempo, aber sein gerötetes Gesicht machte seinen Ärger deutlich.

Er blieb stehen und wirbelte zu Culver herum. »Acht Männer in der Grube – und nur sieben herausgekommen! Einer unserer Männer tot – Gerät im Wert einer halben Million begraben – warum? Weil irgendein Narr zugelassen hat, daß direkt über einer unterirdischen Höhle ein Schacht gegraben wird.«

Culver rutschte unruhig auf seinem Sessel hin und her. »Augenblick, Temp«, protestierte er. »Ich schwöre Ihnen, da war keine Höhle! Sehen Sie sich doch die Schallmessungen selbst an.«

Templin sog heftig an seiner Zigarette, und als er antwortete, hatte er seine Stimme wieder unter Kontrolle. »Sie haben völlig recht, Culver. Ich hab' mir das selbst angesehen. Nur – dort muß eine Höhle gewesen sein, sonst wäre das nicht passiert. Und wie erklären Sie das?«

Die Tür öffnete sich, und der Personalchef streckte beunruhigt den

Kopf herein. »Ich habe mir die Einsatzlisten angesehen, Templin«, sagte er.

Der schob erwartungsvoll das Kinn vor. »Und wer fehlt?« fragte er.

»Das ist es ja, Sir – niemand fehlt!«

»Was!?« Templin starrte den Mann an. »Hören Sie, Henkins, erzählen Sie hier keinen Quatsch. In dem Schacht waren acht Bergleute. Nur sieben sind herausgekommen. Ich habe *gesehen*, daß einer zurückblieb, und es gibt nicht den geringsten Zweifel, daß der immer noch dort unten ist. Ich will wissen, wer das ist.«

Der Mann verteidigte sich. »Tut mir leid, Mr. Templin. In der Energieversorgung sind vier Mann, fünf Wachen patrouillieren im Schacht und in der Umgebung, und zwei Männer haben frei und bummeln in Tycho City. Ich habe jeden einzelnen überprüft. Alle anderen sind hier im Gebäude.« Er fuhr hastig fort, ehe es bei Templin zu einem Wutausbruch kommen konnte: »Aber ich habe mir erlaubt, mit einem der Bergleute zu sprechen, die mit Ihnen unten waren, Mr. Templin. Er sagt wie Sie, daß sie acht waren. Aber ein Mann, sagte er, gehörte nicht zu der regulären Crew. Er wußte nicht, wer dieser Mann war. Tatsächlich«, Henkins zögerte – »dachte er, das wären *Sie!*«

»Ich? Ach, um Himmels willen!« Templin sah den Mann angewidert an. »Hören Sie, Henk. Mir ist egal, was Ihr Freund sagt – dieser Mann gehörte zu der regulären Crew. Zumindest war er ein Bergmann dieses Projekts – er trug einen Bergarbeiterhelm; das habe ich selbst gesehen. Sie stellen jetzt fest, wer das war, und lassen Sie sich hier ja nicht wieder blicken, solange Sie es nicht wissen.«

»Ja, Mr. Templin«, sagte Henkins verzweifelnd und schloß die Tür leise hinter sich.

Templin drückte seine Zigarette aus. »Ich würde fünf Jahre Gehalt darum geben«, brummte er verstimmt, »wenn ich schon wieder auf dem Merkur wäre. Dort hatte ich keinen Ärger. Ich brauchte mich bloß darum zu kümmern, daß ich in keine Lavagrube fiel und das Schiff nicht aus den Augen verlor.«

Culver lehnte sich gegen die Stahlwand seines Büros. »Klingt ja prima«, spottete er.

Ein Summer ertönte. Templin meldete sich müde über die Sprechanlage, die auf dem Schreibtisch stand. »Hello, hello«, knurrte er.

Die besorgte Stimme, die aus dem Lautsprecher klang, war die von Sam Bligh. »Ärger, Templin. Mit unseren Energiereserven stimmt etwas nicht. Die Zuleitungen sind kurzgeschlossen. Ich weiß noch nicht, woran das liegt – aber es sieht aus wie Sabotage.«

Die riesigen Parabolspiegel standen reglos und starr auf die mächtige Erdscheibe gerichtet da, als Culver und Templin sich ihnen näherten. Die beiden Männer musterten sie im Vorübergehen und eilten auf das flache Gebäude der Energiezentrale zu. Bligh erwartete sie drinnen. Mit einer weit ausholenden Handbewegung deutete er auf die Skalen, die eine ganze Wand füllten.

»Da, sehen Sie!« sagte er. »Jede Akkumulatorengruppe, die wir in Reserve hatten – weg. Für das ganze Projekt steht kein Watt Energie mehr zur Verfügung, nur noch, was in den Arbeitskondensatoren steckt.« Templin folgte seiner Handbewegung und sah, daß die Nadel jedes einzelnen Anzeigegerätes in Nullage stand.

»Was ist denn passiert?« wollte er wissen.

Bligh zuckte hilflos mit den Schultern. »Sehen Sie doch selbst«, sagte er. Er wies auf ein Fenster, das den Blick auf die Generatoren freigab, die unter dem Flachbau im Gestein verankert waren. »Diese viereckigen Gebilde dort rechts sind die Quecksilberlaminat-Akkumulatoren. Die Leitungen führen von den Generatoren zu ihnen; wir zapfen die Akkumulatoren immer dann an, wenn wir Energie brauchen. Irgendwie sind die Zuleitungen vor etwa fünf Minuten durchschnitten worden. Genau dort.«

Templin sah die Stelle, wo die massiven isolierten Kabel kurz vor der Verteilerbox abgehackt worden waren, die zu den Akkumulatoren führten. Er sah sie sich eine Weile mit finsterem Blick an. »Sabotage. Sie haben schon recht gehabt, Bligh – das kann kein Versehen sein. Wer war hier?«

Bligh schüttelte den Kopf. »Niemand – soweit ich weiß. Ich habe niemanden gesehen. Aber es waren keine besonderen Wachen aufgestellt; die gibt es hier nie. Jeder im Projekt hätte hereinkommen und es tun können.«

Culver unterbrach ihn. »Wie lange reicht die Energie in den Kondensatoren?«

»Bei unserem normalen Verbrauch – einen halben Tag; wenn wir sparen – eine Woche. Bis dahin steht die Sonne hoch genug, daß die Spiegel wieder funktionieren.«

»Wieder funktionieren?« wiederholte Templin. »Aber die Generatoren funktionieren jetzt doch, oder?«

Bligh zögerte. »Nun – ja, das schon. Aber es ist nicht genügend Energie da, daß es einen großen Unterschied machen würde. Der Mond braucht für eine Umdrehung achtundzwanzig Tage, wie Sie wissen; das bedeutet, daß wir vierzehn Tage Sonnenschein haben. Und dann bekommen wir unsere Energie. In der ›Nacht‹ – wenn die Sonne auf der anderen Seite steht – richten wir die Spiegel auf die Erde und bekommen etwas reflektiertes Licht ab, aber das bringt nicht viel ein.«

Templins Gesicht wirkte abgespannt und hager, so konzentrierte er sich. Jetzt meinte er: »Veranlassen Sie, daß der Energieverbrauch reduziert wird. Strecken Sie die Reserven, soweit Sie können. Culver – stellen Sie eine Crew an einer der Frachtraketen bereit.«

Culver hob die Brauen. »Wo gehen wir hin, Temp?«

»Wir beschaffen uns zusätzliche Energie!«

Culver meinte beunruhigt über Templins Schulter hinweg: »Es ist Ihnen natürlich klar, daß uns das ernsthafte Schwierigkeiten mit der Sicherheitspatrouille eintragen kann, wenn die es erfahren.«

»Wir werden versuchen, das zu verhindern«, meinte Templin. »Und jetzt stören Sie mich eine Weile nicht.« Seine Finger tanzten über die Kontrollen der recht schwerfälligen Frachtrakete. Unter ihnen lag der Krater, in dem sie am Tag zuvor nach Olcotts Angriff ihre Bruchlandung gebaut hatten. Templin bremste die Vorwärtsbewegung der Rakete mit der Bugdüse ab, hob dann die Nase des Schiffs und setzte es sanft auf dem donnernden Flammenstrahl seiner Heckraketen auf.

»Gesichert«, meldete er. »Trägt die Mannschaft Druckanzüge? Gut. Dann lassen Sie sie jetzt arbeiten.«

Culver seufzte ergeben und eilte davon, wobei er der Mannschaft Befehle zurief. Templin stieg in seinen Anzug. Hundert Meter vor ihnen lagen die verlassenen Raketenabschußrampen, die im Drei-Tage-

Krieg ein Dutzend Städte verwüstet hatten. Templin trat aus der Luftschleuse und eilte hinter der Gruppe von Männern in Druckanzügen her, die bereits damit beschäftigt waren, die Ruinen der Anlage zu untersuchen.

Culver winkte ihm zu. Seine Stimme klang immer noch etwas verärgert, als er über Funk sagte: »Dort ist der Meiler, Temp; das ist jetzt Ihre letzte Chance, diese verrückte Idee fallenzulassen.«

»Das können wir nicht«, erklärte ihm Templin, »wir brauchen Energie. Wenn wir diesen Atommeiler mitnehmen und ihn wieder in Gang setzen, können wir mit unserem eigenen Uran Energie erzeugen. Mag sein, daß das gegen die Gesetze verstößt, aber das ist die einzige Möglichkeit, das Bergwerk während der nächsten Woche in Gang zu halten – und das Risiko gehe ich ein.«

»Okay«, sagte Culver. Er erteilte den Männern jetzt Befehle, worauf diese anfingen, die zehn Jahre alte Anlage zu zerlegen. In ihren strahlensicheren Bergwerksanzügen war die schwache Radioaktivität, die auch nach der Explosion des Meilers noch zurückgeblieben war, für sie ungefährlich. Bei Templin war das ganz anders, und ebenso Culver; ihre Anzüge waren von der leichteren Art, wie man sie auf der Mondoberfläche trug, und deshalb mußten sie auf sichere Distanz vom Meiler achten. Ein Kernmeiler ist ein höchst komplizierter, schwerfälliger Apparat; er besteht aus vielen hundert Graphitwürfeln, die winzige Uranstücke enthalten, die Stück für Stück wie ein Kreisel aufeinander aufgestapelt sind. Dann gibt es Cadmiumkontrollstäbe, die die Geschwindigkeit der Kernreaktion beeinflussen, Instrumente, die die Vorgänge im Inneren des Gebildes unter Kontrolle halten, Neutronenschilde aus Schwermetall, die Gammastrahlen sperren, und genug anderes Gerät, um einen ganzen Lagerschuppen damit zu füllen. Culver sah den Arbeiten zu und knurrte: »Wie, zum Teufel, kriegen wir denn all den Kram in die Rakete?«

»Das schaffen wir schon«, versprach Templin. Er beugte sich schwerfällig vor, um einen Steinbrocken aufzuheben, und zerdrückte ihn mit der behandschuhten Faust. Er fühlte sich wie Kreide an. »Weich«, sagte er. »Ausgebrannt.«

Culver nickte unter seinem Helm. »Das passierte, als der Meiler hochging, damals, während des Krieges.«

»Nein. So ist das auf dem ganzen Mond, wie Sie unterdessen wissen sollten.« Templin warf den zerbröckelten Stein weg und wischte sich die Handschuhe ab. »Da ist etwas, worüber Sie nachdenken sollten, Culver. Ich habe vor Jahren gelesen, die ganze Oberfläche des Mondes zeige, daß er vor ein paar tausend Jahren harter Strahlung ausgesetzt worden sein muß. Die Form der Krater – die Tatsache, daß jegliche Atmosphäre verschwunden ist – die großen Sprünge in der Oberfläche – das alles deutet darauf hin, daß es hier einmal eine gewaltige Atomexplosion gegeben haben muß.«

Er blickte zu den Bergleuten hinüber, die immer noch damit beschäftigt waren, den Meiler zu zerlegen. »Manchmal denke ich«, meinte er langsam, »daß das viele Dinge hier auf dem Mond erklärt. Zum einen, was aus den Loonies geworden ist, nachdem sie ihre Städte gebaut hatten – und verschwanden.«

Culver sah ihn überrascht an. »Sie meinen, die Loonies verfügten über Atomkraft? Und – und hätten den Mond damit in die Luft gejagt?«

Templin zuckte mit den Schultern, eine Bewegung, die durch seinen Druckanzug fast unsichtbar blieb. »Sie müssen da genauso raten wie ich«, sagte er.

»Immerhin... hier kommt die erste Ladung mit Graphitziegeln. Helfen wir denen beim Verstauen in der Rakete.«

Als der gestohlene Plutoniummeiler wieder zusammenmontiert war, hatte Templin das Gefühl, wieder Licht zu sehen. Es gab einen Augenblick geradezu hysterischer Spannung, als der Meiler mit aus dem Bergwerk entnommenem Uran zu funktionieren begann – ein Sekundenbruchteil schier unerträglicher Nervenanspannung, als die Cadmiumstäbe langsam herausgezogen wurden und das atomare Feuer im Inneren des Meilers aufzuglühen begann – aber die Sicherheitsvorrichtungen arbeiteten noch perfekt, und Templin atmete erleichtert auf. Eine atomare Explosion war überall schlimm genug... aber hier, im Inneren eines Uranbergwerks, wo der Boden mit Adern atomaren Brennstoffs durchzogen war, hätte sich das zu einem Alptraum entwickeln können.

Als der Meiler zwei Tage gebrannt hatte, waren die Akkumulatoren wieder aufgeladen, und das Bergwerk lief wieder auf vollen Touren. Culver, der im Büro saß und sich den Produktionsbericht des Tages ansah, blickte Templin strahlend an: »Scheint, daß wir wieder auf Touren sind, Temp. Zweihundertfünfzig Kilo Uran in vierundzwanzig Stunden – wenn wir das einen Monat durchhalten, fängt Terralune vielleicht an, mit dieser Bude hier Geld zu verdienen.«

Templin blies eine Rauchwolke zur Decke. »Fangen Sie bloß nicht an, Ihre Dividenden zu zählen, ehe die ausgezahlt sind«, riet er. »Die Mark VII ist immer noch nicht funktionsfähig – wir werden keine neuen Schächte eröffnen können, solange wir keinen Ersatz dafür haben, also beschränkt sich unsere Produktion auf das, was wir aus Galerie Acht herausholen. Und außerdem – wir haben unsere Energieprobleme zwar für den Augenblick gelöst, aber was machen wir mit dem Mann, der das ganze verursacht hat?«

»Dem Mann, der es verursacht hat?« wiederholte Culver.

»Ja. Erinnern Sie sich daran, was Bligh gesagt hat – es war Sabotage. Jemand hat die Leitungen absichtlich kurzgeschlossen.«

»Oh.« Culver fiel die Kinnlade herunter. »Wir haben auch nie erfahren, wer der fehlende Bergmann war«, erinnerte er sich. »Haben Sie –«

Die Sprechanlage unterbrach ihn mit ihrem Summen. Als Templin sich meldete, ertönte eine autoritäre Stimme. »Hier spricht Lieutenant Garmer«, sagte die Stimme. »Halten Sie sich für eine Sicherheitsüberprüfung bereit.«

»Sicherheitsüberprüfung?« fragte Templin. »Was, zum Teufel, ist das?«

Die Stimme lachte grimmig. »Das werden Sie gleich sehen«, versprach sie. »Halten Sie sich bereit. Ich komme hinauf.«

Die Sprechanlage verstummte mit einem leichten Klicken. Templin sah zu Culver hinüber. »Nun?« fragte er. »Was soll das?«

»Das ist nur eine Formalität«, beruhigte Culver besänftigend. »Zumindest war es das immer. Die Sicherheitspatrouille schickt ungefähr jeden Monat einen Beamten zu jedem Außenposten auf dem Mond. Die stellen bloß ein paar Fragen und sehen nach, ob jemand irgendwelche Raketenabschußrampen aufgebaut hat. Damit wollen die sicherstellen, daß niemand Kriegsraketen zum Abschuß auf die Erde aufbaut, wie das im Drei-Tage-Krieg der Fall war.«

»Ach? Und was ist mit unserem Plutoniummeiler?«

Culver runzelte besorgt die Stirn. »Das stört mich ein wenig. Aber ich glaube, wir brauchen uns keine Sorgen zu machen; schließlich betreiben wir ihn in einer Höhle, und in Höhlen haben die bis jetzt noch nie nachgesehen.«

»Nun«, meinte Templin, »dann ist es ja gut. Jetzt könnten wir ohnehin nichts mehr unternehmen.« Er nahm hinter seinem Schreibtisch Platz und wartete auf seine Besucher.

Der Lieutenant brauchte nur eine Minute, um das Büro zu erreichen. Aber als die Tür sich öffnete, fuhr Templin zusammen und saß plötzlich kerzengerade da und glaubte, seinen Augen nicht trauen zu dürfen.

Der erste Mann, der durch die Tür trat, war ein adrett aussehender, militärisch wirkender junger Mann mit den Rangabzeichen eines Lieutenants auf den Schulterklappen. Aber dicht hinter ihm, mit den Doppeldüsen eines Vizekommandanten der Sicherheitspatrouille am Kragenspiegel, erschien der dunkle, kräftig gebaute Mann, mit dem Templin sich im Hadley Dome angelegt hatte und dessen Schiff sie auf dem Flug zum Bergwerk angegriffen hatte. Joe Olcott!

4

Der Lieutenant schloß die Tür hinter seinem Vorgesetzten und stelzte auf Templin zu. Er ließ ein Formular auf Templins Schreibtisch fallen. »Mein Untersuchungsbefehl«, meldete er zackig. »Lesen Sie ihn durch und vergewissern Sie sich, daß alles in Ordnung ist. Ich nehme an, Sie sind hier der neue Chef.«

Templin wandte den Blick von Olcott, was ihn einige Mühe kostete. Dann meinte er ausdruckslos, zu dem Lieutenant gewandt: »Ja, ich leite das Bergwerk. Mein Name ist Templin. Das ist Jim Culver, mein Einsatzleiter.«

Die Haltung des Lieutenants lockerte sich ein wenig. »Wir sind uns schon begegnet«, sagte er und nickte Culver zu. »Ich bin Lieutenant Garmer, und das hier ist Commander Olcott.«

»Mr. Olcott bin *ich* schon begegnet«, warf Templin trocken ein. »Zweimal – wenn auch ein wenig formlos.«

Olcott knurrte: »Lassen Sie das jetzt; wir sind dienstlich hier.«

»In welcher Mission?«

Der Lieutenant begann zögernd: »Man hat Klage gegen Sie erhoben, Mr. Templin – uns liegt ein Bericht vor, daß Sie die Sicherheitsvorschriften verletzt hätten.«

»Verletzt? Inwiefern verletzt?« Templin griff beiläufig nach einer Zigarette. Alle seine Sinne waren angespannt. Dies war der Mann, mit dem er schon zweimal aneinandergeraten war. Es sah ganz so aus, als würde es gleich zu einer dritten Auseinandersetzung kommen.

Garmer sah Olcott an, bevor er fortfuhr. »Plutonium, Mr. Templin.«

Culver hustete krampfhaft. Templin sagte: »Aha. Sie dürfen natürlich keine Risiken eingehen, Lieutenant. So absurd das ganze auch klingt, sollten Sie sich hier doch gründlich umsehen.« Und zu Culver gewandt: »Gehen Sie in den Mannschaftsraum und holen Sie zwei Begleiter für die Herren, Culver. Sie wollen sich bestimmt unsere ganze Anlage hier ansehen; vielleicht sollten wir selbst auch mitgehen.«

Culver nickte; sein Gesichtsausdruck wirkte besorgt. »Okay, Temp«, sagte er bedrückt und ging hinaus.

Templin nahm jetzt das Formular zur Hand und las es aufmerksam und langsam durch, um Zeit zu gewinnen. Auf dem Blatt stand nichts, was er nicht bereits wußte; es handelte sich um einen typischen militärischen Befehl, der eine Gruppe von zwei Beamten autorisierte, das Terralune-Bergwerk in der Hyginus-Spalte zu überprüfen. Er legte das Blatt langsam auf den Tisch.

Dann stand er auf. »Entschuldigen Sie mich einen Augenblick«, bat er. »Culver wird sich Ihrer annehmen. Und ich muß mir eine Erzladung ansehen, die gerade heraufkommt. Wenn Sie irgendwelche Fragen haben sollten, stehe ich Ihnen zur Verfügung, ehe Sie gehen.«

Olcott stieß plötzlich ein bellendes Lachen aus. »Ich wette, daß Sie das werden«, grinste er, aber dann sah er Templins sanften Blick, und plötzlich war ihm das Lachen vergangen. »Gehen Sie nur«, sagte er. »Wir sehen Sie dann später.«

Templin ließ sich Zeit. An der Tür meinte er: »Auf dem Schreibtisch liegen Zigaretten; bitte bedienen Sie sich.« Dann schloß er die Tür leise hinter sich..., und plötzlich fiel alle Lässigkeit von ihm ab. Er rannte auf die Kletterstange zu, die ins Mannschaftsquartier in der oberen Etage führte, hetzte nach oben und hastete durch den Korridor. Er suchte Culver. Der kam gerade mit zwei Bergleuten aus einem der Räume. Er hielt sie auf und zog Culver zur Seite.

»Ich brauche eine halbe Stunde«, sagte er. »Können Sie sie so lange vom Meiler fernhalten? Wenn die halbe Stunde um ist, bin ich bereit.«

»Ich denke schon«, meinte Culver zögernd. »Aber was haben Sie vor, Temp?«

»Das werden Sie schon sehen«, versprach Templin. »Los jetzt!«

Templin holte sich drei Männer und ließ sie eilends ihre Druckanzüge anlegen. Sie nahmen sich nicht einmal die Zeit, die Druckkammer leerzupumpen; kaum war die innere Tür abgedichtet, als Templin den Notschalter herunterriß, worauf die Außentür aufsprang. Der plötzliche Luftschwall, mit dem sich die unter normalem Druck stehende Luft ins Vakuum nach draußen entlud, hätte die vier Männer fast aus der Schleuse gefegt. Das war Vergeudung wertvollen Sauerstoffs – aber Templin hatte es eilig.

Die Sterne draußen waren brennende Nadelspitzen am ebenholzfarbenen Himmel. Im Westen blitzten die Berggipfel blendend weiß in der Sonne, aber im Bergwerk selbst war noch Nacht, und der riesige Erdball hing über ihnen am Himmel. Sie hetzten über die gezackten Felsformationen dahin, strebten dem verlassenen Schacht zu, in dem der Plutoniummeiler lag, den Templin an sich gebracht hatte. Als sie an den blitzenden Spiegeln der Sonnenkollektoren vorüberkamen, warf Templin einen Blick darauf und fluchte. Ohne die Energie des Meilers waren sie für ihre gesamten Bedürfnisse vom schwachen Erdlicht abhängig, und das war viel weniger als die energiedurstigen Anlagen des Bergwerks erforderten. Aber da konnte man nichts machen. Wenn Olcott und der Lieutenant gegangen waren, würden sie vielleicht den Meiler wieder in Gang setzen und den Bergwerksbetrieb aufnehmen können; bis dahin würde es keine Energie geben, und der Bergwerksbetrieb würde zum Stillstand kommen müssen.

Hastig ließ er zwei der Männer die Zuleitungen zur Energieversorgungskuppel ausgraben und neu verlegen. Er selbst rannte mit dem dritten Mann in den gähnenden schwarzen Schacht hinein.

Im hin- und herhuschenden Lichtkegel seiner Helmlampe sah er sich um und versuchte, die Risiken abzuschätzen, mit denen er sich konfrontiert sah. Der Meiler mußte versteckt werden; und die einzige Möglichkeit, dies zu tun, lag darin, die Tunnelöffnung mit einer Sprengung zu verschließen. Der Meiler selbst war massiv gebaut, besaß einen strahlensicheren Schild und eine starkwandige Verkleidung. Aber der Meilerbetrieb würde unterbrochen werden müssen, während Olcott und der Lieutenant sich in der Nähe aufhielten, denn sie würden ohne Zweifel mit ihren tragbaren Geigerzählern bemerken, wenn ein Atommeiler in Betrieb war, ganz gleich wie dick und schützend die Abschirmung war.

Und wenn man einen Plutoniummeiler einmal anhielt, so brauchte man Stunden, um die Kernreaktion wieder in Gang zu setzen. Jeder Versuch, hierbei etwas zu überhasten, bedeutete nur eines – eine Atomexplosion.

Templin gab dem Mann, der ihn begleitete, Handzeichen, weil er nicht wagte, Funk einzusetzen. Daraufhin nahmen die beiden die Cadmium-Metalldämpfer in Angriff, die aus dem Meiler hervorragten. Tief hineingeschoben, sogen sie den Neutronenfluß auf und verlangsamten die Atomreaktion, bis sie einem Waldbrand gleich, den der Regen kühlte, flackernd erloschen. Die Reaktion war angehalten. Die kreisenden Gasturbinen des Wärmeaustauschers verlangsamten ihren Lauf und kamen zum Stillstand; der Dynamo hielt an. Der Atommeiler war stillgelegt.

Templin wußte, daß draußen jetzt die Stromversorgung für die gesamte Bergwerksanlage auf die Solarenergiereserven umgeschaltet wurde. Die Lichter würden kurz aufflackern, dann würden sie wieder leuchten – ein wenig schwächer freilich.

Templin seufzte bedrückt und winkte dem anderen Bergmann zu, der gerade eine schwere Blechhaube über die freiliegenden beweglichen Teile des Generators zog. Dann eilten sie an die Mondoberfläche zurück. Templin nahm eine Sprengbombe von seinem Gürtel, maß sorgfältig die Distanz ab und warf sie in den Schacht hinunter. Sie traf gegen eine Wand und rollte ein Dutzend Meter.

Dann rannte Templin davon und zerrte den anderen Mann mit sich. Die Bombe detonierte. Ein Lichtblitz zuckte in die Höhe, und sie spürten beide durch die Sohlen ihrer Raumstiefel das Vibrieren, aber es gab keinen Laut. Templin sah, daß das Felsgestein sich aufbäumte und dann in sich zusammenbrach. Der Eingang war verschlossen.

Mit grimmigem Gesicht drehte Templin sich um und wartete, bis die Inspektionstruppe eintraf. Er hatte alles getan, was getan werden konnte.

Ein Bergarbeiter, offenbar einer der beiden Männer, die die Kabel neu verlegt hatten, stand in der Nähe. Templin sprach in sein Mikrofon: »Wenn Sie fertig sind, gehen Sie ins Quartier zurück.« Der Mann zögerte, winkte dann und entfernte sich langsam.

Templin sah zu den Lichtern der Bergwerksgebäude hinüber und konnte erkennen, daß sie jetzt weniger hell als vorher leuchteten. In der Umgebung der Bauten bewegten sich kleine Ansammlungen winziger Lichter – die Helmlampen von Männern in Druckanzügen. Als Templin genauer hinsah, bemerkte er, daß drei der kleineren Lichter auf ihn zukamen; Culver, Olcott und der Lieutenant, vermutete er. Er winkte seinem Helfer zu, sich versteckt zu halten, und eilte in großen, weit ausholenden Sprüngen auf die drei Lichter zu.

Als er näherkam, konnte er sie im rötlichen Widerschein der Erde recht gut erkennen. Es waren natürlich die drei, die er erwartet hatte; sie trugen die transparenten Helme der Mondbewohner, nicht die strahlensicheren Kopfbedeckungen der Bergarbeiter. Er begrüßte sie über Funk so beiläufig, wie er imstande war. »Irgendwelches Plutonium gefunden?« erkundigte er sich liebenswürdig.

Trotz der schwachen Beleuchtung konnte er sehen, wie Olcotts Gesicht sich verzerrte.

»Sie wissen verdammt gut, daß wir keines gefunden haben«, knurrte Olcott. »Aber ich weiß, daß es hier ist; wenn ich nicht in zwei Stunden im Hadley Dome sein müßte, würde ich bleiben, bis ich es gefunden habe.«

Templin spreizte die Hände. »Bringen Sie sich doch nächstes Mal Ihr Mittagessen mit«, spottete er.

Jetzt meldete sich der Lieutenant zu Wort. »Wir haben eine Sprengung verspürt, Templin«, sagte er. »Was war das?«

»Wir haben einen Schacht aufgesprengt«, erklärte Templin ruhig. »Sie wissen ja, daß wir hier einen Bergwerksbetrieb haben!«

»Schon gut«, sagte Olcott. »Woher kriegen Sie Ihre Energie?«

Templin sah ihn eigenartig an. »Sonnenstrahlen«, antwortete er. »Was denn sonst?«

»Lügner!« stieß Olcott hervor. »Sie wissen, daß Ihre Sonnengeneratoren ausgefallen sind! Sie haben nicht genügend Reserven, um die Nacht zu überdauern –« Er hielt inne, als er Templins Blick bemerkte.

»Ja«, entgegnete Templin leise, »ich weiß, daß wir nicht genügend Reserven haben. Aber sagen Sie, woher wußten *Sie* das?«

Olcott zögerte, dann meinte er aggressiv: »Wir – die Sicherheitspatrouille – haben Mittel und Wege, um solche Dinge in Erfahrung zu bringen. Aber das ist jetzt nicht wichtig. Ich habe Ihre Kabel vom Bergwerk bis hierher verfolgt; wenn die an den Sonnengeneratoren enden, dann werde ich einräumen, daß wir uns geirrt haben. Aber ich wette, daß die an einem Plutoniummeiler enden.«

Templin nickte. »Einverstanden. Folgen wir den Leitungen.«

Als sie die Spiegel und Fotozellen erreichten, kannte Olcotts Wut keine Grenzen. »Was, zum Teufel, soll das, Templin!« erregte er sich. »Was wollen Sie uns denn hier vormachen? Sehen Sie doch Ihre Skalen an – Sie haben hier nicht einmal genug Saft, um eine Fliege damit zu elektrokutieren! Ihre Reserven sind am Ende – die ganze Aufnahme besteht aus ein paar hundert Ampere vom reflektierten Erdlicht – und Sie wollen uns weismachen, daß Sie Ihre ganze Anlage damit betreiben!«

Templin zuckte mit den Schultern. »Wir gehen hier sehr sparsam mit Energie um«, sagte er. »Wir knipsen alle Lampen hinter uns aus und so.«

Der Lieutenant hatte das Pech, über diese Bemerkung lachen zu müssen. Olcott fuhr mit zorniger Miene herum. Templin trat einen Schritt zurück, um sich das bevorstehende Feuerwerk anzusehen. Dann... schien sich Olcott plötzlich zu beruhigen.

Er sah einen der Bergleute an, der auf sie zugekommen war, und blickte dann zu Templin hinüber. Er deutete auf die Stelle, wo Templin vor wenigen Minuten die Sprengung ausgelöst hatte, um den Meiler zu verbergen.

»Was ist dort drüben?« fragte er triumphierend.

Templin erstarrte. »Wo drüben?« versuchte er, Zeit zu gewinnen, wußte aber zugleich, daß er damit nur Zeit vergeudete.

»Unter dem weggesprengten Felsgestein«, triumphierte Olcott. »Sie wissen genau, wovon ich rede! Wo Sie gerade den Tunnel über Ihrem Plutoniummeiler hochgejagt haben!«

Templin trat benommen und ungläubig einen Schritt zurück. Wie hatte Olcott ihr Geheimnis entdecken können? Templin hätte schwören können, daß Olcott noch vor einem Augenblick völlig im dunkeln getappt hatte – und doch –

Olcott herrschte den Lieutenant an: »Verhaften Sie diesen Mann! Er hat einen Plutoniummeiler in Betrieb und handelt damit gegen die Sicherheitsvorschriften.«

Der Lieutenant sah zögernd seinen Vorgesetzten an, dann wanderte sein Blick zu Templin hinüber.

Vorsichtig trat er einen Schritt auf Templin zu, den Arm ausgestreckt, um ihn festzuhalten...

Templin brauchte den Bruchteil einer Sekunde, um seine Entscheidung zu treffen, und dann handelte er. Er stand zwischen den drei Männern und den Bergwerksgebäuden. Dahinter lag der Mond, Millionen von Quadratmeilen von Verwüstung und Einsamkeit. Das war seine einzige Chance.

Templin warf sich mit einem Satz quer durch die Gruppe, überraschte sie damit und fegte sie auseinander wie riesige, im Zeitlupentempo fallende Kegel. Weit nach vorne gebeugt, um möglichst viel Schub und Geschwindigkeit aus seinen Füßen herauszuholen, raste er los, übersprang zwanzig Fuß breite Bodenspalten, hetzte auf den Kraterrand zu, wo die Felsen besonders schroff und gezackt waren. Er hatte schon hundert Meter zurückgelegt, bevor die drei Männer sich von ihrer Verblüffung erholten.

Dann krachte die erste Explosion lautlos an einer Felszacke zu seiner Rechten auf.

Der Schuß war aus der Raketenpistole des Lieutenants abgefeuert worden, weil Olcott selbst nicht bewaffnet gewesen war, aber Templin wußte, daß der Dicke auf ihn geschossen hatte. Templin schlug einen verzweifelten Zickzackkurs ein. Rings um ihn detonierten lautlose Explosionen, aber kein einziger Schuß traf ihn.

Dann hatte Templin die Kraterwand hinter sich gelassen. Er stieß mit einem Ruck gegen einen Felsvorsprung, der ihn taumeln machte und ihm einen Augenblick die Angst einjagte, sein luftdichter Helm wäre zerplatzt. Aber dann hetzte er weiter, rannte leichtfüßig hundert Meter parallel zur Kraterwand, fand dann einen nachtschwarzen Schatten am Fuße eines Felsmonoliths und kauerte sich dort wartend nieder.

Da war kein Zischen von entweichender Luft zu hören; der Anzug war immer noch intakt. Nach einem Augenblick sah er die Lichter von zwei Männern, die die Kraterwand überquerten. Lange Minuten tanzten die Lichter umher und suchten nach ihm. Aber da waren zu viele schützende Höhlen und undurchdringliche Dunkelheit. Nach einer Weile machten die beiden kehrt und strebten wieder dem Bergwerk zu.

Templin ließ ihnen noch fünf Minuten Zeit und kroch dann vorsichtig aus seinem Versteck und spähte über den Bergkamm.

Niemand war zu sehen, bis zu den Bergwerksbauten hinüber. Eine Weile beobachtete er die Lichter in den Bauten, und sein Gesicht wirkte besorgt. Die Ereignisse der letzten paar Augenblicke waren zu schnell abgelaufen, um ihn erkennen zu lassen, wie unerträglich seine Lage war. Jetzt begann er langsam zu begreifen. Er war ein verzweifeltes Risiko eingegangen, als er den Plutoniummeiler an sich gebracht hatte – und er hatte verloren.

Ein paar Minuten lang stand er da und überdachte seine Lage und was nun zu tun war.

Dann sah er etwas, das die Lösung wenigstens einer seiner Probleme lieferte.

Plötzlich schwoll ein rötliches Licht hinter den Bergwerksbauten an, glühte auf der Stelle auf, wo die Raketenschiffe zu landen pflegten. Es wurde heller, wurde weiß und stieg dann in die Höhe, verlängerte sich zu einem zugespitzten Strahl, der den winzigen, grellen Sternen am Himmel entgegenkletterte. Es war die Antriebsdüse einer startenden Rakete. Templin sah zu, wie der Düsenstrahl in die Waagrechte überging und dann mit höchster Geschwindigkeit in Richtung auf Tycho-Krater davonraste.

Das war die Rakete, die Olcott und den Lieutenant zum Bergwerk gebracht hatte, dessen war Templin sicher. Sie flogen weg – aber sie würden wiederkommen.

Er hatte nicht viel Zeit. Und eine ganze Menge zu tun.

Vorsichtig hielt Templin sich im Schutz der Felszacken, während er sich der Kuppel näherte. Ein paar hundert Meter von ihr entfernt sah er eine Gestalt im Druckanzug, die auf ihn zukam. Er stand einen Augenblick lang reglos und unschlüssig da, bis er erkannte, daß die Gestalt einen milchig-undurchsichtigen Helm trug, den Helm eines Bergarbeiters.

Templin richtete sich auf und winkte der Gestalt zu. Als sie nur noch wenige Meter entfernt war, sagte er: »Sind die Beamten von der Sicherheitspatrouille weg?«

Der Bergmann blieb stehen. Templin war sich bewußt, wie ihn unsichtbare Augen durch den nur einseitig transparenten Helm betrachteten. Dann hörte er eine Stimme sagen: »Oh, Sie sind es, Templin. Ich habe mich schon gefragt, wo Sie wohl sein würden.«

Templin fand, daß die Stimme etwas Eigenartiges an sich hatte – eine irgendwie seltsame Sprechweise, die er aber nicht näher analysieren konnte, fast so, als spräche der Mann eine ihm fremde Sprache –

Templin blickte zur Kuppel hinüber und tat den Gedanken ab. Jemand kam auf sie zu, er mußte jetzt wissen, wie er dran war. So fragte er: »Diese Rakete, die ich da gesehen habe – war das die Sicherheitspatrouille? Sind beide weg?«

»Ja.«

»Ausgezeichnet!« freute sich Templin. »Wo ist dann Culver?«

Die Gestalt im Raumanzug machte eine Armbewegung. Templin sah in die Richtung, die der Mann ihm wies, und erkannte den Mann, der auf ihn zukam. »Danke«, sagte er und rannte Culver entgegen, der auf die Energieanlage zustrebte. Templin erreichte ihn nur ein kurzes Stück vor dem Hauptgebäude.

»Culver«, mahnte er eindringlich. »Kommen Sie in die Kuppel. Ich habe nicht viel Zeit, ich muß mich also beeilen. Als Olcott und –« er hielt inne und starrte den anderen an. Culver musterte ihn, und man konnte selbst in dem herrschenden Zwielicht erkennen, daß sein Gesichtsausdruck verwirrt war. Seine Lippen bewegten sich, aber über den Helmempfang war nichts zu hören.

»Was ist denn?« fragte Templin. Culver starrte ihn bloß an. »Ahh«, knurrte Templin. »Ihr Sender ist defekt. Kommen Sie!« Er zerrte Culver die paar Schritte zur Kuppel. Dann stiegen sie in die Luftschleuse, Templin schloß die äußere Drucktür und betätigte das Ventil, das die Schleusenkammer mit Luft füllte. Noch bevor sie die Schleuse verlassen hatten, hatte sich Templin bereits den Helm heruntergerissen und winkte Culver zu, es ihm gleichzutun.

»Was, zum Teufel, war denn mit Ihrem Sendegerät los?« fragte er.

»Nichts«, antwortete Culver überrascht. »Ihres funktioniert nicht.«

»Nun – aber lassen wir das. Was ist mit Olcott?«

»Der ist nach Tycho zurückgeflogen. Wahrscheinlich, um ein Aufgebot zu holen, um Sie zu jagen, denke ich.«

»Warum haben die nicht über Funk Hilfe angefordert?«

Culver grinste ein wenig verlegen. »Das ist wohl mir zuzuschreiben«, erklärte er. »Ich – ich habe denen gesagt, wir hätten nicht mehr genügend Saft dafür. Das hat ihnen nicht gepaßt, aber was blieb ihnen schon anderes übrig? Wir haben tatsächlich nicht sehr viel Energie, und das stimmt auch.«

Templin lachte. »Guter Junge«, sagte er. »Also gut. Ich habe folgendes vor: Olcott hat gesagt, er wolle zum Hadley Dome. Ich will dort sein, wenn er ankommt. Ich glaube, jetzt ist es Zeit, daß etwas Entscheidendes geschieht.«

Culver wirkte wenig überzeugt, meinte aber nur: »Ich lasse eine Rakete startklar machen.« Er ging zu der Sprechanlage im Vorraum und erteilte der Bodenmannschaft Anweisung. Dann meinte er, zu Templin gewandt: »Gehen wir hinaus.«

Der nickte und schickte sich an, seinen Helm wieder aufzusetzen. Als er ihn sich über den Kopf hob, fiel ihm etwas auf.

»Teufel noch mal!« schimpfte er. »Hey, Culver, sehen Sie mal.«

Am Helmsockel war ein Kontaktnippel angebracht, an dem eines der Kabel befestigt war. Aber der Nippel war abgebrochen; man konnte das Metall sehen, wo er ursprünglich mit dem Helm selbst verbunden gewesen war. Das Sendegerät war dadurch unbrauchbar.

»Das habe ich doch gesagt, Temp«, meinte Culver selbstzufrieden. »Das war schon vorher defekt, als ich draußen mit Ihnen reden wollte.«

»Mag sein«, erwiderte Templin nachdenklich. »Vielleicht ist es zerbrochen, als ich dort hinten am Krater gegen den Felsvorsprung rannte – nein! Das kann nicht sein. Ich habe doch, kurz bevor ich Sie sah, mit einem Bergmann gesprochen.«

»Welchem Bergmann?« Templin starrte ihn an. »Nun, den, der kurz vor Ihnen aus dem Gebäude kam.«

Culver schüttelte den Kopf. »Schauen Sie, Temp«, sagte er. »Als Olcott und der Lieutenant starteten, waren alle Mann im Gebäude. Und ich war der erste, der nachher hinausging. Da war kein Bergmann.«

Templin stand einen Augenblick lang wie angewurzelt da. Dann riß er die Augen auf. »Mit *jemandem* habe ich aber gesprochen«, knurrte er. »Hören Sie, ich habe etwa zwanzig Minuten bis zum Start. Gehen wir hinaus und suchen wir den Mann!«

Culver griff wortlos nach einem Anzug. Templin schnappte sich einen anderen Helm mit funktionsfähigem Sender und stülpte ihn sich über den Kopf; dann traten sie in die Druckschleuse und gingen auf der anderen Seite ins Freie. Templin deutete hinaus: »Dort habe ich ihn gesehen.« Aber von dem ›Bergmann‹ keine Spur. Er strebte der Stelle zu, wohin die Gestalt im Druckanzug unterwegs gewesen war, draußen in der Nähe der alten Loonie-Stadt. Sie suchten die Krater der Mondlandschaft ab, trennten sich so weit, daß sie gerade noch in Kontakt blieben, durchsuchten jeden Krater, jede Spalte. Dann war Culvers Stimme in Templins Ohr zu hören: »Sehen Sie, dort draußen!« rief er. »Am Fuße dieser Felspyramide!«

Templins Herz machte förmlich einen Satz. Dort bewegte sich etwas, etwas, das metallisch blitzte und in unregelmäßigen Sprüngen über die Felsen davoneilte, sich von ihnen entfernte.

»Das ist es!« sagte Templin. »Es läuft auf die Loonie-Stadt zu. Kommen Sie – vielleicht können wir ihn einholen!«

Das Etwas verschwand hinter einem Felsvorsprung, und Templin und Culver rannten darauf zu. Es war eine gute Viertelmeile entfernt, am Rande der Loonie-Stadt selbst. Sie brauchten wertvolle Minuten, um dahin zu gelangen, und weitere Minuten, bis sie das fanden, was sie suchten.

Und dann sah es Templin. Es lag auf dem nacken Felsen. »Culver!« stieß er hervor. »Ich hab's!«

Vorsichtig rückten sie näher. Die Gestalt lag reglos da, das Gesicht nach unten, am Eingang zu einer der verlassenen Mondbauten.

Templin knurrte zornig: »Okay, wer auch immer Sie sind! Aufstehen!«

Aber die Gestalt regte sich nicht. Nach einer Weile beugte sich Culver über sie, um sie näher in Augenschein zu nehmen, und sah dann verwirrt Templin an. »Tot?« fragte dieser.

Templin runzelte die Stirn und schob den Fuß unter den Raumanzug, wälzte ihn zur Seite.

Zu seiner Überraschung ließ dieser Stoß das Wesen hochfliegen wie einen Fußball. Unglaublich, wie leicht es war. Sie starrten es verblüfft an, wie es in die Höhe schwebte. Als es wieder heruntersank, rannten sie darauf zu und hoben es auf.

Der Helm fiel herunter, als sie danach griffen. Culver riß verblüfft den Mund auf.

Der Anzug war leer!

»Du lieber Gott, Culver«, sagte Templin. »Er – er hat den Anzug ausgezogen! Aber da ist doch keine Luft. Er wäre doch gestorben!«

Culver nickte ernst. »Temp«, flüsterte er mit ehrfürchtiger Stimme, »*was* mag wohl in diesem Anzug gesteckt haben?«

5

Templin manövrierte das kleine Raumschiff mit einem halsbrecherischen Hecklandemanöver so dicht an den Eingang zu Hadley Dome heran, daß der Angestellte an der Druckkammer ihn mit einem entgeisterten Blick bedachte. Aber als er dann Templins versteinertes Gesicht sah, milderte das seinen Groll, und der Mann sagte nur: »Sie sind aber dicht bei der Kuppel gelandet, Sir. Das könnte zu Unfällen führen.«

Templin musterte ihn eisig. »Wenn diesem Rattenloch etwas passiert«, sagte er, »dann wird das kein Unfall sein. Aus dem Weg.«

Er hastete die breite Basalttreppe zur neunten Etage hinauf und hämmerte an Ellen Bishops Tür. Eine furchtsame Angestellte spähte durch den Türspalt heraus und sagte: »Miss Bishop ist oben im Spielsaal, Sir. Soll ich sie anrufen und ihr sagen, daß Sie hier sind?«

»Das sage ich ihr selbst.« Templin drehte sich um und eilte die letzte Treppenflucht bis zur obersten Etage von Hadley Dome hinauf.

Er fand sich in einer mit Marmor ausgelegten Halle wieder, in der ein Springbrunnen sanft vor sich hin plätscherte. Zu seiner Rechten lag das Observatorium von Hadley Dome, wo kleine Teleskope Tag und Nacht das Antlitz der Erde beobachteten. Unmittelbar vor ihm erstreckte sich der Spielsaal, die Hauptattraktion von Hadley Dome für dessen wohlhabende Gäste und zugleich eine beträchtliche Einnahmequelle für das Milliardärssyndikat, dem die Kuppel gehörte.

Denn in Hadley Dome galten die Gesetze der Erde nicht; auf dem Mond herrschte Militärrecht, gewisse Sicherheitsvorschriften... und sonst nichts. Gewaltverbrechen unterlagen der Gerichtsbarkeit der Internationalen Sicherheitspatrouille, aber es gab keine Gesetze bezüglich Drogen, Alkohol, Moral – oder Glücksspiel. Und besonders das Glücksspiel war es, das den Dome weltberühmt gemacht hatte.

Templin zögerte an der Schwelle des Spielsaals und sah sich nach Ellen Bishop um. Verächtlich wanderte sein Blick über die Ansammlung von Abenteurern und Glücksrittern. Im Raum waren nicht einmal fünfzig Personen anwesend, und doch konnte er sehen, daß hier gigantische Summen Geldes die Besitzer wechselten. An dem Roulettetisch unmittelbar vor ihm zog ein hagerer, müde blickender Croupier glitzernde Jetons aus synthetischem Diamant und Rubin zu sich heran. Jeder Jeton war hundert Dollar oder mehr wert. Und es lagen Dutzende solcher Jetons auf dem Tisch.

Templin wandte den Blick ab, um sich nach Olcott umzusehen. Der Mann war nicht im Saal, und Templin dankte dafür im stillen seinen Göttern.

Aber am anderen Ende des Saales, den Spielern den Rücken zuwendend und den Blick nach draußen auf die blendende Felswüste des Mare Serenitatis gerichtet, stand Ellen Bishop. Sie war allein.

Templin ging von hinten auf sie zu und tippte sie sachte an der Schulter an. Das Mädchen zuckte zusammen und wirbelte dann herum, als hätte etwas eine Feder in ihr ausgelöst.

»Templin!« stieß Ellen hervor. »Sie haben mich erschreckt.«

Templin lächelte beruhigend. »Tut mir leid. Haben Sie Olcott gesehen?«

»Nein. Ich glaube nicht, daß er im Dome ist. Aber Temp – was für Schwierigkeiten gibt es denn in Hyginus? Culver hat über Funk gemeldet, die Sicherheitspatrouille sei wegen irgend etwas hinter Ihnen her! Was ist denn?«

»Eine Menge Ärger«, gestand Templin ruhig ein. »Und ich weiß nur einen Ausweg. Stellen Sie jetzt keine Fragen; hier sind zu viele Leute mit zu vielen Ohren. Und ich möchte, daß Sie etwas tun.«

Er sah sich im Saal um und wählte einen Würfeltisch, von dem aus man einen guten Blick auf die Tür hatte. »Wir wollen ein paar Dollar riskieren«, schlug er vor. »Ich habe das Gefühl, daß dies eine Glücksnacht für mich ist!«

Templin spielte mit Bedacht, denn die Einsätze waren zu hoch, als daß ein Gehaltsempfänger sie sich hätte leisten können. Aber indem er vorsichtig gegen die Würfel wettete und gelegentlichen Impulsen widerstand, seine Gewinne stehenzulassen, gelang es ihm immerhin, eine Weile im Spiel zu bleiben.

Ellen, die nicht spielen wollte, stand erregt neben ihm. Jetzt flüsterte sie ihm mit durchdringender Stimme zu: »Temp, ich habe noch nie etwas so Idiotisches gehört! Wissen Sie denn nicht, daß die Patrouille hinter Ihnen her ist? Olcott kommt jeden Abend hierher; wenn er Sie sieht – dann ist alles vorbei!«

Templin lächelte. »Geduld. Ich weiß, was ich tue. Ich wette sechs zu fünf, daß der Mann seine Acht nicht schafft.«

Ellen warf den Kopf in den Nacken. »Zu schade«, meinte Templin. »Ich hätte gewonnen.« Die Würfel wanderten zu Templin weiter; er machte einen Punkt, nahm seinen Gewinn, warf und verlor. Er seufzte und wartete darauf, daß der Mann neben ihm seinen Einsatz machte.

Und dann – sah er, worauf er gewartet hatte.

Joe Olcott erschien kurz in der Tür zum Spielsalon. Templin entdeckte ihn sofort und nutzte die Gelegenheit, um sich eine Zigarette anzuzünden, wobei er den größten Teil seines nach unten gerichteten Gesichts mit der Hand abschirmte. Aber die Vorsichtsmaßnahme war überflüssig; Olcott suchte jemand anderen, einen untersetzten, kleinen, servil wirkenden Mann, der sofort auf ihn zutrottete, als Olcott in der Tür erschien. Es kam zu einem kurzen Gespräch im Flüsterton, dann verschwanden beide.

Templin wartete dreißig Sekunden, nachdem sie gegangen waren. »Ich hab' es gewußt«, strahlte er. »Olcott sagte, er würde hierher zurückkehren – und ich weiß, weshalb! Kommen Sie, Ellen – ich möchte sehen, wo er hingeht.«

Ellen protestierte, aber Templin zog sie mit sich nach draußen. Sie folgten den zwei anderen in die Halle und sahen an der Anzeigetafel über dem Lift, daß die Kabine auf dem Weg nach unten war. »Da sind sie drin«, sagte Templin. »Kommen Sie – über die Treppe geht es schneller.« Er zerrte das protestierende Mädchen in halsbrecherischem Tempo die Basalttreppe hinunter. Als sie schließlich die unterste Etage erreicht hatten, war sie erschöpft, und selbst Templins Atem ging schwerer. Plötzlich verlangsamte er seine Schritte, und sie spähten vorsichtig in die Halle des Hadley Dome, ehe sie hinaustraten.

Olcotts Begleiter hatte sich von ihm getrennt und verschwand gerade in einem langen Korridor, der zur Radiozentrale des Domes führte. Olcott selbst war gerade damit beschäftigt, einen Druckanzug anzulegen, offenbar, weil er beabsichtigte, nach draußen zu gehen.

Templin blieb hinter der hohen Balustrade der Treppe stehen. Er nickte kurz, als führe er ein Selbstgespräch. »Jetzt ist mir einiges klar,

Ellen«, sagte er zu dem Mädchen. »Da ist etwas vorgefallen – etwas so Phantastisches, daß ich kaum wage, daran zu denken, etwas, was unsere kühnsten Träume übersteigt. Aber ich glaube, ich weiß, was es ist. Und Olcotts Verhalten überzeugt mich jede Minute mehr davon.«

»Wovon reden Sie?« wollte das Mädchen wissen.

Templin lachte. »Das werden Sie schon sehen«, versprach er. »Unterdessen ist Olcott zu einem bestimmten Ort unterwegs, der mich sehr interessiert. Ich werde ihn verfolgen; Sie bleiben hier.«

Ellen Bishop stampfte mit dem Fuß auf. »Ich komme mit.«

Templin schüttelte den Kopf. »Nein. Sie kommen nicht mit – und das ist mein letztes Wort. Wenn das hier alles vorbei ist, tue ich wieder, was Sie sagen – aber im Augenblick bin ich der Boß. Und Sie bleiben hier.«

Er ließ das wütende Mädchen stehen und ging durch die Druckkammer hinaus, schlüpfte dabei hastig in den Anzug, den ihm der Angestellte reichte. Templin war gerade damit fertig, seinen Helm abzudichten, als die Außenschleuse aufging und das Vakuum ihn ansaugte.

Er blinzelte verstört, als er in die grelle Helligkeit hinaustrat. In den Tagen, die verstrichen waren, seit Templin zuletzt in Hadley Dome gewesen war, hatte der Mond auf seiner langsamen Reise um die Erde die Kuppel ins direkte Sonnenlicht gebracht, das schmerzhaft hell war, heiß genug, um das eisige Felsgestein über Nacht bis zum Siedepunkt von Wasser zu erhitzen. Obwohl die Polarisatoren seines Helms diesen abblendeten, reichte das nicht aus, um genügend von dem grellen Licht abzuhalten. Aber nach ein paar Augenblicken war das Schlimmste vorbei, und er konnte wieder sehen. Er blickte sich nach Olcott um, sicher, daß er ihn nicht sehen würde ... und so war es auch. Olcott befand sich nicht zwischen den Schiffen, die vor der Kuppel parkten. Olcott war hinter der Kuppel selbst verschwunden; Templin folgte ihm und starrte über das von Hitze getränkte Mare Serenitatis hinaus.

Olcotts Gestalt, die im Druckanzug aufgedunsen und gefährlich wirkte, hastete jetzt schwerfällig den langen Abhang von Mount Hadley hinunter, auf einen kleinen Krater zu, meilenweit entfernt in dem felsigen Mare. Templin starrte den Krater eine Sekunde lang nachdenklich an und erinnerte sich dann an seinen Namen.

»Linné«, sagte er zu sich. Und dann erinnerte er sich in einer plötzlichen Aufwallung von Freude an die Geschichte des Kraters Linné – dem Ort, an dem sich eine der größten und besterhaltenen Lunarierstädte befand – den sogenannten ›Verschwundenen Krater des neunzehnten Jahrhunderts‹.

Templin nickte, vergeudete aber keine weitere Minute mit Betrachtungen. Olcott war fast seinen Blicken entschwunden, und seine aufgedunsene Gestalt war nur zu sehen, wenn er über eine Felsspalte sprang oder über ein Plateau eilte. Es konnte leicht passieren, ihn in dieser von der Sonne grell beleuchteten Wüste zu verlieren, das wußte Templin.

Also beeilte er sich, um den anderen im Auge zu behalten.

Templin erinnerte sich an die Geschichte des Kraters Linné, die den früheren Betrachtern des Mondes stets ein Rätsel gewesen war. Vor wenig mehr als einem Jahrhundert hatten die Astronomen der Erde berichtet, daß Linné verschwunden sei... und dann, ein paar Jahre später, 1870, hatten ihn die schwachen Teleskope jener Zeit wieder entdeckt – nur, daß seine Form sich verändert hatte.

Was bedeuteten jene Veränderungen seiner Form wohl, überlegte Templin geistesabwesend...

Es war ganz offensichtlich, daß Linné ihr Ziel war. Der Krater lag direkt auf dem Weg, den Olcott eingeschlagen hatte, gute dreißig Meilen entfernt – ein Weg, der quer durch das unwegsamste Terrain führte, das es irgendwo in dem für Menschen zugänglichen Universum gab. Auf der Erde hätte diese Entfernung einen Marsch von drei Tagen bedeutet, aber auf dem Mond mit seiner geringen Schwerkraft nicht mehr als eine Stunde zu Fuß. Aber immerhin würde es eine Stunde harter Anstrengung sein.

Nach einer Weile blickte Templin auf, nachdem er mit einem mächtigen Satz über eine hundert Fuß tiefe Spalte gesprungen war. Olcotts Gestalt war nirgends zu sehen.

Templin blieb stehen. Olcott konnte unmöglich schon den Schutz des Kraters Linné erreicht haben, oder doch? Hatte er sich vielleicht geirrt – lag Olcotts Ziel woanders?

Templin zuckte mit den Schultern, er mußte sich wieder in Bewegung setzen und versuchen, Olcott einzuholen. Er stieß sich mit ganzer Kraft mit beiden Füßen gleichzeitig ab, setzte über eine Schlucht hinweg und landete auf der anderen Seite in einer flachen Senke. Als er sich zum nächsten Sprung vorbereitete...

...trat die Katastrophe ein.

Aus den Augenwinkeln bemerkte Templin eine Bewegung. Eine Gestalt mit ausgestreckten Armen und Beinen, die einen Druckanzug trug, segelte vom nächsten Krater her auf ihn zu, und in einer ihrer ausgestreckten Hände glitzerte reflektiertes Sonnenlicht auf Stahl wie Diamanten.

Das war ein Raumfahrermesser... und der Mann, dessen Hand es hielt, war Olcott, das wußte Templin.

Templin warf sich zur Seite, wich dem Messer aus, aber Olcotts Beine trafen ihn und warfen ihn zu Boden. Templin rollte weg und landete auf den Füßen, so daß er dem anderen jetzt gegenüberstand. Olcotts Gesicht hinter der Sichtscheibe des Helms war von Haß verzerrt, und das Messer in seiner Hand blitzte wieder auf, als er Templin wieder ansprang.

Templin zögerte einen Augenblick lang unschlüssig. Olcott hatte keine Schußwaffe bei sich, das sah er. Wenn Templin das wollte, konnte er fliehen, und Olcott würde nicht die leiseste Chance haben, ihn zu fangen. Aber da war etwas in Templin, das nie zuließ, vor einem Gegner davonzulaufen... Sein Zögern dauerte höchstens eine Sekunde, und er griff nach dem Dolch, den er im Gürtel stecken hatte, und stellte sich dem Gegner. Wenn Olcott einen Kampf haben wollte, dann sollte er ihn bekommen. Die beiden rückten vorsichtig aufeinander zu, achteten auf das geringste Anzeichen einer Schwäche des anderen. Ein seltsamer, tödlicher Kampf zwischen zwei Menschen auf der zerklüfteten Oberfläche.

Olcotts Messer zuckte in einem raffinierten Stoß nach Templin, den er mit dem stählernen Weltraumhandschuh abwehrte. Er wich aus und ließ den anderen wieder herankommen. Templins Geist war kalt und klar, nicht von Haß und Wut verblendet; er würde Olcott töten, wenn das nötig sein würde, aber er wollte den anderen entwaffnen und lebend in seine Hände bekommen.

Olcott vollführte eine Finte, trat zur Seite und griff jetzt mit einem

Stoß in Schulterhöhe an. Templin tänzelte weg und ergriff dann die Gelegenheit, die sich ihm bot; er duckte sich, tauchte unter Olcotts mörderischem Stoß weg und trieb ihm die Schulter seines Druckanzuges in den Leib. Olcott japste lautlos, der Aufprall hatte ihm die Luft aus den Lungen gepreßt, während er zurücktaumelte. Templin setzte mit einem kräftigen Schlag gegen den Unterarm des anderen nach; das Messer entfiel Olcotts Hand, und Templin warf sich auf ihn.

Er drückte den anderen durch sein Gewicht zu Boden, kniete auf seiner Brust, das Messer gegen den Wulst im Druckanzug gepreßt, wo dieser in den Kragen überging. Mit der freien Hand schnippte er seinen Helmsender an und zischte: »Geben Sie auf, Olcott. Sie sind erledigt, und das wissen Sie auch.«

Olcotts Gesicht war schmerzverzerrt und so bleich wie die Mondscheibe selbst. Er leckte sich über die Lippen. »Nun – nun gut«, stieß er hervor. »Nehmen Sie um Himmels willen das Messer weg!«

Templin musterte ihn prüfend. Dann nickte er und stand auf.

»Aufstehen«, befahl er. Olcott stemmte sich mühsam in die Höhe. Dann schoß plötzlich ein Ausdruck von Schmerz über sein Gesicht. »Mein Bein!« stöhnte er. »Verdammt sollen Sie sein, Templin, Sie haben es mir gebrochen!«

Templin runzelte die Stirn und bewegte sich vorsichtig auf ihn zu. Er beugte sich vor, um sich das Bein anzusehen, aber er konnte nicht sagen, ob Olcott log. So meinte er: »Versuchen Sie, aufzustehen.«

Olcott zuckte zusammen und schüttelte den Kopf. »Ich kann nicht«, sagte er. »Es ist gebrochen.«

Templin beugte sich argwöhnisch vor. »Für mich sieht es ganz normal aus –« wollte er sagen. Dann bemerkte er seinen Fehler – aber es war schon zu spät, als daß ihm die Erkenntnis noch etwas hätte nützen können.

Olcotts anderes Bein kam mit der Geschwindigkeit einer zustoßenden Schlange hoch, holte aus und trat Templin voll in die Rippen, ließ ihn hilflos ein Dutzend Meter nach hinten taumeln. Seine Arme wirbelten durch die Luft, als er versuchte, das Gleichgewicht wiederzugewinnen... aber er hatte keine Chance, denn plötzlich rutschte der Boden unter ihm weg, als er rückwärts in den gähnenden Abgrund strauchelte!

Gelenkig wie eine Katze drehte Templin sich im Fallen herum, um auf den Füßen zu landen. Sein Sturz vollzog sich unerträglich langsam, aber er besaß immer noch die Masse, wenn auch nicht das Gewicht seiner neunzig Kilo, und wenn er mit dem Helm auftraf, so würde das seinen Tod bedeuten.

Er landete mit den Füßen voran. Der Aufprall ließ ihn am ganzen Leib erzittern. Er verlor eine Zeitlang die Besinnung, und als er wieder zu sich kam, blickte er in die blendende Sonne über ihm, die den Kopf und die Schultern von Olcott silhouettenhaft abzeichnete, der zu ihm herunterspähte.

Sie musterten einander einen langen Augenblick. Dann hörte Templin Olcotts Stimme in seinem Helm, und er nahm erst jetzt verblüfft zur Kenntnis, daß sein Empfänger noch funktionierte. »Ein Held«, spottete Olcott. »Nimmt ganz allein meine Verfolgung auf.«

Templin schwieg.

»Ich würde Ihnen gerne ein paar Fragen stellen«, fuhr Olcott fort, »aber im Augenblick habe ich keine Zeit. Es gibt da ein paar dringende Angelegenheiten, um die ich mich kümmern muß.«

»Linné«, meinte Templin. »Ich weiß. Gehen Sie nur, Olcott, wir sehen uns dort.«

Olcotts Gestalt verharrte einen Augenblick lang reglos. Dann meinte er: »Nein, das glaube ich nicht.« Dann verschwand sein Kopf hinter der Felsspalte.

Templin dachte darüber nach, was Olcott vorhatte... als er seine Absichten erkannte.

Ein riesiger Felsbrocken kam ganz langsam vom Rande des Abgrunds her auf ihn zugerollt.

So langsam der Steinbrocken auch fiel, Templin hatte gerade noch Zeit, sich vor ihm in Sicherheit zu bringen, ehe er auftraf. Er landete mit einer sich als Vibrieren äußernden Erschütterung, die er durch die Fußsohlen verspürte. Dabei wurden Brocken von Felsgestein losgerissen und prasselten auf seinen Helm.

Dann tauchte wieder Olcotts Kopf auf.

Templin kauerte sich hinter einen Felsbrocken, starrte zu Olcott hinauf und zwang sich dazu, sich nicht zu bewegen. Einen langen Augenblick sah Olcott hinunter. Dann entdeckte Templin etwas, was ihn verblüffte.

An der anderen Seite der Spalte, dicht unter Olcotts Kopf, flammte plötzlich ein Licht auf, und gleich darauf noch eines, das nur ein paar Meter entfernt war.

Templin konnte beobachten, wie Olcott voll Erstaunen einen Luftsprung machte, sich dann wieder aufrichtete und zum Hadley Dome hinüberstarrte. Jemand feuerte mit einer Raketenpistole auf Olcott! Aber wer?

Olcott richtete sich vorsichtig auf und verschwand. Templin wartete eine Zeitlang ab, aber er tauchte nicht wieder auf. Templins unbekannter Freund hatte ihn vertrieben, ihn gezwungen, in Richtung der Loonie-Stadt im Linné-Krater zu fliehen.

Templin, der sein Glück kaum glauben konnte, stand auf. Einige Sekunden lang stand er da und starrte zum Rand der Felsspalte hinauf, was geschehen würde.

Im nächsten Augenblick schob sich ganz in der Nähe ein weiterer Helm in die Höhe. Templin blickte erstaunt auf. Es sah aus wie –

Das war es.

Die Stimme, die in seinem Helm erklang, war vertraut. »O Temp, Sie Dummkopf«, sagte die Stimme tadelnd. »Sind Sie in Ordnung?«

Es war Ellen Bishop.

»Vielen Dank«, sagte er voll Gefühl. »Natürlich ist hier alles in Ordnung. Helfen Sie mir – ich komme jetzt rauf.«

6

Es war nicht leicht, aber am Ende schaffte Templin es doch, aus der Felsspalte herauszuklettern – nachdem er zuerst fast eine halbe Meile gelaufen war, bis er eine Stelle mit weniger steilen Wänden gefunden hatte. Ellen Bishop, die ihm am Rand der Spalte gefolgt war, erwartete ihn, als er schließlich emporkletterte.

Er dachte an die Angst, die in ihrer Stimme mitgeschwungen hatte, und musterte ihr Gesicht neugierig, aber hinter der Sichtscheibe des

Helms vermochte er keinen Ausdruck zu erkennen. Er lächelte. »Damit hätten Sie Ihre gute Tat für den heutigen Tag vollbracht«, stellte er fest. »Was hat Sie denn dazu veranlaßt, genau im richtigen Augenblick aufzutauchen?«

Ellens Gesicht errötete leicht. »Ich habe Sie beobachtet«, sagte sie mit leichtem Trotz in der Stimme. »Im Observatorium im Hadley Dome ist ein Teleskop, und – nun, ich habe mich um Sie gesorgt. Also bin ich hinaufgegangen und habe Sie gesucht. Ich sah, wie Olcott stehenblieb und sich dann versteckte... Also dachte ich, er hätte Sie gesehen. Es sah nach einem Hinterhalt aus. Und Sie waren ein solcher Narr, daß Sie nicht einmal eine Raketenpistole mitgenommen haben.«

»Das konnte ich nicht wagen«, entschuldigte sich Templin. »Olcott gehört immerhin der Sicherheitspatrouille an. Ich wollte nicht, daß man mich mit einer Waffe im Gürtel erwischte, während ich ihn verfolgte. Außerdem trug er selbst auch keine.«

»Er war im Vorteil«, widersprach Ellen. »Oder sind Sie zum Edelweißsuchen in diese Spalte gesprungen?«

Templin hüstelte. »Nun«, meinte er ausweichend, »da Sie schon mal hier sind, können Sie ja auch mitkommen.« Er deutete mit einer Kopfbewegung in Richtung auf die Loonie-Stadt, die jetzt sehr nahe lag. Olcott war nirgends zu sehen.

»Kommen Sie. Aber geben Sie acht, daß Sie keinen Ärger kriegen. Olcott ist ein wenig zu weit gegangen, als er mich angriff. Er kann jetzt nicht mehr zurück... und das bedeutet, daß er sich in einer ziemlich verzweifelten Lage befindet.«

Das Mädchen nickte. Seite an Seite strebten sie dem einsamen Krater Linné zu, der mitten im Mare Serenitatis liegt. Einmal glaubte Templin, Olcotts Gestalt auf einer Felsspitze zu sehen, als er sie beobachtete. Aber sie tauchte nicht wieder auf, und so beruhigte er sich damit, daß er sich wohl geirrt hatte... Mit langen, schwebenden Schritten betraten sie die uralte Stadt der seit langem ausgestorbenen Mondbewohner. Templin hatte die Führung übernommen, und das Mädchen hielt sich nur zwei Schritte hinter ihm. Im Schatten einer riesigen Turmruine machte Templin eine Handbewegung, und sie blieben beide stehen.

Er schaltete sein Sendegerät ab und bedeutete dem Mädchen, es ihm gleichzutun. Als sie ihm etwas verwirrt gehorchte, beugte er sich zu ihr und berührte ihren Helm mit dem seinen.

»Lassen Sie das Gerät ausgeschaltet!« schrie er. »Hier ist das Versteck von Olcott und seiner Bande, wer auch immer sie sein mag.«

Ellen nickte, und sie traten beide auf die breite Straße der verwüsteten lunarianischen Metropole hinaus. Als er die zerfallenen Gebäude rings um sie sah, wanderten Templins Gedanken zu der Tragödie der ehemaligen Bewohner des Mondes, die sich von der Stufe der Tiere erhoben und eine Zivilisation entwickelt hatten... und hatten zusehen müssen, wie sie wieder ausgelöscht wurde.

Ellen schauderte und schob sich näher an Templin heran. Er verstand ihre Gefühle; selbst auf ihn machte die Stadt einen spukhaften Eindruck. Das Licht der riesigen Sonne, die über ihnen hing, war blendend, und doch ertappte auch er sich dabei, wie ihn fröstelte, wie er fremdartige Phantasiegebilde sah, die sich in den pechschwarzen Schattenregionen wanden.

Sie erreichten ein in Ruinen daliegendes Gebäude, das an ein Amphitheater erinnerte, und spähten vorsichtig in die Spalten und Nischen des Bauwerks, als Templin Ellens behandschuhte Hand auf der Schulter verspürte. Er sah sie an und berührte ihren Helm. Ihr Gesicht wirkte besorgt. »Jemand beobachtet uns«, sagte sie entschieden, und ihre Stimme klang durch den Helm metallisch. »Ich spüre Augen.«

»Wo?«

»Woher soll ich das wissen? In dem großen runden Bau, an dem wir gerade vorübergekommen sind, denke ich. Es fühlt sich genauso an, als würden sie gleichzeitig mit uns um das Gebäude herumgehen und sich dauernd auf der anderen Seite halten.« Templin überlegte. »Sehen wir nach«, entschied er. »Gehen Sie in die eine Richtung und ich in die andere. Wir treffen uns auf der anderen Seite.«

»Oh, Temp!«

»Sie brauchen keine Angst zu haben, Ellen. Sie haben Ihre Pistole – und ich kann mich mit dem Messer wehren.«

Sie zitterte. »Also gut«, sagte sie bebend. Templin sah ihr nach, während sie sich von ihm entfernte. Sie hatte die Pistole gezogen und hielt sie im Gehen schußbereit.

Templin ging im Uhrzeigersinn um das Gebäude, wobei er sich langsam und vorsichtig bewegte, die Hand immer am Griff seines Messers, das im Gürtel steckte. In den tiefen Höhlungen dieser alten Bauten konnte sich alles mögliche versteckt halten. Und er war ganz sicher, daß Olcott irgendwo in der Nähe lauerte – ebenso wie seine geheimnisvollen Freunde. Templin stieg über eine umgestürzte Säule – sie war mit eigenartigen Ornamenten verziert, die seltsame, schlangenartige Tiere und quasi-menschliche Gestalten zeigten, die dem Himmel entgegenstrebten – und erstarrte, als ihm plötzlich so war, als hätte er aus den Augenwinkeln eine Bewegung entdeckt, aber sie wiederholte sich nicht, und nach einem kurzen Augenblick ging er weiter.

Er hatte den Punkt, an dem sie sich getrennt hatten, bereits wieder erreicht, als ihm klar wurde, daß Ellen verschwunden war.

Templin fluchte. Er war, daran gab es keinen Zweifel, den ganzen Weg um das kreisförmige Gebäude herumgegangen, und Ellen war nicht da.

Er zögerte einen Augenblick lang, fühlte, wie sich die geheimnisvollen Mächte so um ihn sammelten, wie sie sich um Ellen gesammelt hatten, und verdrängte diese Phantasien dann aus seinem Bewußtsein. Es mußte einen Weg geben, Ellen wiederzufinden...

Voll gespannter Aufmerksamkeit umkreiste er das uralte Gebäude ein zweites Mal. Ellen war nirgends zu sehen.

Templin blieb stehen, überlegte. Vorsichtig ging er auf seinen eigenen Spuren zurück, die Augen auf das weiche Mondgestein unter seinen Füßen fixiert.

Fünfzehn Meter entfernt sah er auf dem strahlenversengten Gestein die Spuren einer Auseinandersetzung. Man hatte schwere Weltraumstiefel dort über den Boden gezerrt, die tiefe Spuren hinterlassen hatten. Ellen.

Templin fluchte lautlos und lockerte das Messer in der Scheide. Er starrte an der Fassade der Loonie-Tempelruine in die Höhe. Unmittelbar vor ihm ragte ein halb zerfallener Bogen auf; dahinter herrschte Schwärze. Es gab einen sich windenden Korridor, der in einer weiten Spirale nach unten führte. Er konnte vielleicht ein Dutzend Meter hineinsehen... dann verschlang die Dunkelheit seinen Blick.

Templin zuckte mit den Schultern, und ein schwaches Grinsen spielte um seine Lippen. Das Ganze sah wie eine riesige Mausefalle aus. Es war verrückt, sich in unbekannte Gefahr zu begeben, nur auf die Chance hin, daß Ellen dort sein könnte – aber es war die Art von verrückten Risiken, wie er sie immer einzugehen bereit gewesen war.

Er knipste seine Helmlampe an und trat unter dem Bogen durch.

Es ging hinunter, immer tiefer hinunter. Der Korridor war von etwa kreisförmigem Querschnitt, unten etwas abgeflacht und mit alten Schnitzereien verziert. Templin ließ den Lichtkegel seiner Lampe über die Schnitzereien wandern. Die geheimnisvollen Figuren, die er auf den Säulen draußen gesehen hatte, wiederholten sich hier – schlanke, menschenähnliche Geschöpfe mit zum Himmel erhobenen Armen. Seltsam, wie sehr sie doch menschlichen Geschöpfen glichen, dachte Templin. Abgesehen von ihrer schlanken Gestalt und den übergroßen Augen in ihren birnenförmigen Köpfen hätten es fast Menschen sein können.

Templin wandte sich ab und ging weiter.

Er hatte auf der breiten, nach unten führenden Spirale etwa eine Meile zurückgelegt, als er vor sich Lichter sah.

Instinktiv schaltete er die Helmlampe aus und blieb reglos in der Finsternis stehen, wartete, um zu erkennen, ob man ihn bemerkt hatte. Aber die Lichter, was auch immer sie waren, bewegten sich nicht; er wartete lange Minuten, aber nichts kam auf ihn zu. Offenbar hatte man ihn nicht gesehen.

Jetzt ging Templin vorsichtig weiter, auf die Lichter zu, aufmerksam nach allen Seiten Ausschau haltend. Zu hell für Helmlampen, dachte er. Und zu reglos. Aber was für andere Lichter konnte es hier unten, in dieser luftlosen Kaverne unter dem Mond geben? Er kroch hinter einen Felsvorsprung und spähte hinaus.

»Du großer Gott!« Benommen sprach Templin die Worte laut aus, und sie hallten in seinem Helm wider. Denn jetzt konnte er es deutlich sehen – und was er sah, war unglaublich.

Da waren Gestalten, die sich vor den Lichtern bewegten. Die untersetzte Gestalt eines Mannes in einem Druckanzug, von dem Templin wußte, daß es Olcott war. Und andere. Und die anderen Gestalten waren – nicht menschlich!

Templin trat ein paar Schritte vor, um deutlicher sehen zu können. Plötzlich jagte ihm ein Schauder über den Rücken, ließ seine Nackenhaare sich sträuben, wie um ihn vor Gefahr zu warnen, aber es kam zu spät. Templin wirbelte herum und erkannte plötzlich sein Unheil. Gestalten umzingelten ihn, drohende Gestalten, die er in der Dunkelheit nicht genau erkennen konnte, die immer näher rückten. Instinktiv griff er nach seinem Messer, aber noch bevor er es ganz aus der Scheide gezogen hatte, waren sie über ihm, schleuderten ihn mit Wucht in einem lautlosen Angriff zu Boden.

Er schlug um sich, trat nach allen Seiten aus, aber es waren zu viele. Sie hielten ihn fest; er spürte, wie Hände ihn betasteten, ihm das Messer aus der Scheide zerrten. Dann fühlte er, wie ihn ein Dutzend Hände aufhoben und ihn mit dem Gesicht nach unten auf die Lichter zuschleppten.

Templin zwang sich, die Panik aus seinem Bewußtsein zu verdrängen und klar zu denken, er kämpfte gegen die Wut an, die ihn erfaßte, weil er sich hatte überraschen lassen. Verzweifelt überlegte er, wie er entkommen könnte.

Und dann verscheuchte etwas den Zorn aus seinem Bewußtsein. Er hörte ein dünnes, schrilles Pfeifen entweichender Luft in seinem Helm.

Das konnte nur eines bedeuten... Sein Anzug war bei dem Kampf beschädigt worden.

Mit ungeheurer Anstrengung gelang es ihm, einen Arm zu befreien, aber seine Widersacher hängten sich sofort wieder an ihn, und er war hilflos.

Templin seufzte auf, das bedeutete sein Ende, das wußte er. Denn sein Anzug war undicht, und die Luft entwich, und es gab keine Möglichkeit, das aufzuhalten.

Templin fand sich mit dem Tod ab; er entspannte sich, ließ zu, daß seine Widersacher ihn im schnellen Trott dahintrugen. Sein Geist war seltsam ruhig, jetzt, da der Tod so nahe war. Denn Angst und Furcht rühren nur von der Unsicherheit her... und es gab keine Unsicherheit mehr... in Templins Bewußtsein.

Er spürte, wie man ihn unsanft auf den Felsboden fallen ließ. Sie waren jetzt ganz nahe bei den Lichtern, erkannte er...

Das Zischen der entweichenden Luft war jetzt nicht mehr zu hören. Und er lebte immer noch. Benommen wurde Templin langsam klar, daß etwas Seltsames geschehen war, denn die Luft in seinem Helm und seinem Schutzanzug war so lange entwichen, bis ein Gleichgewicht hergestellt gewesen war. Das bedeutete –

»Luft!« Er sprach es laut aus, und das Wort war wie ein Dankgebet. Es kam einem Wunder gleich, daß hier Atmosphäre herrschen sollte, unter der Mondoberfläche – ein Wunder, für das Templin eine tiefe Dankbarkeit empfand.

Jemand lachte. Er arbeitete sich unsicher in die Höhe und blickte auf. Es war Olcott, mit einem Druckanzug bekleidet, aber den Helm in der Hand haltend, der gelacht hatte.

Olcott nickte grimmig. »Ja«, sagte er, und seine Stimme drang dünn durch seinen eigenen Helm an Templins Ohr, »es ist tatsächlich Luft. Aber für Sie hat das nichts zu bedeuten, weil Sie nicht lange leben werden, um sich daran zu erfreuen. Das werden meine Freunde hier besorgen.«

Olcott deutete mit dem Daumen auf die Lichter. Templin folgte der Handbewegung.

Die Lichter waren primitive, altmodische elektrische Strahler, die vor einer Grube angeordnet waren, die in den Boden der Kaverne eingelassen war. Und hinter den Lichtern stand ein Dutzend schlanker Gestalten stumm und stoisch da, großäugig, großköpfig, mit kurzen Lendentüchern aus irgendeinem mineralischen Material, das im Licht glitzerte und glänzte.

Templin starrte sie an. Denn es waren keine Menschen, diese Gestalten. Es waren – die hageren Gestalten, die in den uralten Stein der Säulen der Loonie-Stadt eingegraben waren.

Templin zwang sich, Olcott wieder anzusehen. Sein Blick wanderte zu denen, die ihn gefangen hatten; er erwartete halb, auch hier die alten, scheinbar ausgestorbenen Lunarianer vorzufinden. Aber die nächste Überraschung überwältigte ihn, denn das halbe Dutzend Männer hinter ihm war genauso menschlich wie er selbst, wenn auch bleich und seltsam schlaff wirkend. Sie trugen zerfetzte Stofftücher, die bei Templin den Eindruck erweckten, es handle sich um die Überreste einer militärischen Uniform, die schon seit Jahren vom Antlitz der Erde verschwunden war.

Um Verständnis bemüht, wandte Templin sich wieder Olcott zu. Dann kam langsam Klarheit in seine Gedanken. Da gab es eine Frage, auf die er die Antwort wissen *mußte.*

»Wo ist Ellen Bishop?« fragte er.

Olcott zog die buschigen Brauen in die Höhe. »Das wollte ich Sie gerade fragen«, entgegnete er. »Versuchen Sie nicht, mich zu täuschen. Wo versteckt sie sich?«

Templin zuckte mit den Schultern, ohne eine Antwort zu geben.

Olcott tat das mit einer Geste ab. »Es hat nichts zu bedeuten. Sie kann nicht entkommen. Meine Streifen werden sie schon finden – darauf verstehen sich die Loonies sehr gut.«

Templin sah dem anderen in die Augen. Es war unmöglich, deren Ausdruck zu lesen, aber Templin entschied sich dafür, daß er die Wahrheit sprach. Schließlich hatte Olcott keinen Grund, ihn anzulügen.

»Ich weiß nicht, wo sie ist«, sagte er dann und wies auf die stummen Gestalten im Schein der Lichter. »Was oder wer ist das?«

Olcott schmunzelte. »Das sind die Bewohner, Templin. Die ursprünglichen Lunarianer. Es sind nicht mehr viele von ihnen am Leben – tausend vielleicht. Aber sie gehorchen alle mir.«

Templin schüttelte den Kopf. Schwer zu glauben, daß die uralte Rasse so lange im Untergrund überlebt hatte – und doch konnte er nicht zweifeln, weil seine Augen ihm den Beweis lieferten. So fragte er: »Was soll das heißen, sie gehorchen alle Ihnen?«

»Sie arbeiten für mich«, sagte Olcott leichthin. Er machte eine herrische Handbewegung, und die seltsamen Gestalten verbeugten sich und begannen, in die Grube hinunterzusteigen, über eine schmale, spiralförmige Rampe. »Die sind recht nützlich. Wie Sie selbst wissen sollten, wenn man bedenkt, wie sehr sie mir in der Hyginus-Spalte behilflich waren.«

»Sabotage – Sie meinen – diese Wesen waren –«

Olcott nickte und schnurrte fast vor Befriedigung. »Ja. Die – Unfälle – die Ihren Anlagen widerfahren sind, der Schaden an Ihren Generatoren und viele andere merkwürdige Dinge, das alles haben die

Loonies für mich erledigt. So war es zum Beispiel einer von ihnen, der Ihren Plutoniummeiler für mich ausfindig gemacht hat.«

Templin runzelte die Stirn. »Der hatte einen Druckanzug eines meiner Bergleute an, stimmt's? Ich beginne allmählich zu begreifen.« Er sah zu der Gruppe der menschenähnlichen Wesen hinüber, die ihn überwältigt hatten. »Sind das auch Loonies?« wollte er wissen.

Olcott schüttelte den Kopf. »Nur durch Adoption«, antwortete er. »Sehen Sie, die hatten das Pech, im Drei-Tage-Krieg auf der falschen Seite zu stehen. Tatsächlich sind das einige von den Männern, die die Raketenprojektoren bedienten, über die die Vereinten Nationen so verärgert waren. Und als ihre – *unsere* – Landsleute anfingen, die Abschußsilos mit Atombomben zu belegen, fanden ein paar von ihnen den Weg nach hier unten.« Olcott warf ihnen einen wohlwollenden Blick zu. »Die sind mir auch sehr nützlich. Sie müssen wissen, sie üben die Kontrolle über die Loonies aus – ich nehme an, daß sie ursprünglich recht grausam zu den Loonies waren, als sie sie auffanden, weil die Loonies jetzt tödliche Angst vor ihnen haben. Und ich übe Kontrolle über *sie* aus.«

Templins Muskeln strafften sich. »Raketenprojektoren«, wiederholte er. »Sie meinen, das sind die Männer, die Detroit bombardiert haben?«

Olcott machte eine wegwerfende Handbewegung. »Vielleicht. Ich weiß nicht, welches Ziel sie ausgewählt hatten. Vielleicht war das auch die Mannschaft, die Paris beschossen hat – oder Memphis – oder Stalingrad.«

Templin blickte lange zu ihnen hinüber. »Ich werde es mir merken«, sagte er leise. »Meine Familie – aber lassen wir das. Was haben Sie mit mir vor?«

»Höchstwahrscheinlich werde ich Sie töten. Sofern ich mich nicht dafür entscheide, Sie den Loonies zu überlassen, damit die ihr Vergnügen mit Ihnen haben.«

Templin nickte. »Ich verstehe. Nun, ich – habe mir so etwas ähnliches gedacht.«

Olcott musterte ihn mit einem eigenartigen Blick. Dann erteilte er den blaßhäutigen, stummen Männern hinter ihm einen Befehl, in einer Templin unbekannten Sprache.

Zu Templin sagte er: »Sie hätten sich mir nicht in den Weg stellen sollen. Ich brauche das Uran, das Ihrer Gesellschaft gehört. Ich habe vor, es mir zu beschaffen.«

»Warum?«

Olcott verzog die Lippen. »Ich glaube«, sagte er nach kurzer Überlegung, »daß wir die Raketenwerfer wieder in Betrieb nehmen werden. Nur daß es diesmal keine Pannen geben wird. Als hoher Offizier der Sicherheitspatrouille werde ich dafür sorgen, daß man uns nicht stört.«

Die blaßhäutigen Männer packten Templin und schleppten ihn an den Rand der Grube, in die die Loonies verschwunden waren. Olcott rief ihm nach: »Leben Sie wohl, Templin. Ich überlasse Sie den Loonies. Ich weiß nicht, was die mit Ihnen anfangen werden, aber es wird nicht angenehm sein. Die hassen menschliche Wesen.« Er grinste bösartig und fügte dann hinzu: »Und aus gutem Grund.«

Er nickte den Männern zu, worauf diese Templin aufhoben und ihn in die Grube fallen ließen.

Sie war nicht sehr tief. Templin fiel vielleicht zwanzig Fuß, landete nicht besonders schmerzhaft, und richtete sich auf, um dem ins Auge zu sehen, was jetzt kommen würde.

Er war von den Lunarianern umringt; ein Dutzend von ihnen starrte ihn aus großen, geheimnisvollen Augen an. Stumm bedeuteten sie ihm durch Gesten, in einen Felsschacht nach unten zu steigen. Templin zuckte leichthin mit den Schultern und kam der Aufforderung nach.

Er befand sich in einem Gewirr von Tunnels, die wie ein Kaninchenbau wirkten und alle paar Meter Abzweigungen und Gabelungen aufwiesen. Nach kurzer Zeit hatte Templin völlig die Orientierung verloren.

Sie erreichten eine Art Gewölbe, das in das Felsgestein eingelassen war. Immer noch lautlos bedeuteten die Lunarianer Templin, daß er die Kaverne betreten solle.

Eine Gestalt kam auf ihn zugerannt und rief: »Temp! Dem Himmel sei Dank, daß Sie leben!« Ohne Druckanzug, das dunkle Haar aufgelöst, eilte sie auf ihn zu – Ellen.

Templin nahm sie in die Arme, und als sie sich schließlich aus seiner Umarmung löste, sah er, daß ihre Augen tränenfeucht waren. »O Temp«, seufzte sie, »ich fürchtete schon, diesmal hätte es Sie erwischt! Die Loonies haben mir gesagt, daß Olcott Sie gefangen hat – ich habe mir solche Sorgen gemacht!«

Templin starrte sie an. »*Sagten* Ihnen? Sie meinen, die Geschöpfe hier können reden?«

»Nun, nicht ganz. Aber sie haben es mir trotzdem mitgeteilt. Das ist eine Art Telepathie, denke ich, Temp. Oh, sie können keine Gedanken lesen – es sei denn, man versucht, einen Gedanken an sie zu übermitteln – aber sie können ihre eigenen Gedanken auf eine andere Person projizieren. Es klingt genauso, als wenn jemand reden würde... aber man hört es nicht mit den Ohren.«

Templin nickte. »Langsam fange ich an zu begreifen«, sagte er. »Dieser Bergarbeiter an der Hyginus-Spalte – ich dachte, ich hätte mit ihm gesprochen, und doch, mein Sender war defekt, also kann es nicht so gewesen sein. Und dann hat er seinen Anzug einfach liegen gelassen. Kommen die Loonies denn an der Oberfläche ohne Druckanzüge aus?« Ellen blickte ihn unsicher an. »Ich – ich weiß nicht. Aber – ich denke schon. Sie haben etwas davon erwähnt, daß Olcott sie dazu gezwungen hätte. Olcott hat sie unter Kontrolle, Temp. Er setzt sie ein, um uns die Uranminen abzujagen – und die Loonies glauben, daß er das Uran haben will, um Bomben zu konstruieren.«

»Davon habe ich gehört. Von Olcott selbst. Wie sind Sie denn nach hier unten gelangt, ohne daß er es erfahren hat?«

Ellen nickte. »Ich stand vor diesem ›Bau‹, der wie das Kolosseum in Rom aussieht, als mich plötzlich jemand von hinten packte. Ich bin zu Tode erschrocken; er hat mich nach hier unten geschleppt und durch eine Menge Tunnels hierhergebracht. Und dann – nun, dann fing diese Stimme an, auf mich einzureden, und das war einer der Loonies. Er sagte – er sagte, ich solle ihm dabei helfen, Olcott loszuwerden.«

»Warum können sie sich denn nicht selbst von ihm befreien?« fragte Templin. »Es gibt ein- oder zweitausend Loonies – und Olcott kann doch nicht mehr als fünfzehn oder zwanzig Männer hier unten halten.«

Ellen seufzte. »Das ist ja das Schreckliche. Sie müssen wissen, diese Männer haben nichts zu verlieren. Als sie nach hier unten kamen, hatten sie ein Stück vom Sprengkopf einer Atomrakete mitgebracht. Und den haben sie in einer der Kavernen aufgebaut, gar nicht weit von hier, mitten in einer riesigen Ablagerung von Uranerz. Können Sie sich vorstellen, was passieren würde, wenn der Sprengkopf detonierte, Temp? Das gesamte Uran würde explodieren – der Mond würde zu einer einzigen Bombe werden. Und damit drohen sie den Loonies für den Fall, daß die sich gegen sie auflehnen.«

Templin stieß einen halblauten Pfiff aus. Er sah sich nachdenklich in der Kaverne um, in der sie sich befanden. Es war ein kreisförmiger Saal mit ziemlich hoher Decke, der aus dem Felsgestein gehauen und spärlich mit Bänken und Pritschen ausgestattet war. Wohnquartiere der Loonies, dachte er. Sein Blick wanderte zu den hageren Lunarianern, die ihn ausdruckslos vom Eingang der Kaverne her anstarrten. »Wie funktioniert diese Telepathie?« wollte er wissen.

»Sie brauchen bloß auf sie zuzugehen und zu reden. Wenn Sie Worte formen, dann reicht das schon aus, um den Gedanken an sie zu übertragen – soweit ich das bisher begriffen habe.«

Templin nickte, sah die Gestalten noch einmal an und ging langsam auf sie zu. Die aufgedunsen wirkenden Köpfe mit den riesigen Augen wandten sich ihm zu. Etwas unsicher sagte er: »Hello?«

Eine Stimme erreichte ihn, und er erkannte ihre Verwandtschaft mit der des ›Bergarbeiters‹, dem er an der Hyginus-Spalte begegnet war. Das war dieselbe eigenartige Fremdheit, als spräche sein Gegenüber eine Fremdsprache. Es sagte: »Hello, Steve Templin. Wir haben Ihr Leben geschont. Jetzt sagen Sie uns, was wir mit Ihnen machen sollen.«

»Nun, ich dachte –« Steve stockte. »Das heißt, Sie haben doch Ärger mit diesen Erdenmenschen, nicht wahr?«

»Seit sechzehn Jahren nach Ihrer Zeitrechnung.« In dem Gedanken klang Zorn mit. »Wir haben die Erdenmenschen zu fürchten gelernt, Templin.«

Templin meinte, etwas verlegen: »Diese Erdenmenschen liebe ich selbst nicht. Sollen wir ein Bündnis eingehen?«

Der Gedanke, der ihm antwortete, war direkt und aufrichtig. »Das ist der Grund, weshalb wir Ihr Leben verschont haben.«

Templin nickte. »Gut.« Und dann veränderte sich plötzlich seine Haltung. Er herrschte den anderen an: »Dann helft uns, hier herauszukommen! Bringt uns zum Hadley Dome oder nach Hyginus. Wir werden Hilfe holen – und zurückkommen und die vernichten!«

Aber der Gedanke, mit dem der Lunarianer ihm antwortete, war voll Bedauern: »Das, Templin, ist unmöglich. Unsere Leute können ungeschützt für kurze Zeit ins Vakuum hinausgehen, aber *Sie* nicht. Haben Sie vergessen, daß aus Ihrem Anzug die Luft entweicht?«

Templin zuckte zusammen. »Aber der von Ellen ist dicht. Dann soll sie Hilfe holen.«

Der Gedanke des Lunarianers wirkte müde. »Wiederum nein. Denn wenn Sie Männer zu Hilfe holten, dann wäre es nicht möglich, die Erdenmenschen zu überraschen, die uns versklaven. Und wenn nur einer den ersten Angriff auch nur kurze Zeit überlebte... so bedeutete das den Tod für uns alle. Sie haben eine Kammer inmitten einer Ablagerung des Feuermetalls ausgehöhlt. Sie haben gesagt, wenn wir uns gegen sie auflehnen, würden sie eine Kettenreaktion auslösen – und ich weiß, daß sie in dem Punkt nicht lügen.«

Der Lunarianer zögerte. Dann fuhr er, wie Nachsicht heischend, fort: »Das Feuermetall war es, das vor vielen Tausenden von Jahren unsere Rasse vernichtet hat, Templin. Einst lebten wir hier und besaßen Atomkraft; und weil wir sie falsch einsetzten, haben wir die Oberfläche unseres Planeten verwüstet und fast unser ganzes Volk zerstört. Jetzt – jetzt sind nur noch so wenige von uns am Leben, Templin, und wir dürfen nicht zulassen, daß das wieder geschieht.«

Templin spreizte die Hände. »In der Tat«, räumte er ein. »Was Sie sagen, ist richtig. Aber was schlagen Sie vor, was wir unternehmen sollen?«

»Es gibt nur eine Chance«, meine der Lunarianer. »Wenn jemand die Kaverne mit der Bombe betreten würde – meine eigenen Leute können sich ihr nicht nähern, weil es nicht erlaubt ist. Aber Sie sind ein Erdenmensch, vielleicht könnten Sie sie erreichen. Und wenn Sie die Männer vernichten könnten, die in der Kammer sind, um die anderen können wir uns kümmern.«

Templin überlegte, dann nickte er. »Das ist unsere einzige Chance«, pflichtete er bei. »Also – zeigen Sie mir den Weg. Ich will es versuchen.«

Der Lunarianer spähte in einen Korridor hinaus und wandte sich dann wieder Templin zur und sagte in seiner lautlosen Sprache: »Der Eingang zu dem ›Eingang der Kraft‹ liegt zu Ihrer Rechten. Ich weiß nicht, was Sie dort finden werden, denn keiner von uns hat ihn je betreten.«

Templin zuckte mit den Schultern. »Also gut«, sagte er, und dann, zu Ellen Bishop gewandt: »Das wär's also. Falls ich Sie nicht wiedersehen sollte, es ist es wert gewesen, Ellen.«

Das Mädchen biß sich auf die Lippen. Dann umarmte Ellen ihn impulsiv und drückte sich an ihn.

Templin trat in den Korridor hinaus. Niemand war zu sehen. Er griff in die Tasche, in der Ellens Raketenpistole steckte. Er hatte den Druckanzug abgelegt und den Stoff seines Hemdes zerrissen; damit seine Kleidung den ausgefransten Uniformen gleichen sollte, die die blaßhäutigen Männer trugen – und bog in den Gang zu seiner Rechten.

Nach dreißig Metern erreichte er eine Metalltür.

Ein Mann stand davor und starrte verträumt die Steinwand des Korridors an. Er musterte Templin ohne Neugierde und machte keine Anstalten, ihn aufzuhalten. Als Templin an ihm vorüberging, sagte der Mann in der Sprache derer, die den Drei-Tage-Krieg ausgelöst hatten, etwas Beiläufiges zu ihm.

Das war die erste Hürde. Es klang nicht wie eine Aufforderung zum Stehenbleiben, dachte Templin und wünschte, er hätte die Sprache irgendwann einmal gelernt.

Offenbar hatten die Flüchtlinge nicht mit der Möglichkeit gerechnet, daß je ein feindlich gesinntes menschliches Wesen bis zu diesem Ort vordringen könnte.

Templin antwortete mit einem unartikulierten Brummen und ging weiter. Die Haut zwischen seinen Schulterblättern prickelte, und er rechnete damit, jeden Augenblick von einem Schuß des Postens getroffen zu werden. Aber der Schuß blieb aus; es hatte funktioniert.

Templin stellte fest, daß er sich in einem Raum befand, in dem sich ein halbes Dutzend Männer aufhielt. Einige von ihnen spielten Karten, andere lagen auf Pritschen, die sie offensichtlich den Loonies abgenommen hatten.

An einer Wand war ein kompliziertes mechanisches Gebilde zu sehen – ein etwa fünfzehn Fuß langes Metallrohr mit verschiedenen Ausbuchtungen und einem Schaltpult mit einer ganzen Anzahl von Druckknöpfen an einem Ende, vor dem ein Mann stand. Das war sein Ziel, das wußte Templin sofort. Der Mechanismus glich einer primitiven Atombombe und war ohne Zweifel mit Uran 235 oder Plutonium gefüllt, die man nur gegeneinander zu schleudern brauchte, um die kritische Masse zu erreichen und damit eine gigantische Explosion auszulösen. Und dazu reichte ein einziger Knopfdruck. Und sobald die beiden Materien sich einmal vereint hatten, gab es nichts unter der Sonne, was die Explosion verhindern könnte.

Templin bemerkte, daß die Männer zu ihm aufblickten. Es war jetzt an der Zeit zu handeln. Angewidert dachte er, daß das ganze wie ein Scheibenschießen ablaufen würde, und doch wagte er nicht, sie zu warnen, ihnen die Chance zur Gegenwehr zu geben. Zuviel stand auf dem Spiel.

Er sah die Männer, die ihn musterten, gleichmütig an, und seine Hand schob sich dahin vor, wo Ellens Raketenpistole versteckt war.

»Templin!«

Der Schrei hallte wie ein Pistolenschuß in seinen Ohren wider. Templin fuhr erschrocken herum. Und unter der Tür stand Olcott, und in seinem Gesicht mischten sich Überraschung und Wut.

Templin handelte blitzschnell. Die Männer im Raum, denen plötzlich bewußt geworden war, daß hier etwas nicht stimmte, griffen nach ihren Waffen. Templin schoß den Mann am Schaltpult nieder, der am gefährlichsten werden konnte. Er sah noch, wie der Körper des Mannes in einem strahlend roten Nebel verschwand, als das Raketengeschoß ihn traf, und feuerte dann auf eine Gruppe von drei Männern, die die Waffen gezogen hatten, feuerte immer wieder. Das Überraschungsmoment war auf seiner Seite, und er verfehlte sein Ziel kein einziges Mal. Und doch – die Chancen standen zu sehr gegen ihn. Als er den letzten blaßhäutigen Höhlenbewohner erledigt hatte, war Olcott über ihm.

Templin taumelte unter der Wucht seines Angriffs zurück. Die Raketenpistole entfiel seiner Hand, glitt über den Boden, als Olcott mit der stahlbehandschuhten Hand zuschlug. Templin wurde zu Boden geworfen, rollte sich zur Seite ab und stieß brutal mit dem Knie zu. Olcott stöhnte auf und schlug erneut zu, und seine stählerne Faust traf Templin am Kinn. Eine Sekunde lang drehte sich alles um ihn. Noch ein solcher Schlag, das wußte er, und er war erledigt.

Wie ein Koloß aus Metall brach Olcott über ihn herein, die behandschuhten Hände tasteten nach Templins Kehle, drückten zu. Templin, der in der dünnen Atmosphäre um Luft rang, mußte erkennen, daß der brutale Griff des anderen ihn jeden Augenblick ersticken würde. Er setzte jeden Trick ein, den er kannte, um den Griff des Mannes zu lockern...

Blindlings griffen seine Hände zu, schlossen sich um etwas, zerrten. Plötzlich gab etwas nach, und Templin spürte, wie wieder Luft in seine Lungen strömte. Aber zu spät.

Dunkelheit übermannte ihn...

Jemand beugte sich über ihn. Templin ruckte in die Höhe, kaum daß er die Augen aufgeschlagen hatte. Die Gestalt sprang zurück und stieß einen leisen Schrei aus. »Temp!«

Templins Blick wurde klarer; es war Ellen.

Er lag in einem Bett; in einem riesigen Raum mit einem überdimensionalen Fenster, durch das Sonnenlicht hereinfiel. Er war auf der Mondoberfläche – allem Anschein nach wieder in Hadley Dome.

Sein Schädel hämmerte. Er betastete prüfend die Schläfen, und seine Finger berührten einen Verband. Er starrte das Mädchen an.

»Wir haben gewonnen«, sagte Ellen schlicht. »Die Loonies und ich kamen so schnell wir konnten nach, als wir die Schüsse hörten. Sie haben ganze Arbeit geleistet, Temp. In dem Raum waren nur noch Sie und Olcott am Leben. Und gerade als wir hereinkamen – starb Olcott.«

»Starb? Wie starb er?«

»Sie haben ihm den Hals gebrochen, Temp. Er hat Sie gewürgt, und

Sie wehrten sich und haben ihn an der Kehle erwischt und zugedrückt. Der Metallkragen seines Druckanzugs hat ihm die Wirbelsäule gebrochen. Und dann sind Sie selbst entschlummert – schließlich haben Sie schwere Schädelverletzungen, sagt der Arzt.«

Templin schüttelte ungläubig den Kopf. »Und die Loonies?«

»Die sind frei. Und Ihnen sehr dankbar. Sie – sie haben alle anderen Erdenmenschen dort unten umgebracht. Auf die Chance haben sie seit Jahren gewartet, müssen Sie wissen. Und – nun, Sie waren zwei Tage lang bewußtlos, und ich hatte sehr viel zu tun. Wir haben jetzt alles unter Kontrolle. Das Bergwerk läuft wieder – Culver ist draußen, er will Sie sprechen. Und Sie sind frei, Temp. Sie können zu den Inneren Planeten zurückkehren, wann immer Sie wollen.«

»Den Inneren Planeten«, wiederholte Templin. Er sah sie an und lächelte schwach. »Das wird wie Urlaub sein. Übrigens, wie steht es mit meiner Prämie?«

»Prämie?« Ellen blickte verwirrt. Dann lachte sie – aber ein wenig gequält, fand Templin. »Oh, Sie meinen die Unterstützung durch Terralune, die ich Ihnen versprochen habe? Die sollen Sie haben, Temp. Schiffe und Geld und alles, was Sie brauchen. Nur –« Sie zögerte. »Ich will sagen, ich hatte eine Idee –«

Er unterbrach sie. »Das meine ich nicht«, wandte er ein. »Meine Prämie sollte Personal sein. Sie haben mir versprochen, daß ich Hilfe bekommen würde, um die Venus zu besiedeln, wenn ich diese Bergwerksgeschichte für Sie in Ordnung bringe. Tatsächlich haben Sie gesagt, ich könnte mir jeden auf der Lohnliste von Terralune aussuchen.«

Ellens Gesicht verdüsterte sich. »Ja«, sagte sie. »Aber, Temp –«

»Kein Widerspruch. Versprochen ist versprochen. Und – nun, Sie stehen auch auf der Lohnliste, Ellen. Ich schlage vor, daß Sie mit Packen anfangen. Wir fliegen morgen früh zur Venus!«

Den größten Teil meiner Dienstzeit während des Zweiten Weltkriegs in der Air Force verbrachte ich in Italien, und die meiste Zeit spielte ich keine besonders wichtige Rolle. Ich war zuerst Meteorologe in einer B-24-Gruppe auf der Ebene von Foggia und dann Public-Relations-Mann für das Hauptquartier der Zwölften Wetter-Schwadron. In dieser Eigenschaft verbrachte ich, wann immer ich konnte, meine Zeit in unserem privaten Erholungshotel an den Hängen des Vesuvs, dem Eremo. »Eremo« ist italienisch und heißt »Eremit«, und dort oben, mit Blick auf Capri und die Bucht von Neapel, war ich genau das.

Der größte Teil von DONOVANS TRAUM ist dort geschrieben worden, und gelegentlich erinnerte mich ein leises Zittern im Boden und die ewige Rauchsäule aus dem Krater, ein paar tausend Fuß weiter oben am Berg, daran, wo ich war. Ein herrlicher Ort, um zu schreiben oder auch nur dort zu sitzen und hinauszusehen und den Anblick zu genießen. Das ist es immer noch. Vor ein paar Jahren war ich mit meiner Familie dort, und wenn ich je einen Monat Zeit habe, um ihn in Italien zu genießen, so hoffe ich, ihn dort zu verbringen. Anfang 1945, als der Krieg zu Ende ging und meine Ungeduld, in die normale Welt zurückzukehren, immer größer wurde, war dieser Ort weitaus weniger attraktiv für mich. Nichts, was ich tat, schien dem Gegner die geringsten Ungelegenheiten zu bereiten, und ich wollte weg.

Trotzdem, denke ich, war es besser als beschossen zu werden. Und wenn meine Pflichten mich in das offizielle Hauptquartier in Caserta trieben, konnte ich immer meine Zeit mit so reizenden Kollegen wie Eddie Cope, dem Weisen von Houston, verbringen, der die einzelnen Fragmente von DONOVANS TRAUM las, so wie sie aus der Schreibmaschine kamen, und mir gute Ratschläge gab, die seinen Kursen an der Universität von Texas entstammten.

Als ich DONOVANS TRAUM beendet hatte, war ich damit recht zufrieden und noch zufriedener, als THRILLING WONDER STORIES für die Geschichte mehr bezahlte, als ich zu bekommen gewohnt war, und besonders befriedigt, als ich sie dann an den Zeitungskiosken sah. Sie hatten sie herrlich mit Illustrationen von Virgil Finlay ausgestattet, und was noch besser war, in einer Ausgabe, in der Leslie Charteris und viele der besten zeitgenössischen Science-Fiction-Schreiber vertreten waren, führte »James MacCreigh« alle anderen an. Es war das erste Mal, daß ich an erster Stelle genannt wurde.

Donovans Traum

Eine Stadt namens Nard

Aus der Ferne war es eine wunderschöne Stadt, dieses Nard. Die Wolkenschicht hing eine Meile über ihr, und die weißen Türme reichten fast bis zu den Wolken. Man stieg an einem der kleinen Zubringerkanäle aus dem Kanalboot, und da lag es direkt vor einem. In hellem, blendendem Weiß, eine Stadt wie für Engel.

»Das Schlimme sind die Hags«, sagte Hanley plötzlich, »die verderben es.«

Der Mann mit dem schmalen Gesicht, der Valentine hieß, sah ihn an. Starrte ihn an. »Die verderben was?« fragte er.

»Den ganzen Planeten.« Hanley machte eine weit ausholende Handbewegung. »Sehen Sie sich doch diese Bude hier an. Ein Keller mit einer Bar und Tischen und ein paar Tänzerinnen, die sich auf der Erde mit ihrem Gehopse niemals ihren Lebensunterhalt verdienen könnten. Lärm und Qualm – schmutzige Gläser und billiger Fusel...«

Valentine lächelte schwach. »Das grenzt an Verrat«, tadelte er. »So dürfen Sie nicht über die Hags reden. Außerdem können die ja nichts dafür.«

»Nein?«

»Nein. Die haben ja das hier nicht gebaut. Sie zwingen Sie auch nicht, hierher zu kommen.«

»Sonst gibt es doch nichts!«

Valentine zuckte mit den Schultern. »Nein, für unseresgleichen nicht«, räumte er ein. »Aber für Männer wie Sie und mich hat es nie einen richtigen Ort gegeben.« Er blickte in die Runde und musterte die betrunkenen Kanaler und ihre weißgesichtigen Frauen. »Das ist hier genauso gut wie jede andere Kneipe. Sicher, auf der Erde gibt es bessere. Sauberer und ruhiger, und die Tänzerinnen verstehen es, ihre Beine zu schwingen. Ich hab' sie gesehen – aber Sie nicht. Mir haben sie gefallen, aber lange habe ich das nicht ausgehalten. Man nannte das Zivilisation, Hanley. Und Zivilisation bedeutet Gesetz. Wären Sie gerne ein gesetzestreuer Bürger?«

Der breitschultrige Hanley zuckte zusammen und hätte vor Schrekken fast sein Glas umgestoßen. »Gesetzestreu? Ich doch nicht!« sagte er aufrichtig.

Valentine nickte und lehnte sich in seinem Stuhl zurück. Auf der Tanzfläche vollführte ein Tänzerpaar gerade gymnastische Übungen. Das Mädchen war silberhaarig und schlank und kreiselte jetzt aus den Armen ihres Partners heraus über die halbe Tanzfläche, kam in der Nähe von Valentines Tisch zum Stillstand. Als sie dort eine Sekunde lang posierte, begegnete ihr Blick den grauen Augen Valentines, und sie schenkte ihm das kaum wahrnehmbare Begrüßungslächeln aller Schauspieler. Dann setzte die Musik wieder ein, und sie tänzelte zurück. »Hoffentlich hat Darl nicht gehört, was Sie über die Tänzerinnen gesagt haben«, grinste Hanley. »Die ist gar nicht übel.«

Valentine hob sein Glas und hielt es ans Licht. »Ich habe nicht von ihr gesprochen«, sagte er träge und blickte in die milchiggrüne Flüssigkeit. »Die könnte mehr, als sie hier zeigt, wenn sie nur wollte. Sie dürfen nicht alles persönlich nehmen, Hanley.«

Hanley kniff die Lippen zusammen und sah Valentine fragend an. Er nahm einen Schluck, ehe er antwortete. »Wie kommt es eigentlich, daß Sie so leben, Valentine?« fragte er.

»Wie meinen Sie?«

»Nun, eben wie –« Hanley machte eine vieldeutige Handbewegung, »wie ein Gesetzloser. Sie könnten ein erfolgreicher Mann sein, wenn Sie auf der Erde blieben, Valentine. Sie sprechen wie ein Mensch von guter Herkunft. Und doch hängen Sie in dieser schmutzigen kleinen Stadt auf der Venus herum und verstecken sich vor dem Gesetz. Für mich ist das ein gutes Leben, schätze ich – ich kenne kein anderes. Aber Sie…«

Valentines brütende Augen schienen plötzlich in weite Ferne zu blicken, und dann erfaßten sie einen Tisch auf der anderen Seite des rauchigen Lokals. »Sehen Sie sich das Mädchen an«, sagte er plötzlich. »Das Erdenmädchen mit dem Fähnrich von der Raumflotte.«

»Die Hübsche? Was ist mir ihr?«

»Sie ist hübsch, nicht wahr? Aber sehen Sie sich doch ihr Gesicht an. Da sieht man gleich, wie sie ihr Leben verbracht hat.«

Hanley nickte. »Sie ist einmal reich gewesen – das meinen Sie doch? Reich und mächtig, und das sieht man.«

»Das meinte ich. Ihr ganzes Leben war sie von Luxus umgeben und könnte keinen Tag überleben, wenn sie allein in den Sümpfen wäre.« Er stellte sein Glas hin und sah Hanley an. »Da haben Sie die Erde«, sagte er. »Weich und hochmütig und schwach. Venus ist nicht besser, aber hier kann ich wenigstens fast alles tun, was mir Spaß macht. Also gehe ich in die Sümpfe hinaus und schaffe Glockenblumen heran, und Sie verkaufen sie an die eine oder andere illegale Destille, ohne den Hags ihren Tribut zu zahlen, und wir beide haben genug Geld, um das zu tun, was uns Spaß macht.«

Hanley schnitt eine Grimasse. »Wir sollten besser nicht so laut darüber sprechen«, bat er.

Die Tänzer hatten die Tanzfläche verlassen, und das armselige Orchester hämmerte eine Tanznummer herunter. Das Erdenmädchen stand auf, um mit dem jungen Mann in der blauen Uniform der Raumflotte zu tanzen. Valentine seufzte.

»Sie ist immer noch ein hübsches Mädchen«, stellte er fest. »Nehmen wir noch ein Glas.«

»Wer ist ein hübsches Mädchen?«

Valentine blickte auf. Die Tänzerin stand neben ihm und lächelte. Sie trug immer noch ihr mit Scharlach abgesetztes goldfarbenes Kostüm.

»Hello, Darl«, sagte er. »Sie habe ich natürlich gemeint. Es gibt kein hübscheres Mädchen in Nard.«

Ein Kellner brachte hastig einen Stuhl, und das Mädchen nahm Platz. »Sie wissen immer, was man sagen muß«, murmelte es. »Aber warum haben Sie es denn nicht mir gesagt, statt Hanley?«

Valentine hustete und hielt den Kellner zurück. »Was möchten Sie trinken?« fragte er hastig.

Sie zuckte mit den Schultern. »Blumentau, denke ich. Das haben Sie ja auch getrunken.«

Hanley brummte: »Ich nehme einen Whisky. Das wird der letzte, Valentine. Wir haben noch zu tun.«

Der Kellner verschwand und kam gleich wieder mit den Drinks zurück.

»Sie brauchen gar nicht so spitz zu sein«, sagte Darl. »Ich kann ohnehin nicht lange bleiben. Ich muß mich für meine nächste Nummer umziehen. Die ist neu, Valentine – ich wollte, Sie könnten bleiben und sie sich ansehen.«

»Etwas Neues?«

»Ein Import von der Erde – ein mittelalterlicher Volkstanz, der wieder in Mode kommt. Man nennt ihn den Samba.«

»Klingt faszinierend«, meinte Hanley. »Es tut mir leid, aber...«

»Oh, vielleicht können wir bleiben«, sagte Valentine. Er blickte wieder auf die Tanzfläche. »Inzwischen könnten wir ja ein wenig tanzen, Darl. Dann bleiben Sie in Übung.«

»Meinen Sie, die brauche ich?« fragte sie.

Sie standen auf, und sie ging ihm zur Tanzfläche voraus. Die Band spielte immer noch mit voller Lautstärke. Der Rhythmus umfing sie, und sie bewegten sich im Takt über die Tanzfläche.

Darl blickte zu ihm auf. »Habe ich Ihnen eigentlich in letzter Zeit einmal gesagt, daß Sie Ihren Beruf verfehlt haben?« fragte sie. »Sie hätten Tänzer werden müssen. Sie können jederzeit mit mir tanzen. Übrigens, was für einen Beruf haben Sie eigentlich?«

»Ich bin im Ruhestand«, antwortete Valentine. »Ganz locker...« Er führte sie geschickt zwischen den anderen Tanzenden durch. Sie entspannte sich in seinem Arm, und ihre Augen schlossen sich halb.

Sie spürte, wie sie von hinten etwas anstieß und stolperte. Erschrokken blickte sie mit leichtem Tadel zu Valentine auf.

»Tut mir leid«, sagte er. »Das war ungeschickt von mir.«

Sie waren mit einem anderen Paar zusammengestoßen – dem Erdenmädchen und dem jungen Mann in der blauen Uniform. Der Fähnrich sagte etwas linkisch: »Schon gut«, und wollte weitertanzen.

Valentine hielt ihn auf. »Es war wirklich meine Schuld«, sagte er. »Dürfen wir Sie auf einen Drink einladen, um uns zu entschuldigen?«

Die Brauen des Fähnrichs hoben sich. »Das ist nicht nötig«, wehrte er ab.

Valentine legte die Hand auf seine Schulter. »Nein, ich bestehe darauf«, verlangte er mit weicher Stimme.

Jetzt meldete sich das Mädchen zu Wort. Es stand einen Augenblick lang da und musterte Valentine mit ehrlicher Neugierde. Dann meinte es: »Ich habe eine bessere Idee. Wir wollen *die* zu einem Drink einladen, Van.«

Der Fähnrich zuckte ein wenig gereizt die Schultern. »Wenn du meinst«, lenkte er ein. Und zu Valentine: »Dürfen wir?«

»Sicher«, sagte Valentine. Sie gingen zu viert von der Tanzfläche zu dem Tisch, an dem das Paar von der Erde gesessen hatte. Als sie bestellt hatten, sagte Valentine: »Ich habe Sie von meinem Tisch aus gesehen. Es kommt nicht oft vor, daß wir hier in Nard Erdenleute zu sehen bekommen.«

Der Fähnrich gestattete sich ein kleines Lächeln. »Sie werden in Zukunft mehr von uns sehen«, behauptete er.

»Wirklich?« Valentine zeigte echtes Interesse.

»Sicher.« Der Fähnrich nahm einen tiefen Schluck. »Sie werden mehr sehen, als Sie in Ihrem ganzen Leben bisher gesehen haben.«

Valentine schüttelte sanft den Kopf. »Ich habe in den Straßen von New York eineinhalb Millionen Erdenmenschen gesehen, die alle hören wollten, wie ein Duell zwischen zwei professionellen Strahlpistolenkillern ausgegangen war«, gab er an.

»Oh, dann sind Sie auf der Erde gewesen«, hauchte das Erdenmädchen. »Wie hat es Ihnen gefallen?«

»Ich habe die schönen Städte und die riesigen Fabriken bewundert. Von der Unterhaltung, die dort geboten wurde, hielt ich nicht viel.«

Das Mädchen runzelte in gespielter Überraschung die Stirn. »Es stört Sie doch sicher nicht, wenn zwei Profis einander zu töten versuchen. Ich habe gehört, daß hier auf der Venus sehr viel getötet wird, und die Leute, die getötet werden, werden nicht einmal dafür bezahlt – das sind immer Hags, die Donovans töten, und Donovans, die hilflose Bürger umbringen.«

»Sie sind nicht ganz richtig informiert worden«, warf Valentine höflich ein. »Sind Sie deshalb zur Venus gekommen? Um etwas von dem Töten zu sehen?«

Der Fähnrich lachte schallend. »Nein, wir sind geschäftlich hier.«

»Und ein wenig Vergnügen ist natürlich auch dabei«, fügte das Mädchen schnell hinzu.

»Offen gestanden, sogar vorwiegend. Aber erzählen Sie uns mehr von Ihren Erlebnissen auf der Erde.«

Sie unterhielten sich eine Weile, wobei Valentine bewußt Hanley auf der anderen Seite des Lokals ignorierte, der die vier ungläubig anstarrte. Dann sagte Darl:

»Ich muß mich jetzt wirklich umziehen. Wenn Sie mich bitte entschuldigen wollen.«

Valentine stand mit ihr auf und begleitete sie zur Tür ihrer Garderobe, nachdem er sich für die Einladung bedankt hatte. Dann setzte er sich wieder zu Hanley.

Hanley sah ihn sichtlich verärgert an. »Was ist denn hier los?« wollte er wissen. »Wissen Sie, wie spät es ist?«

Valentine nickte. »Trinken Sie einen Schluck, dann erzähle ich Ihnen alles.«

Hanley brummte und führte das Glas an die Lippen. Dann hielt er in seiner Bewegung inne, und er saß plötzlich kerzengerade da. »Teufel noch mal!« murmelte er. Dann deutete er auf den Eingang. »Schauen Sie. Was wollen *die* denn hier?«

Valentine drehte sich herum. Alle Augen im Lokal musterten jetzt den Eingang, als drei neue Personen hereinkamen.

Sie bewegten sich in hochmütiger Lautlosigkeit, wie lilienweiße Schwäne, die über einen Sumpf dahinschweben. Die Gesichtszüge der beiden ersten waren hinter den weißen Helmen ihres geheimnisvollen Ordens verborgen. Die dritte Person war ein traurig blickendes Mädchen von etwa neunzehn Jahren in der scharlachrot gesäumten Robe einer Novizin.

»Das muß man gesehen haben!« staunte Hanley. »Ich habe noch nie gehört, daß die Hags ein solches Lokal aufsuchen. Vielleicht sind sie doch menschlich.«

»Oder vielleicht sind sie hinter irgend etwas her«, meinte Valentine mit ausdrucksloser Miene. »Ich wünschte, ich wüßte, was es ist.«

Die erste Hag schob den Helm zurück, so daß man das hagere Gesicht einer Frau in mittleren Jahren erkennen konnte. Sie blickte sich um und winkte gebieterisch einen Kellner mit weißer Schürze zu sich heran. Er näherte sich ihr unsicher.

Hinter Valentine war das Rascheln seidener Kleider zu hören, und dann war Darl wieder zurück. »Sehen Sie, wer da ist?« flüsterte sie giftig. »Geier! Ich hasse diese –«

»Das tun wir alle«, brummte Hanley. Er deutete auf die Tanzfläche, wo die halbbetrunkenen Kanaler die Hags bemerkt hatten und sie jetzt mit einhellig feindseligen Blicken musterten. »Ich wette, die haben in der ganzen Kneipe keinen einzigen Freund.«

Der Kellner lauschte unsicher, während die erste Hag kurz und herrisch etwas zu ihm sagte. Dann hastete er zu einer Tür an dem einen Ende der Bar. Valentine blickte ihm nachdenklich nach.

»Darl«, fragte er, ohne sie anzusehen, »würden Sie mir einen Gefallen tun?«

»Gerne.«

»Finden Sie heraus, was die wollen.«

Darl sah in unsicher an. Dann zuckte sie mit den Schultern. »Also gut.« Sie huschte davon.

»Valentine, ich will mich ungern wiederholen, aber es ist Zeit –« drängte Hanley.

»Das dauert nicht lang«, versprach er. »Mich interessiert das.«

Darl hielt den Kellner auf, ehe der die Tür erreichte, und kehrte gleich wieder zurück. Ihr Blick war jetzt verstört.

»Die suchen jemanden«, erzählte sie. »Jay weiß nicht, weshalb sie ihn haben wollen. Valentine, sind Sie…«

Valentine schürzte die Lippen. »Nicht daß ich mich erinnern könnte.«

»O Valentine – hüten Sie sich vor den Hags. Die sind *schrecklich*. Mich haben sie einmal verhaftet. Ich weiß, wie die sind.«

Valentine machte eine abwehrende Handbewegung. »Ich paß' schon auf«, sagte er. »Sind Sie fertig, Hanley?«

»Wird langsam Zeit«, brummte der. Valentine ließ einen Geldschein auf dem Tisch zurück, um für ihre Drinks zu bezahlen, und stand auf. »Ich komme wieder, Darl«, versprach er.

»Noch heute nacht?«

»In ein paar Tagen. Wiedersehen.«

Valentine bemerkte beim Hinausgehen, daß das Erdenmädchen einen Umhang anlegte. Offensichtlich wollte es auch gehen.

»Wir sind schon spät dran«, sagte Hanley. »Beeilen wir uns.«

Die zwei Männer gingen schnell über die Straße, die schwach von Leuchtscheiben erhellt war, die in die weißen Mauern der Gebäude eingelassen waren. Über ihnen reflektierten die tief hängenden Wolken die strahlenderen Lichter aus dem Stadtzentrum.

»Was hat Darl da gesagt – die Hags hätten sie einmal verhaftet?« fragte Hanley.

»Das war vor einem Jahr. Sie haben sie festgenommen, ein paar Tage bei sich behalten und sie dann wieder laufenlassen. Und das ganze ohne ein einziges Wort der Erklärung. Sie hat die Hags vorher schon nicht sehr gemocht, jetzt aber haßt sie sie.«

Sie bogen in eine schmale Straße ein und dann in eine noch schmalere, die man nur noch als Gasse bezeichnen konnte. Jetzt befanden sie sich in einem der ärmeren Viertel von Nard, einem, in dem Arbeiter lebten und arbeiteten. Die Gebäude waren, verglichen mit denen im Stadtzentrum, alt und klein.

Valentine begrüßte den Mann in der schwarzen Strahlenschutzjacke eines Polizisten, der neben seinem Fahrzeug am Kai lungerte, und stieg ein. Hanley folgte ihm nach einem zweifelnden Blick auf den Wächter. Auf den mit Kissen belegten Sitzen hinten in dem Schnellboot lagen vier Bündel – die Glockenblumen. Ihr würziger Duft war unverkennbar. Der Wachmann grinste breit, drehte sich um und ging davon.

»Hier bitte«, sagte Valentine. »Wo ist jetzt Ihr Verbindungsmann, der sie mir abnimmt?«

»Der kommt gleich«, versprach Hanley. »Schaffen wir die Ballen doch auf den Kai, wenn Sie sicher sind, daß es ungefährlich ist.«

»So sicher wie die Geheimnisse der Donovans«, erwiderte Valentine. »Selbst die Hags finden die nicht heraus.«

Die zwei Männer arbeiteten schnell, und nach wenigen Augenblikken waren die Ballen neben dem Boot aufgestapelt. Sie stiegen heraus. Hanley pflückte sich ein Blütenblatt einer Glockenblume aus einem Ballen und kaute nachdenklich darauf.

»Da, sehen Sie mal«, sagte er. »Was halten Sie davon?«

Valentine blickte in die Richtung, die der andere gewiesen hatte. »Was?« Ein Wagen mit kleinen Rädern summte entlang der Kanalstraße auf sie zu und hielt an einem schäbigen Bau unweit von ihnen an. Zwei Personen stiegen aus, ein Mann und ein Mädchen. Aus der Ferne war es schwer, sie zu identifizieren, aber der Mann trug blaue Uniform.

»Unsere Freunde aus dem Café!« stellte Valentine fest. »Ich möchte wissen, was die hier wollen? Das ist – oh, ich verstehe. Sehen Sie das Erdenzeichen?«

Hanley nickte, als er die zwei ineinandergehängten Quadrate sah, die schwach über dem Eingang des Gebäudes leuchteten.

»Ein Erdenlagerhaus, hm? Jetzt verstehe ich, weshalb unser Wunderknabe hier ist – vielleicht ist er für eine Sendung verantwortlich. Aber was ist mit dem Mädchen?«

Valentine zuckte mit den Schultern. »Ich versteh' das auch nicht«, räumte er ein. »Aber dieses Erdenmädchen – oh, hier kommt Ihr Mann.«

Eine Begegnung zwischen Mensch und Donovan

Ein kleinwüchsiger Mann kam schnell auf sie zu, sein Gesicht wirkte angespannt. Als er in Hörweite kam, sagte er. »Tut mir leid, ich habe mich verspätet. Ich hatte etwas Schwierigkeiten.« Er war offensichtlich beunruhigt, seine Augen blickten unstet und blinzelten.

»Was für Schwierigkeiten?«

Der Mann spuckte vielsagend aus. »Die Hags. Ich weiß nicht, wie lange unser kleiner Handel noch funktionieren wird. Ich habe da ein ungutes Gefühl. Die Hags suchen nach der Destille.«

»Die suchen?« wiederholte Hanley.

»Das ist schlecht. Werden sie sie finden?«

»Nicht, wenn sie nicht woanders nachsehen.« Der Mann seufzte und musterte die Ballen nachdenklich. »Die haben mein Haus durchsucht. Ich bin doch nicht so verrückt, die Anlage dort unterzubringen. Aber es sieht so aus, als hätten die es auf mich abgesehen.«

Valentine nickte. »Nun, wollen Sie diese Ladung hier?«

Der Mann breitete mürrisch die Arme aus. »Ich muß ja«, sagte er. »Meine Kunden warten.« Er fand ein Loch in der Rupfenhülle der Ballen, bohrte darin herum und sah sich die jetzt freigelegten Glokkenblumen näher an. »Scheint in Ordnung zu sein. Warten Sie einen Augenblick.«

Er drehte sich um und ging über die Straße auf einen kleinen Lastwagen zu, der dort parkte, stieg ein und fuhr ihn zu ihnen herüber. Dann luden die drei Männer gemeinsam die Ballen in den Laderaum.

Sie waren gerade fertig, als der kleine Mann erstarrte. »Aufpassen«, flüsterte er. »Sehen Sie, wer da kommt?«

Valentine warf ihm einen schnellen Blick zu, dann entspannten sich seine Muskeln wieder. »Der Polizist«, beruhigte er. »Wegen dem brauchen Sie sich keine Sorgen zu machen. Er ist ein Freund von mir – ich zahle ihm mehr, als die Hags bezahlen.« Aber der Wachmann schien beunruhigt, als er auf sie zukam.

Er flüsterte: »Ich dachte, ich sollte Ihnen das besser sagen. Ein Robot kommt hierher. Es ist gerade über Funk gemeldet worden.« Er deutete auf das Funkgerät, das er in der Hand hielt.

»Ein Robot?« knurrte Hanley.

»Mhm. Er kommt ziemlich schnell.«

Hanleys Geschäftspartner gab einen würgenden Laut von sich.

»Der ist auf Blut aus«, sagte er. Er stand unsicher da. »Ich hab' das Zeug schon. Dann behalte ich es am besten auch.« Er zuckte mit den Schultern, dann fuhr seine Hand in die Tasche und kam mit einem Bündel farbigen Papiers wieder zum Vorschein, das er Hanley gab. »Ich sage Ihnen später Bescheid, ob ich noch im Geschäft bleibe«, meinte er. Er stieg in den Lieferwagen und fuhr davon.

Hanley blickte ihm nach. »Nun, was machen wir jetzt?« fragte er.

»Ich weiß nicht«, gab Valentine zu. »Vielleicht sollten wir beide uns doch überlegen, wie wir unser Geld auf legale Weise verdienen.« Sein

Blick wanderte an Hanley vorbei, die Straßen hinunter. »Jetzt stecken wir fest – sehen Sie.«

Hanley drehte sich um und folgte seinem Blick. »Dann war das kein falscher Alarm, oder?«

Weit unten in der Straße kam eine Gestalt schnell näher. Sie war groß und drohend – und wirkte nicht einmal entfernt menschlich.

Die Sklavenrobots der Hags waren riesige Geschöpfe – von rundem Körperbau und mit einer vieläugigen Kuppel, die an den Schultern ansetzte. Sie bewegten sich auf einem Paar stelzenähnlicher Metallbeine und besaßen keine Intelligenz im menschlichen Sinne, konnten aber im Bruchteil von Sekunden auf Funksteuerung aus der Ferne reagieren. Und das, was sie sahen und hörten, wurde an die Person, die sie lenkte, übermittelt.

Der Polizist, der jetzt hundert Meter entfernt war, drehte sich um und warf ihnen einen flüchtigen, warnenden Blick zu. Valentine nickte.

»Glauben Sie, daß es hinter uns her ist?« fragte Hanley besorgt.

»Ich weiß nicht«, meinte Valentine. »Wir werden ja sehen.«

Das Geschöpf bewegte sich auf sie zu und kam dann in der Mitte der Straße zum Stehen. Es schien auf einen unhörbaren Befehl zu lauschen, dann wirbelte es herum und rannte in eines der Gebäude.

»Dann hat es also nicht nach uns Ausschau gehalten«, stellte Hanley mit aus tiefem Herzen kommender Erleichterung fest. »Nun, dafür sei dem Himmel Dank.«

Valentine runzelte die Stirn. »Jetzt frage ich mich, hinter was es her war.«

»Glockenblumenschmuggler, wie wir. Das hat der Wach –«

»Dort drinnen?« unterbrach ihn Valentine. »Das ist ein Erdendepot.«

Hanley brummte und starrte das Gebäude an. Der Robot war in das Lagerhaus mit der Erdenmarkierung gerannt. »Nun, dann wohl nicht. He! Der Wagen ist weg. Unser Freund muß weggefahren sein.«

»Das habe ich bemerkt. Ich wünschte, ich wüßte, was hier vorgeht.«

»Uns geht es nichts an«, wehrte Hanley ab. »Gehen wir.«

»Also gut. Gehen Sie, Hanley. Wir sehen uns später. Ich werde jetzt herausfinden, hinter was dieser Robot her ist.«

»Was kümmert Sie das? Damit handeln Sie sich doch bloß Ärger ein.«

Wieder hatte Hanley jenen verwirrten, halb verstehenden Gesichtsausdruck.

»Doch, es kümmert mich schon«, sagte Valentine. »Das ist es, worauf es im Augenblick ankommt. Gehen Sie nur – verschwinden Sie.«

Valentine wartete eine halbe Minute, nachdem Hanley im Schatten der auf der anderen Straßenseite aufgetürmten Warenstapel verschwunden war. Er rannte leichtfüßig über die Straße, wobei er sie schräg überquerte, in Richtung auf das Erdenlagerhaus zu. Unter der Tür blieb er stehen, um sich zu vergewissern, daß niemand ihn beobachtete. Dann schlüpfte er lautlos ins Innere.

Er fand sich in einem staubigen Büro wieder, mit abgedeckten Schreibmaschinen und Schreibtischen, es war völlig verlassen. Valentine hörte nirgends ein Geräusch. Er blinzelte und ging dann mit leisen Schritten quer durch das kleine Zimmer zu einer weit geöffneten Doppeltür.

Dahinter herrschte undurchdringliche Schwärze, es mußte sich um einen Lagerraum handeln. Valentine konnte eher fühlen, als daß er es sah, daß Metallkisten an der Mauer an seiner Seite aufgestapelt waren. Ein größerer Stapel vor ihm versperrte ihm die Sicht.

Er stand stumm da und versuchte, mit seinen im Wald ausgebildeten Ohren es dem supersensitiven Gehörsinn des Robots gleichzutun. In der Ferne war ein leises, kratzendes Geräusch zu hören. Er trat lautlos nach vorne – und glitt aus, schlug wild mit den Armen um sich, um das Gleichgewicht zu halten, und stand einen Augenblick schwankend da. Da war irgend etwas Flüssiges, Schlüpfriges auf dem Boden.

Seine Nase verriet es ihm, schon bevor er sich vorsichtig vorbeugen und mit tastenden Händen erforschen konnte, was es war. Seine Finger berührten etwas Warmes, Festes – einen menschlichen Körper! Der Geruch von Menschenblut hüllte ihn ein; Valentine kniff die Lippen zusammen und richtete sich auf. Dem Mann konnte er nicht mehr helfen – und der Körper war eine Warnung mit einem Hinweis darauf, was sein eigenes Schicksal sein könnte.

Noch vorsichtiger geworden, bewegte er sich auf Zehenspitzen weiter. Als er sich dem Ende des Kistenstapels näherte, sah er vor sich einen schwachen senkrechten Streifen aus Licht. Er spähte um die Kisten herum und war bereit, auf die leiseste Warnung hin davonzurennen und das Heil in der Flucht zu suchen.

Ganz unten an der langen Reihe von Kisten ragte der mächtige Robot auf. Ein dünner Lichtstrahl flammte aus einer Vertiefung an der kuppelähnlichen Oberseite des Geschöpfes, erfaßte eine acht Fuß lange Kiste, die die riesigen Tentakel mühelos festhielten. Jetzt setzte der Robot vor Valentines Augen die Kiste ab, griff nach einer anderen und untersuchte sie.

Die elektrischen Scanner, die seine Augen bildeten, brauchten Sekunden, um die mit Schablone aufgemalten Buchstaben auf der Kiste zu entziffern, und das, obwohl ihnen das Licht behilflich war. Valentine fragte sich, ob vielleicht irgendwo in der Stadt eine Hag vor einem Bildschirm saß, der das widerspiegelte, was der Robot sah, oder ob das Bild in sein Gedächtnisband eingespeichert wurde.

Hinter sich hörte er ein Krachen.

Valentine wirbelte herum, seine Augen starrten in schwarze Leere. Ein scharrendes Geräusch war zu hören, dann herrschte wieder Stille. Aber auch der Robot hatte es wahrgenommen! Mit mächtigen Schritten, die den Boden erschütterten, setzte er sich wieder in Bewegung.

Valentines Gedanken arbeiteten fieberhaft. Besser, sich der unbekannten Gefahr zu stellen, die hinter ihm drohte, als der sicheren Vernichtung durch den Robot! Er suchte zwischen den Kisten Deckung, stolperte in der Finsternis, dann stürzte er sich in das Büro, ohne die Gefahr zu bedenken, die dort etwa auf ihn lauern könnte. Erstaunlicherweise war es leer! Und die breite Tür, die auf die menschenleere, helle Straße hinausführte, stand offen.

Doch dann blieb er impulsiv stehen. Er schob sich in die Ecke des Büros und schlüpfte unter einen Schreibtisch. Der Robot würde ihn ohne Zweifel einholen, wenn es zu einer direkten Verfolgung auf der Straße kam. Blieb er dagegen verborgen und hielt sich ganz still...

Stampfend und dröhnend bewegte sich der Robot durch das Büro. Nur ein einziges Mal kreiste sein Suchstrahl durch das Büro, ehe er durch die Tür weiterstampfte. Draußen blieb er unschlüssig stehen. Dann nahmen seine Mikrofone die Schritte eines unbeteiligten Fußgängers auf, und schon trampelte er in mechanisch unsinniger Verfolgung hinter ihm her.

Valentine lugte vorsichtig unter dem Schreibtisch heraus, lauschte. Wenn das Monstrum sich bei seiner sinnlosen Verfolgung weit genug entfernte, würde es ihm möglich sein, zu entkommen. Andernfalls...

»Valentine!«

Die Stimme war nur ein Flüstern und kam aus der offenen Tür, die in den Lagerraum führte.

»Hanley!« stieß Valentine hervor. »Ich dachte, Sie...«

»Ich weiß, was Sie dachten«, sagte Hanley. »Sind da noch mehr Robots in der Nähe?«

»Glaube ich nicht. Was machen Sie hier?«

Wieder war das scharrende Geräusch zu hören.

Valentine, der sich jetzt dem anderen genähert hatte, wußte, daß Hanley von dem Kistenstapel herunterkletterte.

»Ich dachte, nachdem ich gestürzt war, daß es da oben sicherer wäre«, entschuldigte er sich. »Ich denke, da habe ich einiges angerichtet, wie? Ich dachte, Sie könnten Hilfe brauchen, also bin ich Ihnen gefolgt. Und dann bin ich über die Kleine hier gestolpert, und als ich mich hochrappelte, habe ich eine von diesen Kisten hier umgestoßen.«

»Sie sind über den Toten gestolpert?«

»Tot? Nein, ich habe genau hingehört und dabei Herzschlag vernommen. Hören Sie, Valentine. Wir müssen die hier wegschaffen. Sie ist nicht tot – und sie ist auch kein Mann!«

Die dunklen Wolken am Himmel begannen, sich im Licht der Morgendämmerung heller zu färben, als sie das Kanalboot vom Kai abstießen und es über die spiegelglatte Wasserfläche in die Kanalmitte lenkten.

»Wohin?« fragte Hanley vom Steuer aus. »Zu meiner Bude unten am Stadtrand?«

»Dort fahren wir zuerst hin«, erklärte Valentine. »Ich setze Sie dort ab, aber das Mädchen und ich fahren weiter. Ich habe Pläne mit ihm.«

Er ignorierte Hanleys fragenden Blick und wandte sich dem Mädchen zu. Er hatte es sofort wiedererkannt – das Erdenmädchen aus dem Kanalcafé.

Offensichtlich hatten die mächtigen Tentakel des Robots sie bewußtlos geschlagen. Die Haut an ihren Armen war aufgeschürft, und am Haaransatz bildete sich eine böse, blutunterlaufene Schwellung heraus. Sie hatte viel Blut verloren.

Hanley war vorsichtig gewesen, als er das Mädchen auf kräftigen Armen weggetragen hatte, und das Blut hatte sich verkrustet und zu fließen aufgehört.

»Reichen Sie mir den Sanitätskasten aus dem Schrank«, sagte Valentine. Er hob ihren Kopf und schob ihr ein Kissen darunter. Dann versorgte er ihre Wunden, so gut er konnte. Er holte eine dünne Injektionsspritze heraus, füllte sie aus einer Ampulle mit einer farblosen Flüssigkeit und stach die Nadel vorsichtig in die Vene in der Armbeuge des Mädchens. Es zuckte zusammen und gab einen klagenden Laut von sich.

»Was ist das?« rief Hanley vom Steuer.

»Ich gebe ihr eine Nihilatspritze, damit sie weiterschläft. Auf diese Weise kommen wir besser mit ihr zurecht.«

Hanley runzelte die Stirn. »Hören Sie, Valentine – Sie können mir vertrauen. Wo werden Sie sie hinbringen?«

Valentine zögerte, beobachtete die ganze Zeit das Mädchen. Jetzt erschlaffte sein Gesichtsausdruck in die entspannte Maske des Schlummers, als die Droge zu wirken begann.

Er richtete sich auf und sah Hanley an. »Vielleicht ist es besser, wenn Sie das nicht wissen«, wehrte er ab. »Ich habe Vertrauen zu Ihnen. Aber vielleicht sollten Sie selbst Ihre Vermutungen anstellen.«

Hanley zuckte mit den Schultern und blickte voraus. Das schnelle Boot hatte schon beinahe die Grenzen der Stadt erreicht. Valentine kam nach vorne, um das Steuer zu nehmen, als Hanley das Boot auf das Ufer zu lenkte.

»Ich sehe Sie in ein paar Tagen«, versprach er. »Tut mir leid, aber das ist wichtig.«

»Sicher«, sagte Hanley mürrisch. Er ließ das Steuerrad los. Und dann – »Halt!« Seine Stimme wurde scharf. »Sehen Sie, was dort auf uns wartet!«

Valentines Blick erfaßte das Dock.

Das Boot beschrieb einen sanften Bogen, und Valentine schob den

Fahrthebel bis zum Anschlag vor. »Das wär's!« stieß er hervor. »Vielleicht hat er das Mädchen gesehen. Wir können nicht an Land gehen.«

»Es kann auch sein, daß er einfach nur dasteht«, meinte Hanley.

»Und vielleicht auch nicht. Es könnte sein, daß sie die Glockenblumen entdeckt und eine Verbindung zu Ihnen hergestellt haben – irgend etwas. Wir dürfen das Risiko nicht eingehen. Es tut mir leid, Hanley, aber ich glaube, jetzt müssen Sie mitkommen.«

»Und wo geht die Reise hin?« fragte Hanley.

Valentine sah ihn mit einem leichten Lächeln an. »Ich glaube, das können Sie sich recht gut vorstellen. Raten Sie doch mal?«

Hanley nickte langsam, und aus der Andeutung von Verstehen in seinen Augen wurde Sicherheit.

»Die Donovans«, flüsterte er. »Sie sind einer von den Donovans, nicht wahr?«

Valentine nickte, und Hanley blieb ein paar Sekunden lang stumm.

»Der Gedanke geht mir schon eine ganze Weile im Kopf herum«, gestand Hanley dann. »Anders gibt es keinen Sinn, aber...«

»Aber was?«

Hanley hustete. »Nun, ich dachte immer, die Donovans wären ein ziemlich übler Haufen. Ich meine, abgesehen davon, daß es Piraten sind. Natürlich stammt alles, was ich über die Donovans weiß, von den Hags – damit wir uns richtig verstehen, damit sage ich nicht, daß die recht haben.«

Valentine zuckte mit den Schultern. »Wir sind nicht einmal Piraten«, erklärte er. »Oh, wir *haben* schon gelegentlich Frachtschlepper angehalten, wenn sie etwas geladen hatten, was wir brauchten. Aber wir haben nur von den Hags gestohlen – und die haben den Leuten den ganzen Planeten Venus gestohlen.«

»Aber ich dachte, die Hags würden immer fliegen.«

»Das tun sie jetzt.« Valentine lachte. »Das haben wir ihnen beigebracht.«

Hanley nickte. »Aber wie sind Sie zurechtgekommen?«

»Nun – haben Sie eigentlich je darüber nachgedacht, was ich mit dem Geld gemacht habe, das Sie mir für die Glockenblumen gaben?

Wir haben eine Menge Dinge gekauft und eine Menge gemacht. Wir haben Fabriken. Alles, was wir je gestohlen haben, war etwas, was ursprünglich die Hags besaßen und das wir uns nicht anders beschaffen konnten. Hauptsächlich aus ihren Labors.«

»Ich hatte schon immer die Vorstellung, daß die Hags ein wenig übertrieben«, warf Hanley ein. »Nun, wahrscheinlich ist alles, was die sagen, gelogen. Aber weshalb leben Sie in Höhlen im Sumpf wie die Tiere?«

Valentine lachte kurz. »Das werden Sie sehen«, versprach er.

»Oh.« Hanley blickte erstaunt auf. »Dann werde ich also zum Versteck der Donovans geführt?«

»Ich fürchte, Sie haben keine andere Wahl. Nehmen Sie es nicht schwer – das ist eine Ehre. Bis jetzt sind immer nur Donovans dort gewesen.«

»Und das Mädchen?«

Valentine zuckte mit den Schultern und brach das Gespräch ab.

Er drehte sich um und blickte nach hinten. Die Hags besaßen ebenfalls schnelle Kanalfahrzeuge, und die Möglichkeit einer Verfolgung war nie auszuschließen. Er sah nichts.

Der Kanal war um diese frühe Stunde verlassen.

Das Mädchen stöhnte im Schlaf. Valentine seufzte und lehnte sich zurück. Seine Hand hielt locker das Steuerrad umfaßt.

Jedes Wort eine Lüge

Nachdem der Kanal sich über viele Meilen schnurgerade erstreckt hatte, machte er jetzt einen weiten Bogen, und die weißen Turmspitzen von Nard verschwanden hinter den Bäumen. Valentine streckte sich, saß jetzt aufrecht und begann, auf das Ufer zu achten. Seine Augen suchten das dichte Buschwerk ab. Nach einer Weile änderte er leicht den Kurs und lenkte das Kanalboot zur Küste. Als er eine Stelle erreichte, wo ein gebeugter Wirrbaum seine Zweige weit über das Wasser hängen ließ, warf er schnell einen Blick nach hinten und riß das Boot dann hart nach rechts.

»Was –« stieß Hanley hervor. Dann begriff er, als die herunterhängenden Blätter das Verdeck des Bootes streiften und er hinter ihren schützenden Schirm sehen konnte.

Es war eine Wasserstraße, diesmal eine verborgene. Offenbar war sie früher einmal ein natürlicher, seichter Strom gewesen, weil sie nicht gerade verlief. Aber für den geringen Tiefgang eines Kanalbootes war das Wasser tief genug, und man hatte mit sorgsamer Arbeit genügend Vegetation entfernt, um die kleine Wasserstraße schiffbar zu machen, ohne dabei den schützenden Schirm des Wirrbaumes zu zerstören.

»Raffiniert«, sagte Hanley anerkennend. »Und Sie haben Ihre Hütten unter den Bäumen, wie? Und bleiben in Bewegung, damit die Hags Sie nicht finden?«

Valentine lächelte. »Sehr oft bewegen wir uns nicht«, sagte er. »Das ist das ursprüngliche Versteck der Donovans. Das gibt es jetzt seit hundertfünfzig Jahren, seit der alte Donovan selbst seine Anhänger aus den Städten herausgeholt hat.«

Nach kurvenreicher Fahrt unter den schützenden Bäumen, die sie vielleicht eine Meile vom Hauptkanal wegführte, erreichten sie ein Dock aus Metall. Ein halbes Dutzend Kanalboote lag dort vertäut, schlanke Boote, die auf hohe Geschwindigkeit deuteten. Valentine stieg aus und hob die Hände. »Valentine von den Donovans«, sagte er zu einem unsichtbaren Posten. »Ich habe zwei Fremde. Ich bürge für sie.«

Im Unterholz raschelte es, und ein Mann in Dschungelgrün trat hervor und schob einen dünnen Strahler in die Scheide. Er starrte Hanley und das Mädchen zweifelnd an.

»Geh weiter, Valentine«, befahl er. »Du wirst schon wissen, was du tust.«

Valentine nickte und winkte Hanley zu, worauf dieser das Mädchen aus dem Boot hob und dann selbst auf das Dock trat.

»Gehen Sie voraus«, verlangte Hanley. »Hier – ich trage das Mädchen.«

Es wog nicht viel, trotzdem überließ es Valentine Hanleys kräftigen Armen, es zu tragen.

»Diese Richtung«, sagte er und betrat einen schmalen Pfad.

Hanley sah sich interessiert nach den Hütten oder Höhlen um, die er erwartet hatte. Er konnte nichts entdecken, nichts außer den dicken Bäumen und den ineinander verwachsenen Schlingpflanzen, die sich über den Boden wanden.

»Da wären wir«, sagte Valentine. Vor ihnen ragte ein mächtiger Steinbrocken neben dem Weg auf. Hanley beobachtete erstaunt, wie Valentine sich vor den Felsen stellte.

»Wer da?« fragte eine Stimme. Hanley konnte nicht ausmachen, woher sie kam – vielleicht ein verborgenes Mikrofon, dachte er.

Valentine wiederholte, was er dem Posten am Dock gemeldet hatte. Ein leises elektrisches Summen ertönte, und dann öffnete sich der Fels vor ihnen. Im Inneren führte eine breite Treppe in die Tiefe. Ein weiterer Posten mit einem Strahler, die Hand an einem Schalthebel, stand daneben.

»Kommt herein«, sagte er.

Valentine sah sich zu Hanley um und lächelte. »Das ist unser Versteck«, sagte er. »Willkommen in den Donovan-Höhlen!«

Das leise Summen einer Sprechanlage weckte Donovan. Er war sofort wach, obwohl er weniger als drei Stunden geschlafen hatte. Er legte einen Schalter neben seinem Bett um und meldete sich.

Eine Stimme antwortete: »Hier diensthabender Arzt Carla. Ich hatte versprochen, daß ich anrufen würde, wenn dein Erdenmädchen reden kann. Nun, sie ist soweit, du kannst kommen.«

»Gut«, antwortete Valentine. »Ich bin gleich da.«

Er nahm eine eiskalte Dusche und zog sich dann schnell an. An sein Zimmer grenzte ein kleiner Raum, in dem ein Mann an einem Tisch saß und las.

»Hello, Valentine«, grüßte er. »Ich hab' dir etwas zu essen kommen lassen.« Er deutete auf ein paar zugedeckte Gefäße, die vor ihm auf dem Tisch standen.

Valentine nickte und setzte sich. Als er die Deckel berührte, war ein befriedigendes Zischen zu hören. Dann hob Valentine die Deckel ab, die das Essen warmgehalten und gleichzeitig durch das Vakuum vor dem Verderb geschützt hatten. Er goß sich eine Tasse mit einer fahl wirkenden, moussierenden Flüssigkeit voll und deutete dann mit einer

Kopfbewegung auf die Tür neben der seinen. »Hanley ist wohl noch nicht wach?«

Der Posten schüttelte den Kopf. »Was soll ich mit ihm machen, wenn er herauskommt?« fragte er.

»Ihm zuerst zu essen geben, denke ich. Nachher – nun, wahrscheinlich wird er eine Menge Fragen stellen. Er war ziemlich überrascht, eine so große Stadt im Untergrund vorzufinden. Sag ihm, was er wissen will.«

»Alles?« Der Posten zog die Brauen hoch.

»Ganz richtig. Falls wir ihm nicht vertrauen können, weiß er ohnehin schon zuviel. Ein wenig mehr macht da keinen Unterschied.« Valentine schmunzelte. »Du solltest dich auf einiges vorbereiten. Ich konnte ihn kaum dazu bringen, sich schlafen zu legen, als wir hereinkamen – seiner Vorstellung nach waren wir Wilde, die in Höhlen lebten.«

Er beendete schnell seine Mahlzeit und ging dann durch breite, hell erleuchtete Korridore, bis er eine Tür erreichte, deren Aufschrift verkündete, daß sich dahinter die medizinische Abteilung verbarg.

»Hello, Carla«, begrüßte er den diensthabenden Arzt. »Wie geht's dem Mädchen?«

Carla war ein schlanker, junger Mann mit einer weißen Kombination. Er zögerte. »Das Mädchen war nur ein paar Stunden den Vitastrahlen ausgesetzt. Tatsächlich wäre es besser, wenn wir es noch dort ließen. Es hat eine Menge Blut verloren.«

»Du kannst die Kleine ja nachher wieder unter die Strahler legen. Das ist jetzt wichtig.«

Carla zuckte mit den Schultern. »Also gut. Zum Reden reicht es ja. Aber sieh zu, daß sie sich nicht aufregt.« Er führte Valentine aus dem Zimmer.

Das Mädchen lag auf einem Podest unter orange glühenden Lampen. Sie betrachteten es durch die Kristallwand der Kammer, in der es lag. Carla betätigte einen Schalter neben dem Eingang, und die Lichter flackerten und verblaßten dann zur normalen Farbe des Tageslichts. Er öffnete die Tür und ließ Valentine den Vortritt.

Man hatte dem Mädchen das verkrustete Blut abgewaschen. Carla zog mit dem Daumen ein Augenlid zurück und musterte ihre Pupille.

Zufrieden holte er eine kleine Plastikkapsel aus seiner Tasche an der Hüfte und zerdrückte sie geschickt unter der Nase des Mädchens. Ein scharfer, aromatischer Geruch erfüllte den Raum. Das Mädchen zuckte zusammen und erwachte fast augenblicklich.

Ohne es zu beachten, wandte Carla sich Valentine zu. »Eine Weile wird das Mädchen jetzt munter sein. Ruf mich, wenn du gehst, dann schalte ich die Strahlen wieder ein.«

Überraschung und Furcht standen in den Augen des Mädchens. Valentine sagte: »Sie fragen sich wahrscheinlich, wo Sie sind.«

Das Mädchen sah ihn mit gerunzelter Stirn an. »Sie – Sie sind der Mann, der uns in dem Café angerempelt hat.«

»Ja. Mein Name ist Valentine. Sie sind gestern nacht von einem Sklavenrobot verletzt worden, der den Hags gehört – erinnern Sie sich? Ich habe Sie gefunden und hierhergebracht.«

Das Mädchen richtete sich auf und saß jetzt mit über das Bett herunterhängenden Beinen da. Es musterte ihn prüfend.

»Wo ist ›hier‹?« Valentine bemerkte erneut, daß es eine ungewöhnlich tiefe und ausdrucksvolle Stimme hatte. Sie ist recht attraktiv, dachte er. Wenn die Haut des Mädchens nicht trotz des bleichenden Effekts der Vitastrahlen ein wenig zu dunkel gewesen wäre, hätte man es beinah schön nennen können.

»Haben Sie je von den Donovans gehört?« fragte er.

»Den Donovans? Ja, sicher. Das sind die Gesetzlosen. Die Wilden, die in Hütten im Dschungel leben.«

Valentine lächelte. »Ich habe das Gefühl, daß ich das heute schon zu oft gehört habe«, meinte er. »Wilde sind wir nun nicht gerade. Sehen Sie, ich bin einer der Donovans. Und im Augenblick befinden Sie sich in unserer Dschungelstadt.«

Die Lippen des Mädchens öffneten sich. »Oh? Aber ich dachte – ich meine, alle Venusianer haben behauptet, daß –«

»Ich weiß, was sie gesagt haben«, unterbrach Valentine. »Sie haben verbreitet, daß wir Gesetzlose seien. Zum Teil haben sie damit recht.«

Das Mädchen nickte zögernd. Dann erinnerte es sich und bewegte vorsichtig seinen Arm. Es rieb ihn, sah ihn an. Die Schnittwunden, die der Robot ihm zugefügt hatte, hatten sich geschlossen, und jetzt waren dort, wo der regenerierende Einfluß der Vitastrahlen seine Wirkung getan hatte, nur noch rosafarbene Narben zu sehen.

»Sie sind recht zivilisiert«, räumte das Erdenmädchen ein. »Vitastrahlen hätte ich nicht erwartet. Ich denke, ich schulde Ihnen etwas dafür, daß Sie mir geholfen haben. Ich werde veranlassen, daß mein Vater Sie belohnt.«

Valentine hustete. »Das bringt mich auf einen etwas delikaten Punkt. Ich fürchte, wir werden Sie für eine Weile hierbehalten müssen.«

»Mich hierbehalten?« Plötzlich war alle Wärme aus der Stimme verschwunden.

»Ja. Sehen Sie, unsere Sicherheit wäre bedroht, wenn die Hags so viel über uns wüßten, wie Sie jetzt.«

»Aber was hat das mit mir zu tun? Ich bin keine Venusianerin. Ich habe Papiere von der Erdenregierung – ich gehöre einer Handelsmission an.«

Valentine schüttelte ungeduldig den Kopf. »Papiere von der Erde sind hier wertlos«, sagte er. »Die Erdenregierung weiß nicht einmal, daß wir existieren.«

Das Mädchen richtete sich auf, und seine hellen Augen fixierten Valentine. »Ich bin Elena Orris«, sagte es mit weicher Stimme. »Mein Vater ist ein wichtiger Mann.« Das Erdenmädchen musterte Valentines Gesicht und wunderte sich offenbar, daß der Name auf ihn keinen Eindruck machte. »Wissen Sie, was das bedeutet?«

»Was bedeutet das?«

»Es bedeutet, daß mein Vater die Erdenflotte rufen kann, wenn Sie mich hier festhalten. Die ganze Flotte – achttausend Schlachtraketen. Wissen Sie, was Schlachtraketen hier anrichten können?«

Valentine entgegnete geduldig: »Sie verstehen nicht. Natürlich könnte die Flotte uns in Stücke schießen. Aber würden sie uns je finden? Die Hags können uns nicht ausfindig machen, dabei suchen die uns schon seit über hundert Jahren. Und nach allem, was man auf der Erde je erfahren wird, sind Sie auf geheimnisvolle Weise verschwunden. Die Hags werden ihre Nachforschungen nicht sehr weit treiben, schließlich hat ihr Robot Sie angegriffen. Die sind nicht einmal sicher, daß Sie noch am Leben sind.« Das Mädchen biß sich auf die Lippen und sah ihn unsicher an.

»Sagen Sie mir, was Sie beabsichtigen«, meinte es dann.

»So ist es besser«, lobte Valentine. Er setzte sich ihm gegenüber. »Es gibt da einige Fragen, die ich Ihnen stellen möchte. Bezüglich jener Kisten in dem Lagerraum, für die der Robot sich so interessierte. Was war in ihnen?«

»Das kann ich Ihnen nicht sagen.«

»Warum?«

Elena Orris zögerte. »Ich – ich kann es nicht. Ich habe einen Eid geleistet. Sie müssen wissen, ich bin nicht als Touristin hier. Das gehört zu meinem Beruf. Die Erdenregierung hat mich geschickt, um sicherzustellen, daß die Sendung hier eintrifft. Es ist wichtig, daß das alles geheim abläuft.«

»Das ist für mich auch wichtig. Für wen war sie bestimmt?«

Sie zuckte mit den Schultern. »Für einen Mann namens – Smith. Ich kenne ihn nicht.«

»Wissen Sie, für wen er tätig ist?«

Valentine stand auf und ging einen Schritt auf sie zu. »Sie müssen wissen, wir Donovans müssen darüber alles erfahren«, drängte er. »Wir zwingen gewöhnlich die Leute nicht zum Sprechen. Aber dies hier ist etwas anderes.«

Das Mädchen schien entsetzt. »Drohen Sie mir?«

»Mit Folter? Nein. Mit dem, was Sie dazu zwingen wird, Antwort zu geben – ja.«

»Dazu können Sie mich nicht zwingen!«

Valentine lächelte. »Wir können es versuchen. Es gibt da eine Hypnosetechnik, die wir entwickelt haben. Sie ist sehr wirksam.«

»Das werde ich nicht dulden!«

»Sie haben keine Wahl«, erklärte Valentine. »Es gibt da eine Droge, die zu dieser Technik gehört und die Ihre Mithilfe überflüssig macht. Unglücklicherweise hat die Droge manchmal Nachwirkungen auf den Verstand.«

Das Mädchen zuckte zusammen. »Sie Tier!« flüsterte sie. »Ich werde es Ihnen sagen.«

»Danke«, sagte Valentine würdevoll. »Was war in den Kisten?«

Mit ausdrucksloser Stimme: »Atomare Explosivstoffe. Uran-Isotope und der Katalysator, den man dazu braucht.«

Valentine runzelte nachdenklich die Stirn. »Was ist mit diesem Smith?«

»Ich weiß nicht viel über ihn. Er kam auf der Erde zu meinem Vater – mein Vater ist Industriekoordinator für die Erdenregierung. Smith wollte etwas, was er industrielle Explosivstoffe nannte. Er bot dafür Geld und Konzessionen auf der Venus.«

»Seltsam, daß die Hags nicht ihre eigenen Uran-Isotope herstellen konnten«, meine Valentine. »Auf der Venus gibt es genügend Carnotit. Ich dachte, ich kenne alle venusianischen Beamten, die für die Hags tätig sind. Aber von Smith habe ich nie gehört.«

»Vielleicht war das nicht sein wirklicher Name. Aber seine Papiere waren in Ordnung. Mein Vater hat sie überprüft.«

»Natürlich ist daran noch etwas Eigenartiges, müssen Sie wissen. Die Hags bilden die Regierung der Venus. Warum würden sie einen ihrer Robots ausschicken, um sich über etwas zu informieren, was sie selbst gekauft und bezahlt hatten?«

Sie zuckte mit den Schultern. »Sie wissen genausoviel wie ich. Fähnrich Drake hat mich hingebracht, damit ich mir die Sendung ansehe. Der wachhabende Posten – ein Erdenmensch – beklagte sich über irgendein Fieber und bat darum, abgelöst zu werden. Fähnrich Drake brachte ihn in sein Quartier, um dort einen anderen Mann zu holen, und ich blieb zurück, um die Lagerhalle im Auge zu behalten. Wir rechneten nicht mit irgendwelchen Schwierigkeiten. Ich habe auf ihn gewartet, als – als dieser Robot hereingepoltert kam.« Sie schauderte. »Ich glaube nicht, daß er mich verletzen wollte – sofern ich mich ihm nicht in den Weg stellte. Er hat mich einfach zur Seite geschoben.«

Valentine schenkte ihr einen nachdenklichen Blick und sah dann auf die Uhr. »Ich muß gehen«, sagte er. »Ich komme wieder. Bis dahin, meint der Arzt, wäre es besser, wenn Sie unter den Vitastrahlen bleiben. Aber Sie können natürlich tun, was Sie wollen – nur weggehen dürfen Sie nicht.« Als er hinausging, starrte sie ihm nach. Unterwegs sprach er mit dem Arzt. »Sorgen Sie dafür, daß sie zu essen bekommt und keine Schwierigkeiten macht«, ordnete er an. »Ich komme wieder.«

»Ich werde sie in Schlaf versetzen und die Bestrahlung fortsetzen«, versprach Carla. »Hat sie das, was Sie wissen wollten, gesagt?«

Valentine verzog das Gesicht. »Zuerst wollte sie mir überhaupt nichts sagen. Ich mußte schließlich drohen, daß ich Gewalt anwenden würde.«

»Und dann – hat sie dann geredet?«

»Das schon.« Valentine lächelte versonnen. »Sie beantwortete jede Frage – aber jedes Wort war eine Lüge!«

Bündnis abgelehnt

Valentine schaltete die Sprechanlage in seinem Zimmer auf *Record* und diktierte einen ausführlichen Bericht über das, was er gesehen hatte, um seine Erlebnisse dem Rat der Donovans zugänglich zu machen. Als er ihn beendet hatte, hörte er Stimmen vor der Tür, und Hanley kam herein.

»Sie haben es aber schön hier, Valentine«, sagte er begeistert. »Es tut mir leid, was ich über – nun, Sie wissen schon, von wegen Höhlen gesagt habe.«

»Ja, schon gut«, meinte Valentine geistesabwesend.

»Der Typ, der draußen war, hat mich herumgeführt. Das ist ja riesengroß – elftausend Leute, hat er mir gesagt. Mit eigener Nahrungsversorgung, eigenen Fabriken und allem unter der Erde. Wunderbar!«

Valentine lächelte. »Ich nehme an, Sie kennen jetzt unsere sämtlichen Geheimnisse«, sagte er.

Hanley schien das peinlich zu sein. »Nun, ich denke schon. Hören Sie, Valentine, da ist etwas, worüber ich mit Ihnen sprechen möchte. Verstehen Sie mich richtig, es ist mir gleichgültig, ob ich je nach Nard zurückkomme – mir gefällt es hier. Aber wenn ich dorthin zurückkehre, dann sollen Sie wissen, daß ich niemandem ein Wort sagen werde.«

»Da werden wir ganz sicher sein«, meinte Valentine vieldeutig. »Hat Ihr Begleiter Ihnen alles berichtet, was Sie wissen wollten?« Er setzte sich und zündete sich eine Zigarette an.

»Nun, fast. Aber da wären noch ein oder zwei Dinge. Zum Beispiel, wer betreibt das hier? Wie hat es angefangen?«

Valentine schürzte die Lippen und stieß eine Rauchwolke aus.

»Das reicht über hundertfünfzig Jahre zurück«, begann er. »Die Hags haben die Geschichtsbücher neu geschrieben, also wissen Sie wahrscheinlich nicht viel darüber. Aber im Jahre zweitausendeinhundertneunundsechzig war die Venus eine Kolonie, die der Erde gehörte.«

»O sicher, das wußte ich.«

Valentine nickte.

»Und die Hags waren ein neu gegründeter Orden auf der Erde. Sie hatten gerade erst mit ihrer Arbeit angefangen, vielleicht zehn oder fünfzehn Jahre vorher. Sie waren eine Art Imitation eines religiösen Ordens – lauter Frauen, die der Ansicht waren, daß die Männer auf der Welt ziemlichen Mist gebaut hatten. Es waren brillante Frauen; Ärztinnen, Chemikerinnen, Physikerinnen –«

»Und was geschah dann?«

»Dann gerieten sie in Schwierigkeiten.« Valentine runzelte nachdenklich die Stirn. »Selbst wir Donovans wissen nicht genau, was dann passierte. Mich interessierte das, als ich auf der Erde die Universität besuchte – eine ganze Menge von uns gehen zur Ausbildung auf die Erde –, also habe ich in den alten Aufzeichnungen nachgelesen. Aber alles, was ich dort finden konnte, waren nur Andeutungen. Ich glaube, die fingen an, Menschen für biologische Experimente einzusetzen. Irgendwie kam das heraus, und man verbannte sie von der Erde. Dann sind sie hierher gekommen.«

»Zur Venus? Die Regierung hat das zugelassen?«

»Es gab keinen anderen Ort für sie. Sie zettelten eine Revolution an und überzeugten die Bewohner der Kolonie, daß man sie zu Unrecht verbannt hatte und daß sie der Kolonie Demokratie und Freiheit bringen könnten.«

»Das ist ja zum Lachen.«

»Ja, aber zu jener Zeit klang das überzeugend. An dem, was sie den Leuten sagten, war viel Wahres. Die Bewohner der Erde waren habgierig gewesen und hatten die Venus skrupellos ausgeplündert. Die Erde besaß damals noch keine so große Raumflotte wie heute, und wir siegten. Das heißt – die Hags siegten. Die Leute waren natürlich nicht besser dran als vorher. Vielleicht sogar noch schlechter.«

Hanley trat unsicher von einem Fuß auf den anderen. »Das ist sehr interessant. Aber was ist mit den Donovans? Wo kamen die her?«

Valentine stand auf. »Ich führe Sie ein wenig herum, während wir reden«, sagte er. »Sie können unmöglich die ganze Stadt gesehen haben.«

»Gerne«, stimmte Hanley zu, erhob sich ebenfalls und folgte ihm durch die Tür. Sie gingen durch einen breiten, hell beleuchteten Korridor auf einen großen Saal zu, in dem sich viele Leute aufhielten. »Sie wollten mir sagen, woher die Donovans stammen«, erinnerte Hanley seinen Führer.

»Es gab da einen Mann namens Jeremiah Donovan«, fuhr Valentine fort. »Er war einer der führenden Köpfe der Revolution. Er predigte den Leuten Demokratie, und sie folgten ihm. Als die Revolution schließlich siegreich endete, versuchte er, die Demokratie in die Praxis umzusetzen, und die Hags verhafteten ihn als Verräter.«

»Was sagt man jetzt dazu? Nachdem er für sie gekämpft hat?«

»Er entkam ihnen aber. Er versuchte, die Hags zu bekämpfen. Es war ein guter Kampf, aber sie hatten alles auf ihrer Seite. Nach einem Monat waren noch etwa hundertfünfzig Männer übrig, die Donovan in die Sümpfe folgten. Sie bauten diese Stadt – oder fingen jedenfalls damit an. Ursprünglich stimmte also die Geschichte mit den Höhlen.«

Hanley nickte und sah sich um. Sie befanden sich in einem riesigen unterirdischen Saal. An einem Ende glitzerte kristallklares Wasser in einem tiefen Schwimmbecken, in dem Männer und Frauen schwammen oder sich unter den hellen Sonnenlampen sonnten, die vierzig Fuß darüber an der Kuppeldecke befestigt waren. Andere bewegten sich zielstrebig aus Korridoren, die in den Saal mündeten, zu nischenähnlichen Gemächern, die in die Saalwände eingelassen waren.

Hanley fragte: »Wie kommt es, daß Sie mit so vielen Leuten nicht einfach Ihr Versteck verlassen? Sie müssen doch den Hags zahlenmäßig überlegen sein.«

»Aber die Hags verfügen über Robots«, erklärte Valentine. »Wir nicht.«

»Können Sie keine konstruieren?«

»Das versuchen wir. Aber wir haben nicht viel Erfolg, weil wir die Legierung nicht herstellen können, die die Hags für das Elektronengehirn benutzen. Wir wissen nicht einmal, was es ist!«

»Können Sie denn nicht – nun, einen Hag fangen?«

»Das haben wir. Tatsächlich –« er zögerte – »tatsächlich haben wir sogar einige verschiedene Typen eingefangen.«

»Verschiedene Typen? Aber ich habe nur eine Art gesehen.«

Valentine nickte. »Ich glaube, bei den anderen handelt es sich um Versuchsmodelle. Einer davon war in ein Flugzeug eingebaut, welches abstürzte. Es hat die Maschine gelenkt. Und in dem Flugzeug waren drei oder vier *kleine*. Wirklich klein. Etwa so groß wie ein Stecknadelkopf.«

Hanley pfiff durch die Zähne. »Ich möchte wissen, wofür die bestimmt waren.«

»Wir auch«, entgegnete Valentine und verzog den Mund. »Wir haben sie zerlegt und analysiert und wissen immer noch nicht, was wir vor uns haben. Es waren nur die Gehirne der Robots – die Radiozelle, die das Ganze kontrolliert und lenkt.«

Sie setzten sich auf eine Bank neben dem Schwimmbecken, und Valentine starrte nachdenklich ins Wasser.

»Wie kommt es, daß Sie so viel über die Hags wissen?« fragte Hanley.

»Oh, da gibt es viele Möglichkeiten. Wir hören ihr Radio ab – hören alles, was sie senden. Und dann haben wir ein paar Mann ganz nahe bei ihrem Palast in Nard stationiert. Aber die sind auch nicht dumm, und wir finden nicht ganz soviel heraus, wie wir gerne möchten.«

»Oh.«

Hanley verstummte einen Augenblick lang und sah den Leuten der unterirdischen Stadt zu. »Was ist das dort drüben denn, wo so viele Leute unterwegs sind?«

Valentine sah hinüber. »Das ist die Ratshalle. Dort werden die Regierungsgeschäfte der Stadt erledigt. Der Rat der Donovans macht das. Ich bin ein Mitglied des Rates. Wir sind fünfunddreißig.« Er lächelte etwas verlegen. »Eigentlich sollte ich jetzt dort sein und Fragen beantworten.«

»Was für Fragen?«

»Fragen über das Erdenmädchen. Aber ich kenne die Antworten nicht. Fragen, wie zum Beispiel, was sie auf der Venus tut und was die Kisten enthalten und –«

Hanley unterbrach ihn. »Ich und mein Gedächtnis«, brummte er. »Ich wußte doch, daß da etwas war, was ich Ihnen sagen wollte.« Er griff in eine Tasche und holte ein paar flache, silberne Scheiben heraus und reichte sie Valentine.

»Was ist das?« fragte Valentine und befingerte sie interessiert.

Hanley lächelte. »Als ich mich auf den Kisten versteckte – sie erinnern sich doch? –, habe ich eine umgestoßen, und sie ist aufgebrochen. Sie war voll von dem Zeug da, und ich habe ein paar von den Dingern mitgenommen.«

Als Valentine den Saal betrat, saß Elena auf dem Podest in dem Kristallraum und rauchte wütend eine Zigarette. Kaum hatte sie ihn gesehen, als sie ihn anfuhr:

»Ich werde hier verrückt! Weshalb lassen Sie mich nicht heraus? Ich habe Ihnen doch gesagt, was Sie wissen wollten. Jetzt halten Sie sich auch an unsere Vereinbarung, und lassen Sie mich gehen!«

Valentine musterte sie eine Sekunde lang kühl.

»Wir haben keine Vereinbarung getroffen. Und wenn wir das hätten, dann haben Sie sie nicht eingehalten.«

»Ich sie nicht eingehalten?«

»Ja. Ich habe Sie gefragt, was diese Kisten enthalten.«

Elena Orris riß die Augen weit auf. »Natürlich. Ich habe es Ihnen doch gesagt, die sollen industrielle Explosivstoffe enthalten. Die Leute meines Vaters haben sie vor unserer Abreise inspiziert.«

Valentine lachte auf. »Sie sind großartig«, sagte er. Dann öffnete er die Hand. »Schauen Sie. Sind das Ihre industriellen Explosivstoffe?«

Das Mädchen starrte die Scheibe ungläubig an. »Sie – aber woher?« Plötzlich schien sie alle Kraft zu verlassen. Sie blickte hilflos zu Valentine auf.

Valentine setzte sich ihr gegenüber. »Jetzt sagen Sie mir endlich die Wahrheit«, befahl er. »Die volle Wahrheit – und dabei wollen Sie bitte berücksichtigen, daß dieses Ding vor zwanzig Minuten noch zerlegt war und einer unserer Radiotechniker mir alles darüber gesagt hat, was er wußte. Oder müssen wir die Droge einsetzen?«

»Ich verstehe nichts von Radiotechnik«, meine Elena verstockt. »Ich weiß nicht viel darüber.«

»Dann sagen Sie mir eben so viel, wie Sie wissen. Für wen waren die bestimmt?«

»Für – für die Erdenmenschen auf der Venus.«

»Erdenmenschen?«

»Ja. Das Botschaftspersonal. Die Handelsmission. Alles Erdenmenschen auf der Venus – fast tausend. Die meisten davon in Nard.«

Valentine runzelte die Stirn. »Und was haben die Erdenmenschen damit vor?«

»Darüber bin ich nicht informiert«, entgegnete Elena ausdruckslos. »Sie – sie hatten etwas mit den Robots zu tun.«

»Mit den Robots der Hags?« Valentines Gesicht zeigte keine Regung, aber seine Gedanken überstürzten sich.

»Sie meinen mit der Radiosteuerung der Robots? Ein Steuergerät...?«

»Das nehme ich an. Ich glaube, diese Dinger stören die Radiowellen zwischen den Robots und ihren Steuerungssendern. Ich hörte meinen Vater einmal darüber sprechen. Er nannte sie ›Wellenfallen‹. Sie *absorbieren* Radiowellen.«

Valentine nickte. »Und das würde bedeuten, daß die Robots hilflos wären. Blind, taub und gelähmt.« Langsam nahm er den Gedanken in sich auf, fand Gefallen daran, wagte es kaum zu glauben. Eine so mächtige Waffe...

»Worin bestand Ihre Aufgabe?« fragte er.

»Bloß sie hier abliefern. Eigentlich hatte Fähnrich Drake die Leitung, aber ich bin mitgeschickt worden, um Fähnrich Drake zu beobachten. Er sollte sie morgen der Botschaft übergeben.«

Valentine musterte sie neugierig. »Und das kommt Ihnen nicht unmoralisch vor?« fragte er. »Einfach so anzugreifen?«

»Unmoralisch?« wiederholte sie. »Sind die Hags moralisch?«

»Dagegen kann man wenig sagen«, räumte er ein. Er dachte nach. Mechanismen, die die Robots paralysieren sollten und die für die Erdenkolonie auf der Venus bestimmt waren. Ein Komplott der Erde –

ein Plan, den Hags die Macht über den Planeten zu entwinden, wieder eine Kolonie Terras aus ihm zu machen!

Er betrachtete das Mädchen nachdenklich. Dabei wurde ihm bewußt, daß es seltsam blaß war – und dann erinnerte er sich, daß Elena unter den Vitastrahlen gelegen hatte. Die Lebensvorgänge vollzogen sich unter Vitastrahlen schneller. Ohne kompensierendes Ultraviolett war ihre neuregenerierte Haut blaß und bleichte in wenigen Stunden so aus, wie sie das sonst vielleicht in Monaten getan hätte.

Sie beobachtete ihn unsicher. Dann veränderte sich ihr Ausdruck, als ihr ein neuer Gedanke kam. »Valentine!« sagte sie eifrig. »Ich habe eine Idee! Sie hassen die Hags doch, oder?«

Er lachte. »Nun, als Liebe kann man das sicher nicht bezeichnen.«

»Wir hassen sie auch! Oh, Valentine, warum können wir nicht mit vereinten Kräften arbeiten? Als Verbündete könnten wir nicht scheitern!«

»Verbündete? Die Erdenregierung und wir Gesetzlose?«

»Sicherlich! Die Erde würde Ihnen helfen; mit unserer Raumflotte, unseren Waffen könnten Sie die Hags in ein paar Tagen vernichten. Sie könnten völlig ausgelöscht werden – und Sie könnten Ihr Versteck verlassen.« Valentine hörte zu, ohne daß sein Gesicht sich veränderte. Dann meinte er: »Und was würde nachher geschehen – was will die Erde von der Venus?«

Elena Orris machte eine beschwörende Geste. »Nur Freundschaft«, sagte sie eindringlich. »Freundschaft und Handel. Die Venus verfügt über Millionen Tonnen radioaktives Erz – ich will ehrlich zu Ihnen sein, Valentine. Wir brauchen es. Unsere Vorkommen sind fast erschöpft.«

»Können Sie es nicht von den Hags bekommen, ohne sie zu vernichten?«

»Das haben wir versucht. Aber die sind Vernunftgründen nicht zugänglich. Bodenschätze, die für die Erde das Leben bedeuten – und die Hags wollen nicht zulassen, daß wir sie fördern. Das ist alles, was wir wollen. Nichts, was der Venus schaden würde, nur –«

»Nur die Chance, wieder eine Kolonie aus uns zu machen«, vollendete Valentine den Satz. »Sie haben den falschen Ausdruck verwendet. Sie wollen keine Verbündeten – Sie wollen Sklaven!«

Flucht

Elena zuckte vor ihm zurück, und in ihren Augen flammte Zorn auf. Sie flüsterte: »Vergessen Sie eines nicht, Sie Sumpfbewohner. Die Erde kann sich *nehmen,* was sie braucht! Helfen Sie uns, dann werden wir Sie belohnen. Versuchen Sie, uns aufzuhalten, dann werden Sie vernichtet – wie die Hags!«

Valentine nickte unwillkürlich. Dann gab er zu: »Unglücklicherweise ist an dem, was Sie sagen, einiges Wahre. Wenn Sie die Robots aufhalten können, können Sie den ganzen Planeten übernehmen – und die Erde wird für uns gefährlicher als die Hags sein.«

»Nun? Weshalb nehmen Sie dann meinen Vorschlag nicht an?«

»Aus zwei Gründen«, antwortete Valentine. »Zum einen kann ich nicht für alle Donovans sprechen und Sie nicht für die Erde. Zum zweiten bin ich nicht sicher, ob Sie die Robots aufhalten können.«

»Machen Sie sich darüber keine Sorgen«, prahlte Elena. »Das Störsystem funktioniert. Die Hags besitzen nur einen Robottyp – das wissen wir. Wir haben es ausprobiert, es macht den Robot funktionsuntüchtig.«

»Oh.« Valentine betrachtete sie nachdenklich. »Sind Sie sicher, daß die Hags nur über den einen Typ verfügen?«

»Absolut! Uns lagen Berichte von Agenten aus dem Hag-Palast selbst vor.«

Valentine nickte ausdruckslos und stand auf. »Nun, dann bleibt nur eines zu tun«, sagte er. »Ich werde das, was Sie behaupten, dem Rat der Donovans berichten.« Er nickte ihr zu und wandte sich zur Tür.

»Warten Sie!« Elena Orris sprang auf. »Lassen Sie mich nicht in diesem Gefängnis zurück! Ich hasse es!«

Valentine sah sie überrascht an. »Wohin wollen Sie gehen?«

»Nach Nard zurück! Sie müssen das doch begreifen. Dieser Robot hat in den Kisten herumgeschnüffelt. Ich möchte herausfinden, was er entdeckt hatte.«

Valentine schüttelte den Kopf. »Das ist ja absurd. Es muß Ihnen doch klar sein, daß wir Sie nicht gehen lassen können. Niemand außer den Donovans weiß von diesem Ort hier, und wir können nicht das

Risiko eingehen, daß Sie uns an die Hags verraten.«

»Gütiger Himmel!« Sie stampfte zornig mit dem Fuß auf. »Sind Sie taub, Valentine? Ich habe Ihnen doch gesagt, daß Sie und ich gemeinsam die Hags bekämpfen wollen. Weshalb sollte ich Sie an sie verraten, wo ich doch Ihre Hilfe brauche?«

»Oh, es könnte sein, daß Ihnen ein Grund dafür einfällt«, meinte Valentine gelassen. »Nein, Sie werden eine Weile hierbleiben müssen. Später werden wir sehen.«

Hanley stand der Mund vor Staunen offen, als Valentine den Recorder abschaltete und sich zu ihm umwandte. »Das darf doch nicht wahr sein?« meinte er. »Haben die Erdler wirklich vor, unseren Planeten zu übernehmen?«

Valentine lächelte. »Das Erdenmädchen hat es jedenfalls behauptet. Ich glaube, daß es diesmal die Wahrheit gesprochen hat.«

»Nun, und was werden wir unternehmen? Die werden genauso schlimm vorgehen wie die Hags.«

»Schlimmer«, nickte Valentine. »Ich weiß nicht, was wir tun werden. Der Rat der Donovans wird das entscheiden müssen. Sie berichten in einigen Stunden. Inzwischen...«

»Ja?«

»Inzwischen können wir beide uns noch einmal in Nard umsehen.« Er beobachtete Hanley prüfend. »Sehen Sie, ich glaube Ihnen jetzt, daß Sie auf unserer Seite stehen.«

»Oh, ich werde nichts verraten, Valentine.«

»Ich weiß. Und ich muß das Risiko in jedem Fall eingehen.«

»Was machen wir in Nard?«

»Uns umsehen. Wir werden dort weitermachen, wo wir letzte Nacht aufgehört haben.«

Hanley verzog das Gesicht. »Hoffentlich erinnern sich die Hags nicht daran, wie wir aussehen«, sagte er. »Was ist, wenn immer noch ein Robot in dem Lagerhaus herumstöbert?«

»Das müssen wir eben herausfinden. Die Kisten sind wichtig. Wenn die Hags sie sich gründlich ansehen, dann wissen sie, daß etwas im Busch ist. Und ich fürchte, dazu hatten sie bereits Gelegenheit.«

»Ich bin dabei«, erklärte Hanley. »Nicht daß ich viel davon halte. Wenn die Hags sehen, wie wir in so etwas herumstochern...«

Das Telefon summte und unterbrach ihn. Valentine legte den Schalter um. »Ja?«

»Valentine!« ertönte eine aufgeregte Stimme. »Hier spricht der Wachtposten am Haupttor. Das Erdenmädchen hat die Wache hier ausgeschaltet und ist geflohen.«

Valentine sah dem Arzt, der sich um den Posten bemühte, über die Schulter. »Was war es?« fragte er.

»Irgendeine Droge. In einer Minute ist er wieder bei sich.«

Der Wachkommandant meldete: »Ich habe fünf Männer ausgeschickt, um nach ihr zu suchen. Sehr weit kann sie nicht kommen.«

»Wie ist sie überhaupt hier heraufgekommen?« fragte Valentine neugierig.

»Carla hat vor einer Minute aus der Krankenstation angerufen. Einer seiner Männer hat ihn bewußtlos aufgefunden. Als sie ihn weckten, sagte er, er sei gerade dabeigewesen, sie wieder in Schlaf zu versetzen, aber sie hätte ihm die Nihilatspritze weggerissen. Das ist alles, woran er sich erinnern kann.«

»Mit der Wache muß sie das gleiche getan haben«, vermutete Valentine mit gerunzelter Stirn. Dann drehte er sich um und sah den Mann an, der gerade anfing, sich zu regen. Jetzt schlug er die Augen auf.

»Das Mädchen! Die hat mich gestochen!« stöhnte er.

»Mit einer Nihilatnadel«, erklärte Valentine. »Wie konnte das passieren? Hielten Sie nicht wegen des Erdenmädchens Wache?«

»Erdenmädchen?« wiederholte der Mann. »Die sah gar nicht wie eine Erdlerin aus. Sie war nicht dunkel und an ihren Kleidern war auch nichts...«

»Die Vitastrahlen«, sagte Valentine. »Die haben sie gebleicht. Nun, es hat jetzt nichts zu sagen. Was hat sie getan?«

Der Mann erhob sich schwankend vom Boden. Dann meinte er: »Sie kam einfach auf mich zu, ohne etwas zu sagen. Ich wollte sie gerade fragen, was sie wollte, als ich etwas Blitzendes in ihrer Hand sah und –«

Sein Vorgesetzter unterbrach sie: »Hier kommt die Streife«, sagte er. Und als sie näher gekommen waren: »Wo ist das Mädchen?«

»Verschwunden«, keuchte der Mann an der Spitze. »Fenwick und

Cavally machen noch Jagd auf sie. Sie hat eines der Boote vom Kai genommen.«

Jetzt konnte Valentine nicht länger an sich halten. »Kommen Sie!« rief er Hanley zu. »Wir müssen ihr folgen. Wir haben immer noch eine Chance.«

Er rannte den Dschungelpfad zu der Landebrücke in dem versteckten Kanal hinunter. Jetzt waren da keine gepflegten silbernen Boote vertäut. Nur zwei waren noch zu sehen, und die trieben frei. Offensichtlich hatte das Mädchen eines der Boote für die Flucht entwendet und die anderen losgeschnitten. Und an der Landebrücke lag ein weiterer Posten, über den sich gerade der fünfte Mann der Streife beugte.

»Der ist egal, *wen* sie sticht«, brummte Hanley. »He, was machen Sie da?«

Ohne Zeit zu vergeuden, sprang Valentine mit einem mächtigen Satz in das träge im Wasser treibende Kanalboot. Das Boot schwankte gefährlich, kenterte aber nicht. Er ließ den Motor an und fuhr auf die Brücke zu, wo Hanley wartete.

»Springen Sie rein!« herrschte er ihn an. »Die hat nur zehn Minuten Vorsprung. Vielleicht können wir sie doch noch erwischen.«

Hanley sprang, das Boot schwankte heftig unter seinem größeren Gewicht, und Wasser schwappte über die Bootswand. Valentine jagte den Motor hoch, und das Boot schoß durch die sich windende Wasserstraße davon.

Hanley kauerte im Heck und duckte sich immer wieder, wenn nur wenige Zentimeter über seinem Kopf Äste hinwegstreiften.

»Sie glauben, wir können sie einholen?« schrie er Valentine zu.

»Wir müssen es versuchen. Vielleicht schafft es das andere Boot. Aber wenn sie den Hags verrät, wo die Donovanstadt verborgen ist, gibt es Krieg. Und den werden wir verlieren!«

Plötzlich war der verborgene Kanal zu Ende. Das Kanalboot schoß durch die tief hängenden Blätter des Wirrbaums und beschrieb dann einen weiten Bogen, als Valentine Kurs auf das ferne Nard nahm. Beide Männer kniffen die Augen zusammen. Das Fahrzeug der Donovanwachen fegte auf der anderen Seite des Flusses dicht am Ufer entlang. Nirgends war eine Spur von dem Mädchen und dem Boot zu sehen.

»Sie ist entkommen!« stieß Hanley hervor.

Valentine schüttelte verblüfft den Kopf. »Ja, so muß es wohl sein. Aber ich verstehe nicht, wie. Der Kanal verläuft hier meilenweit schnurgerade, so groß war ihr Vorsprung nicht. Es sei denn…«

Er riß das Boot herum und steuerte auf das andere Fahrzeug zu. Die Männer in ihm spähten unter jeden tief hängenden Busch oder Baum am Ufer.

»Irgendwelche Spuren von ihr?« rief Valentine.

»Nichts!« schrie der Mann am Steuer des anderen Bootes zurück. »Aber sie muß hier sein. Sie hatte nicht genug Zeit, um ganz den Kanal hinunterzufahren. Wir müssen sie finden!«

Aber sie fanden sie nicht. Sie suchten jeden Busch im Umkreis von einer Meile in jeder Richtung ab, aber vergeblich. Nach einer halben Stunde winkte Valentine dem anderen Boot, und sie trafen sich in der Flußmitte.

»Sucht weiter«, befahl Valentine. »Aber es sieht so aus, als wäre sie irgendwie entkommen. Aber sucht weiter.«

»Was wirst du tun, Valentine?«

Er runzelte die Stirn und nickte grimmig. »Wenn sie nach Nard kommt, wird sie über kurz oder lang zu den Hags gehen. Also fahren wir jetzt auch nach Nard – und hindern sie daran!«

In der Gewalt der Hags

Von einem Gefühl der Unruhe geplagt, vertäuten die zwei ihr Boot am Stadtrand und gingen zu Fuß weiter.

Allem Anschein nach war ihre Unruhe unbegründet. Sie gingen zu der Kanalerbar, wo sie am vergangenen Abend gewesen waren – einem Abend, der eine Ewigkeit zurückzuliegen schien –, ohne daß es zu irgendwelchen unerwarteten Ereignissen kam.

Es war früher Nachmittag. Das Lokal war von Kunden verlassen. Auf der anderen Seite waren Tische aufgestapelt, und jemand war damit beschäftigt, den Boden zu säubern. Darl und ihr Tanzpartner übten, begleitet von der Musik eines gelangweilten Pianisten, neue Figuren ein. Als Darl die Ankömmlinge erblickte, weiteten sich ihre Augen, und sie geriet aus dem Tritt, stieß gegen ihren Partner.

Sie ging auf Valentine zu. »Welche Ehre«, sagte sie. »Das ist das erste Mal, daß Sie tagsüber hier erscheinen.«

»Wir sind gekommen, um etwas in Erfahrung zu bringen«, erklärte Valentine ernst. »Darl, Sie sagten gestern abend, Sie hätten dieses Erdenmädchen schon einmal gesehen?«

»Ja, sicher. Es ist einige Male hier gewesen.«

»Wissen Sie, wo sie wohnt?«

»Nein. Oder – warten Sie. Ja doch. Sie ist im Marabek abgestiegen, zumindest glaube ich das. Ich hörte, wie sie es gestern abend vor dem Fähnrich erwähnte.«

»Braves Mädchen!« lobte Valentine. »Nun, vielen Dank. Bis später.«

»Augenblick!« rief Darl hitzig. »Ich komme mit. Ich möchte wissen, was das alles zu bedeuten hat.«

»Darl, Sie...«

»Ich möchte es wissen! Gestern abend haben Sie es darauf angelegt, mit ihr zu sprechen, und dann sind Sie mit ihr weggegangen. Jetzt wollen Sie sie besuchen. Nun, ich komme mit.«

»Warten Sie, Darl«, unterbrach Hanley. »Ehrlich, hier geht es um eine ernste Angelegenheit. Valentine muß sie daran hindern, den...« Er hielt inne. Darl sah ihn nicht an. Vielmehr starrte sie verängstigt und aus großen Augen Valentine an.

»Ich schätze, ich rede zuviel«, beendete Hanley etwas verlegen den Satz.

Valentine schnaubte. »Ja, wahrscheinlich. Darl, ich erzähle Ihnen die ganze Geschichte später. Im Augenblick kann ich nicht.«

»O nein«, wandte Darl ein. »Valentine, ich wußte, daß Sie Schwierigkeiten hatten. Die Hags waren gestern nacht hinter Ihnen her. Sie müssen mir erlauben, daß ich Ihnen helfe. Ich kann helfen – da muß es irgend etwas geben. Vielleicht kann ich zu ihr gehen –«

»Das wäre eine Möglichkeit«, gab Valentine zu. Er seufzte. Dann warnte er ernsthaft: »Darl, Sie könnten dabei ernsthaften Ärger bekommen. Ist das klar?«

Sie nickte.

Valentine spreizte die Hände. »Dann kommen Sie mit«, sagte er. »Ich wollte Sie da nicht hineinziehen, aber wahrscheinlich muß ich das.«

Darls Wagen parkte gleich um die Ecke. Sie entschuldigte sich bei ihrem Partner und dem Pianisten, und sie stiegen ein. Als der Wagen sich in Bewegung gesetzt hatte, fing Darl zu sprechen an.

»Können Sie mir nicht mehr sagen, Valentine, bitte? Ich mache mir um Sie Sorgen?«

Valentine lächelte verlegen. Dann meinte er: »Ich habe in den letzten vierundzwanzig Stunden mehr Geheimnisse ausgeplaudert als alle Donovans in hundertfünfzig Jahren. Ich schätze, da kommt es auf ein weiteres nicht an.«

»Die Donovans!« wiederholte Darl. »Ich dachte das... o Valentine!«

»Ja, ich bin ein Donovan«, gab Valentine zu. »Und die Hags werden sich jedem erkenntlich zeigen, der ihnen das verrät!«

»Ich würde das nie preisgeben! Das könnte ich gar nicht. Und Sie wissen auch, was ich von den Hags halte. Seit die gekommen sind und mich in ihren schrecklichen Palast geschleppt haben und mich so lange dort festgehalten und mir all diese Fragen gestellt haben.«

Valentine nickte. »Ihretwegen mache ich mir auch keine Sorgen«, sagte er. »Aber bei dem Erdenmädchen ist das etwas anderes. Es weiß Bescheid – und wird sich ein Vergnügen daraus machen zu reden. Wir hatten gestern abend eine kleine Auseinandersetzung.«

»Oh?«

»Genauer gesagt, habe ich das Mädchen entführt. Ich hatte es an einen sicheren Ort gebracht, und es ist entkommen. Ich muß es aufspüren, ehe sie mit den Hags Verbindung aufnehmen kann.«

»Aber können Sie sich denn nicht verstecken, draußen in den Sümpfen?«

Valentine schüttelte den Kopf. »Das würde nicht einmal mein eigenes Leben retten«, antwortete er mit weicher Stimme. »Und es steht viel auf dem Spiel.«

Jetzt mischte sich Hanley ein. »Wir sind ihr heute morgen von jenem sicheren Ort aus gefolgt, den Valentine erwähnte. Sie weiß, wo er ist. Verstehen Sie?«

Darl biß sich auf die Unterlippe. »Nun«, meinte sie nach einer Weile, »was sollen wir tun? Bis zum Marabek sind es nur noch ein paar Straßen – und dort vor uns liegt der Hag-Palast.«

»Fahren Sie zum Hotel«, befahl Valentine. »Vielleicht können wir am Empfang herausbekommen, ob sie zurückgekehrt ist.« Er warf einen rätselhaften Blick auf den hochragenden weißen Turm des Hag-Palastes. »Ich könnte nicht behaupten, daß es mir Spaß macht, unseren Freunden dort so nahe zu kommen«, sagte er. »Vielleicht sollten wir – Halt! Da, seht!«

Er saß starr aufrecht da und deutete zum Fenster hinaus. Darl stöhnte erschrocken auf, und der Wagen schleuderte leicht. Dann brachte sie ihn zum Stillstand.

»Das ist das Mädchen!«

Hanley starrte zu ihm hinüber. »Was macht es hier? Meinen Sie, es geht zum Palast?«

»Wir dürfen kein Risiko eingehen. Bleiben Sie hier, alle beide, und passen Sie auf, was passiert. Ich werde versuchen, das Mädchen aufzuhalten!«

»Warten Sie!« rief Darl, aber Valentine hatte den Wagen bereits verlassen. Seine Gedanken arbeiteten fieberhaft – bemühten sich, einen Plan zu entwickeln, wie er des Mädchens auf der Straße habhaft werden könnte. Dann rief er, einem Impuls folgend: »Elena! Elena Orris!«

Sie war vielleicht noch zehn Meter von ihm entfernt und ging auf den Hag-Palast zu. Ihr Schritt wirkte nicht eilig. Valentine registrierte das unwillkürlich. Und dann drehte sie sich auf seinen Ruf hin um.

Ihre Augen weiteten sich, als sie ihn erkannte, dann fuhr sie sich mit der Hand an den Mund. Im nächsten Augenblick fing sie zu laufen an. Valentine rannte halblaut fluchend hinter ihr her. Er war schneller als sie, aber sie befanden sich fast am Eingang des Palastes der Hags, und er hatte nicht die leiseste Chance, sie aufzuhalten.

Doch das Mädchen rannte an dem Eingang vorüber, ohne ihm Beachtung zu schenken – hastete weiter die Straße hinunter. Sein Erstaunen ließ ihn einen Moment zaudern, und dann bemerkte er etwas, was ihn ruckartig zum Stillstand kommen ließ. Aus der Tür, die zwischen dem Mädchen und ihm lag, war ein polterndes Klappern zu hören, dann strömte eine Gruppe von Robots heraus, ein halbes Dutzend. Ohne stehenzubleiben, um sich zu orientieren, kamen sie auf ihn zu!

Er hatte nur den Bruchteil einer Sekunde zur Verfügung, in dem er denken und handeln konnte. Und das reichte nicht. Verstört griff er nach dem scheibenförmigen Gegenstand in seiner Tasche, um den verzweifelten Versuch zu unternehmen, die heranrückenden Ungeheuer mit seiner Hilfe aufzuhalten, aber es war zu spät.

Schon hatten sie ihn umringt. Er stieß einen unartikulierten Schmerzensschrei aus, als sich die schlangenähnlichen Tentakel eines der Robots wie eine Peitschenschnur um seinen Körper wickelten und ihn mit metallischer Umarmung zu zerquetschen drohten. Seine Hände waren hilflos festgezwängt, und die Tasche mit der Scheibe war außer Reichweite.

Jetzt wurde er in die Höhe gehoben. Einen kurzen Augenblick lang sah er Hanley und das Mädchen Darl, die wie benommen neben dem Wagen standen. Dann klapperte der Robot auf der Straße davon und schleppte ihn durch das offene Tor des Hag-Palastes...

Valentine starrte der Frau mit dem Falkengesicht in die Augen. Er registrierte benommen, daß er sie schon einmal in dem Café gesehen hatte. Der Robot hatte inzwischen seine unsanfte, aber gründliche Durchsuchung abgeschlossen und trug die Trophäen zu der Hag.

Die Frau lachte kehlig und griff nach der silbernen Scheibe. »Wieder eine«, meinte sie frohlockend. »Langsam wächst unsere Sammlung.« Sie warf die Scheibe verächtlich beiseite und beugte sich vor, um ihn anzustarren.

»Valentine von den Donovans«, sagte sie. »Ich nehme an, Sie wissen, wo Sie sind.«

»Ja.«

»Und wissen Sie, was mit Ihnen geschehen wird?«

»Ich kann es mir ungefähr vorstellen.«

Sie schüttelte schweigend den Kopf. »Nein«, erklärte sie dann. »Nein, Sie haben keine Ahnung. Soweit mir bekannt ist, seid ihr Donovans nicht so geschickt in – wollen wir sagen Bestrafung? – wie wir.«

Valentine bewegte sich unruhig. Dann meinte er: »Natürlich sind wir das nicht. Ich gestehe, daß ich nicht damit rechne, diesen Bau lebend zu verlassen.«

»Ist das alles?« fragte sie verächtlich. »Sie begreifen nicht. Wahrscheinlich werden wir Sie nicht töten.«

Valentine straffte wortlos die Muskeln. *Folter,* dachte er – Folter, um ihn dazu zu zwingen, ihnen das zu sagen, was sie wissen wollten.

Die Frau lächelte befriedigt, als sie erkannte, daß er begriffen hatte. Sie schickte sich an, sich zu erheben, zögerte dann aber.

»Da sind nur ein paar unbedeutende Fragen«, meinte sie. »Ich glaube nicht, daß es Ihnen etwas ausmachen wird, sie zu beantworten. Wir sollten sie hinter uns bringen, ehe wir zu den wichtigen Fragen kommen.«

Du mußt Zeit gewinnen, dachte Valentine. Und deshalb sagte er: »Lassen Sie hören.«

»Was wollten Sie in dem kleinen Café?«

»Ich habe dort eine Freundin besucht. Und Sie?« konterte er.

Sie hob in einer herrisch wirkenden Geste die Augenbrauen, gab aber Antwort: »Sie haben wir gesucht. Unglücklicherweise haben wir Sie entkommen lassen.«

»Warum haben Sie mich gesucht?« fragte Valentine.

Die Hag lächelte bösartig und schüttelte den Kopf. »Nein«, sagte sie. »*Sie* beantworten hier die Fragen. Wer war das Mädchen?«

Valentine zögerte und antwortete dann: »Eine Tänzerin. Sie heißt Darl.« Soviel wissen die bestimmt schon, dachte er.

»Warum?«

»Warum?« wiederholte er. »Weil ich ein Mann bin und sie ein schönes Mädchen. Verstehen Sie so etwas?«

»Das verstehe ich«, erklärte die Hag grimmig. »Aber ich brauche es nicht zu glauben.« Dann zuckte sie mit den Schultern und stand auf. Und meinte mit herrischer Stimme: »Es wird erfolgversprechender sein, Ihnen später Fragen zu stellen. Folgen Sie mir.«

Sie verließ den Raum und sah nicht einmal zurück, um sich zu überzeugen, ob er ihr folgte.

Als er ihren schutzlosen Rücken vor sich sah, kam verstohlen Hoffnung in ihm auf – ein kurzer Traum eines Ausbruchs in die Freiheit. Aber dann verblaßte er und erstarb, als er die klappernden Schritte von

Robots hinter sich hörte. Die Frau ging keine Risiken ein, mußte er sich betrübt eingestehen.

Der Weg war kurz. Valentine sah Korridore mit grauen Wänden, die endlos schienen, und dann befanden sie sich am Eingang zu einem großen Saal. Über die Schultern der Frau hinweg konnte Valentine an einer Wand Reihen von Stahlkäfigen sehen und flache Tische mit weißen Platten, die ihn irgendwie an einen Operationssaal erinnerten, und zwei finster blickende Hags, die sie beobachteten.

Mit einer Stimme, die wie die eines alten Mannes klang, fragte die kleinere der zwei wartenden Hag: »Ist das der Donovan?«

»Ja«, antwortete Valentines Begleiterin. »Du kannst ihn jederzeit haben. Er –«

Ein schriller Schmerzensschrei aus dem Raum unterbrach sie. Laut, schrill und schrecklich, schien der Schrei selbst die Hags zu erschrekken. Die Kleine packte etwas und wirbelte herum, rannte auf einen der Käfige an der Wand zu, daß ihr die langen Röcke um die spindeldürren Beine schlotterten, und machte sich kurz an einem kompliziert wirkenden Schloßmechanismus zu schaffen, riß dann die Tür auf und rannte hinein.

Valentine, der so verblüfft war, daß er für den Augenblick sogar die Gefahr vergaß, in der er sich befand, folgte ihr neugierig. In der Zelle beugte sie sich über einen Körper – einen menschlichen Körper, wie Valentine voll Schrecken erkannte. Als er ihn erblickte, zuckte er krampfhaft, und dann war wieder ein Kreischen zu hören, lauter noch als vorher, das dann in ein kehliges Gurgeln überging. Dann sackte der Körper in sich zusammen und entspannte sich, und das Geschrei verstummte.

Mit einem Ausruf des Ekels richtete die Hag sich auf und kam aus der Zelle heraus. Sie stampfte verstimmt mit dem Fuß auf.

»Die dritte«, sagte sie verbittert. »Eine Weile dachte ich, daß sie überleben würde – aber sie ist ebenfalls gestorben wie die anderen. Ich glaube, wir sind in dieser Serie noch weit vom Erfolg entfernt.«

Die Hag zuckte ungeduldig mit den Schultern. »Dann nehmen Sie doch ein anderes Versuchsobjekt. Das ist angeordnet. Es muß gelingen.«

Sie bemerkte Valentines gespanntes Gesicht und starrte ihn an. Ihre

Ungeduld wechselte in arrogante Amüsiertheit über. »Donovan, vielleicht beginnen Sie jetzt zu begreifen«, schnurrte sie.

Bleich vor Zorn und Furcht fragte Valentine: »Was war das?«

»Ein Experiment. Vielleicht dienen Sie auch bald einem Experiment, irgendwann einmal«, meinte sie leichthin. »Möchten Sie das gerne vermeiden?«

Er hob skeptisch die Brauen. »Habe ich die Wahl?«

»Sicher. Sie brauchen uns bloß Ihr Bewußsein zu öffnen. Ihr Donovans macht uns ständig Schwierigkeiten dort draußen in den Sümpfen mit der Bedrohung, die von euch ausgeht. Über kurz oder lang werden wir die Donovans vernichten müssen. Wenn Sie uns jetzt dabei helfen wollen – können Sie leben.«

»Und wenn nicht, dann sterbe ich.«

Die Hag nickte.

Valentine schürzte die Lippen. Er schien in Gedanken versunken und starrte an ihr vorbei auf den mit Instrumenten übersäten Operationstisch. Dann ging er geistesabwesend auf den Tisch zu. »Nun«, sagte er nachdenklich, »niemand von uns kann ewig leben.«

Die Hag runzelte die Stirn und trat einen Schritt zurück. »Sie sind ein Narr, Valentine!« keifte sie.

Valentine hatte sich zwischen die Hag und die Tür auf der anderen Seite des Operationstisches vorgeschoben. Und jetzt glitten im Bruchteil einer Sekunde seine Arme unter den Tisch, hoben ihn an und schleuderten ihn gegen die Hag, dann wirbelte Valentine herum und rannte auf die Tür zu.

Das war sehr riskant – aber ihm blieb keine andere Wahl. Er erreichte die Tür, bog um die Ecke…

Er konnte nur flüchtig erkennen, was dort draußen auf ihn wartete, als ihn auch schon die schwerfällige Gestalt eines Robots gegen die Tür warf.

Den Tentakel, der auf ihn herunterpeitschte, sah Valentine bereits nicht mehr. Er fühlte nur einen stechenden Peitschenhieb, dann versank er in Bewußtlosigkeit.

Keine Schwestern

Wieder verspürte er einen Stich, so wie den Stich einer Wespe, diesmal an seiner Nase, und Valentine erwachte. Die kleine Hag, die das Experiment durchgeführt hatte, blickte angewidert auf ihn herunter.

Valentine stemmte sich auf einem Ellbogen hoch, blickte sich um und sah, daß er sich wieder in dem Operationssaal befand, diesmal in einer der Zellen, die die Wände säumten. Die Hag beugte sich vor und faßte verächtlich nach seinem Handgelenk. Nachdem sie seinen Puls gefühlt hatte, ließ sie den Arm sinken und verließ die Zelle.

»Sie bleiben«, warf sie ihm kurz angebunden über die Schulter zu.

Einen Augenblick später war sie mit der anderen Hag wieder zurück, die ihn nach seiner Gefangennahme ausgefragt hatte. Sie starrte Valentine böse an, der immer noch benommen halb an der Wand lehnte.

»Jetzt sind Sie ja ganz gefügig«, sagte sie. »Warum versuchen Sie denn nicht wieder zu entfliehen?«

»Es scheint ja nicht sehr vielversprechend«, meinte Valentine.

Die Hag nickte. »Wenn es noch einmal passiert, wird es Ihnen eine Menge Schaden eintragen. Sie haben drei von uns *verletzt!*«

Valentine zuckte mit den Schultern. »Ihr Robot war auch nicht gerade zimperlich«, stellte er fest. Dann erinnerte er sich und griff sich an den Kopf. Aber da war kein Schmerz, keine Narbe. Nur ein leichtes Prickeln, das darauf hindeutete, daß die Wunde heilte. Vitastrahlen, dachte er staunend.

»Danke für die Erste Hilfe«, sagte er. »Sie sorgen gut für Ihre – äh – Gäste.«

Die Hag machte eine ungeduldige Handbewegung. »Reden Sie«, forderte sie. »Sie bekommen eine letzte Chance. Sie haben gesehen, was aus einer unserer Untertanen geworden ist – und wir versuchen nicht, sie zu bestrafen. Ihnen gegenüber würden wir nicht so großmütig sein.«

»Oh, das würde ich nicht erwarten.«

»Jetzt dürfen Sie Ihre Wahl treffen. Das Leben oder die Labors.«

Valentine hob den Kopf. »Was für eine Art von Leben? Werden Sie mich freilassen?«

»Selbstverständlich nicht. Sie werden ein Gefangener sein. Wir brauchen manchmal Gefangene. Wir versprechen nur eines. Sie werden so lange leben, wie Sie normal leben würden, und Sie werden keine Schmerzen leiden.«

Valentine betrachtete sie nachdenklich. »Wissen Sie«, sagte er. »Ich bin versucht, ja zu sagen, nur um zu sehen, was Sie sich für mich ausgedacht haben. Ich wette, es würde Spaß machen.« Dann seufzte er. »Aber Ihr Angebot lehne ich ab, denn ich wäre nämlich lieber tot, als unter solchen Bedingungen zu leben.«

Sie schien – wie er überrascht feststellte – nicht enttäuscht zu sein. Dann sah sie besorgt auf die Uhr, die sie am Handgelenk trug, ehe sie ihm antwortete.

Valentine glaubte, ein seltsames Flackern in ihren Augen zu erkennen, als sie sagte: »Ich lasse Ihnen Zeit zum Nachdenken. Sie brauchen nicht in Ihrem Käfig zu bleiben – Sie können sich frei im Laboratorium bewegen. Aber versuchen Sie nicht, es zu verlassen. In den drei Käfigen zu Ihrer Rechten warten Untertanen auf eines unserer Experimente. Sehen Sie sie sich an – vielleicht hilft Ihnen das bei der Entscheidung.«

Sie drehte sich um und ging hinaus und schloß die Tür hinter sich. Valentine wartete eine halbe Minute, dann war er an der Tür. Er versuchte, die Klinke niederzudrücken, ohne viel Hoffnung zu haben, und war nicht allzu enttäuscht, als er feststellte, daß die Tür von außen verschlossen war.

Er suchte die Wände ab. Gegenüber den Käfigen waren nur leere Wände und Schränke mit Geräten und Instrumenten. Die der Tür gegenüberliegende Wand bestand zum großen Teil aus einem riesigen, weißen Bildschirm – um die Mikrodias zu betrachten, dachte er.

Es begann ihm klarzuwerden, daß es keine Fluchtmöglichkeit gab, und er machte sich daran, die Schränke zu durchsuchen. Im dritten Schrank schließlich fand er ein Notizbuch. Er warf einen gleichgültigen Blick darauf und war schon im Begriff, es wieder in das Fach zurückzuwerfen, als ihm ein Satz ins Auge fiel. Er las:

Ihre Fortschritte sind unbefriedigend. Das Schiff ist bereit und wird binnen dreißig Tagen zur Ganymedkolonie abgesandt werden. Es ist unerläßlich, daß wir bis dahin für den Arbeitseinsatz über reinrassige Versuchsexemplare verfügen.

Er runzelte die Stirn. Ganymedkolonie – beabsichtigten die Hags, ihre Macht auf einen weiteren Planeten auszudehnen? Und was für ›reinrassige Versuchsexemplare‹ meinten sie?

Er überflog hastig die Seiten. Da wurde Seite für Seite in einer Art Kurzschrift, einer aus vielen Abkürzungen bestehenden technischen Fachsprache, von irgendwelchen biologischen Experimenten berichtet. Er rätselte an einem Diagramm herum, das den menschlichen Kreislauf und das menschliche Atmungssystem zeigte, mit einer Art von Kiemen anstelle der menschlichen Nase und Lunge. Eine sorgfältig aufgezeichnete Tabelle erregte seine Aufmerksamkeit:

2314 — 840 Novizen
2315 — 798 Novizen
2316 — 781 Novizen
2317 — 778 Novizen
2318 — 742 Novizen
2319 — 708 Novizen
2320 — 675 Novizen
2321 — 596 Novizen
2322 — 489 Novizen
2323 — 312 Novizen

Valentine schüttelte den Kopf. Es stimmte – in den letzten Jahren waren die Hags immer weniger an die Öffentlichkeit getreten – aber es war schwer zu glauben, daß der Grund dafür der war, daß sie im Aussterben begriffen waren! Und wenn das stimmte – dann würden sie beim augenblicklichen Tempo in fünf Jahren ganz ausgestorben sein!

Ein flatterndes Geräusch aus einem der Käfige riß ihn aus seinen Gedanken. Er ging auf den Käfig zu, um hineinzusehen – und erstarrte ungläubig und von Übelkeit erfaßt. Ein feuchter Klumpen Fleisch lag auf dem Boden, krümmte rhythmisch seinen Körper und entspannte ihn dann wieder, was das Geräusch erzeugte. Fortwährend wiederholte sich die langsame, sinnlose Bewegung, wobei das Geschöpf sein Gesicht blindlings der Decke zuwandte – wenn man die augenlose, nasenlose Fleischmasse unter dem Haaransatz wirklich ein Gesicht nennen durfte. Und der Körper, zu dem es gehörte...

Er drehte sich um, angewidert und von Wut erfüllt. Den anderen Käfigen widmete er nur einen kurzen Blick – gerade lange genug, um zu erkennen, daß auch bei ihnen jede Hilfe zu spät kommen würde. War das der Grund dafür, überlegte er, daß die Hag ihn allein gelassen hatte? Damit er sie sehen und so eingeschüchtert würde, daß er gehorchte?

Er hatte keinen Grund, daran zu zweifeln.

Valentine wartete nicht länger. Er ging zu dem Instrumentenschrank und überprüfte die chirurgischen Werkzeuge. Er wählte ein schlankes Skalpell mit einer rasiermesserscharfen Klinge und einem Griff und nahm neben der verschlossenen Tür Aufstellung.

Er hatte keinen Plan. Alles würde davon abhängen, was die Hag tun würde. Wenn sie allein kam – dann hatte er eine geringe Chance. Wenn sie zu zweit kamen und in ihrer Arroganz ein wenig leichtsinnig waren, dann würde er wenigstens Rache nehmen können. Aber wenn sie vorsichtig war und keine Fehler machte, dann war die einzige Aussicht für ihn der Tod.

Er dachte an die geradezu unheimlichen medizinischen Fähigkeiten der Hags und machte sich klar, daß selbst der Tod nicht sicher war. Das Zögern von nur einer Sekunde – ein Schnitt, der nicht tief genug ging –, und sie würden ihn auf ihren Operationstischen wieder zum Leben erwecken. Und das war ein Risiko, das er nicht eingehen durfte.

Er brauchte nicht sehr lange zu warten. Seine angespannte Haltung ließ ihn ermüden, als ein Klicken ertönte und die Tür plötzlich nach innen schwang. Valentine spannte die Muskeln an und spähte auf die Türöffnung – da war nur eine einzige Hag. Aber als er gerade springen wollte, erschien hinter ihr eine zweite Gestalt, die einen Strahler in der Hand hielt. Valentine erkannte Darl! Sie lächelte, weinte fast vor Erleichterung.

»Schnell, Valentine!« flüsterte sie. »Dem Himmel sei Dank, daß ich rechtzeitig gekommen bin!«

Valentine vergeudete keine Sekunde. Er zog die beiden zur Tür herein und schloß sie. Dann fesselte er die Hag mit den Gurten vom Operationstisch und knebelte sie mit einem Stoffetzen, den er von ihrer weißen Robe riß. Als das geschehen war, trug er sie zu einem der Käfige und ließ sie nicht besonders sanft hineinfallen. Dann drehte er sich zu Darl um.

»Sie sind wunderbar«, sagte er schlicht. »Wir müssen hier weg. Kennen Sie den Weg?«

Darl nickte. »Auf dem wir gekommen sind. Ich dachte, wir könnten die hier mitnehmen, und wenn uns dann jemand sieht, würde er meinen, daß wir für sie arbeiten oder so etwas.«

Valentine schüttelte den Kopf. »Von denen wissen zu viele, wie ich aussehe. Wir versuchen, ungesehen zu entkommen. Gehen Sie voraus.«

Darl spähte in die Halle hinaus und winkte ihm dann, ihr zu folgen. Sie rannten den Korridor hinunter, an dem Raum vorüber, in den der Robot Valentine geschleppt hatte, zu den Aufzügen. Darl drückte den Knopf, und sie warteten eine endlose Sekunde.

Ein klapperndes Geräusch war im Korridor zu hören.

»Ein Robot«, flüsterte Darl. »Valentine!«

Er sah sich um, entdeckte eine halbgeöffnete Tür und zog das Mädchen dorthin. Als er den Robot um eine Ecke biegen sah, zogen sie gerade die Tür hinter sich zu.

»Hat er uns gesehen?« flüsterte Darl.

»Hoffentlich nicht.« Valentine blickte sich um, um sich zu orientieren. Sie befanden sich in einem kleinen Vorzimmer. Er sah eine weitere Tür und ging lautlos darauf zu, spähte in den Raum, der dahinter lag.

Es war ein langer, schmaler Raum, und die Wände waren von Fernsehschirmen gesäumt, die alle eingeschaltet waren. Vor jedem Gerät stand ein Recorder, und eine Hag ging an den Bildschirmen entlang und musterte interessiert die Bilder, die über sie huschten. Sie war völlig vertieft in das, was sie tat, fand Valentine, und das Summen der Bildschirme würde jedes leise Geräusch übertönen, das sie vielleicht verursachen könnten.

Er beugte sich ein wenig weiter hinaus, reckte den Hals, um zu sehen, was sich auf den Bildschirmen abspielte. Eigenartigerweise schienen sie nicht zur Kommunkation zu dienen. Der nächste Bildschirm zeigte nur schwache, flackernde Lichtsignale, ohne erkennbare Form. Der zweite zeigte ein Buch ganz vorn im Bild. Es flackerte ebenfalls. Die Seite wurde immer wieder heller und dunkler. Valentine versuchte, den Hintergrund der Szene zu erkennen, aber es gelang ihm nicht. Das Bild war undeutlich und verschwommen.

Die Hag blieb unvermittelt stehen und starrte erschrocken auf einen der Bildschirme. Valentine versuchte, auf dem Schirm zu sehen, was ihre Unruhe erzeugt hatte. Aber er erkannte nur die Gestalt einer Frau und einen mechanischen Gegenstand auf dem Bildschirm. Dann hatte die Hag einen Schalter umgelegt, und der Bildschirm wurde dunkel. An der Szene war etwas Eigenartiges, dachte er verblüfft. Es war etwas, was er schon einmal gesehen hatte...

Das Geräusch der Stimmen von den Bildschirmen wurde vom Klappern draußen im Korridor übertönt, und das machte ihm wieder seine Lage bewußt. Er trat an Darls Seite und wartete gespannt, während die dröhnenden, metallischen Schritte näherrückten... und vorbeizogen, ohne stehenzubleiben. Dann wurden sie leiser und verhallten schließlich ganz.

»Gut!« formte er mit den Lippen, so daß nur Darl es sehen konnte. Er öffnete vorsichtig die Tür und trat hinaus. Die Lifttür stand offen, und niemand war zu sehen.

Sie sanken schnell im Schacht nach unten. Valentine nahm Darl erst jetzt den Strahler ab und hielt ihn halb versteckt an seiner Hüfte, als der Lift anhielt und die Tür sich öffnete. Immer noch war niemand zu sehen. Unglaubliches Glück – dachte Valentine und bewegte sich auf das Tageslicht zu, das durch eine Tür am Ende des Korridors hereinfiel. Sie traten in den Hof hinaus, der vor dem Haupteingang des Palastes lag. Und jetzt verließ sie ihr Glück.

Im Hof parkte ein Lastwagen, und die massive Gestalt eines Robots ging langsam um ihn herum. Valentine spannte instinktiv die Muskeln, um sich auf den hoffnungslosen Kampf vorzubereiten – doch offenbar war der Robot nur ein Wächter für den Lieferwagen. Ohne Zweifel hatten seine Myriaden von Augen sie gesehen, aber der Automat setzte seinen gleichmäßigen, mechanischen Marsch rund um den

Wagen fort. Valentine war bemüht, so gleichgültig wie möglich zu wirken, und führte Darl zum Eingang hinaus und die Straße hinunter zu der Stelle, wo Hanley in dem geparkten Wagen saß und auf sie wartete.

»Holt die Donovans«

Erst als sie ein paar Häuserblocks zwischen sich und den Palast gebracht hatten, konnte Valentine sich zurücklehnen und entspannen.

»Geben Sie mir eine Zigarette, Hanley«, bat er. »Die haben mir alle Taschen ausgeräumt.«

Er zündete sie an und inhalierte den würzigen Rauch. Dabei starrte er Darl an.

»Ich verdanke Ihnen mein Leben«, sagte er. »Danke. Erzählen Sie mir, wie Sie das angestellt haben.«

»Das ist nicht sehr schwer«, begann Darl. »Ich – ich kenne den Palast ein wenig vom letzten Mal, als ich dort war. Ich bin einfach zu dem Café zurückgegangen und habe mir vom Kassierer einen Strahler geliehen und bin hineingegangen und habe Sie geholt. Dabei bin ich auf die Hag gestoßen, also habe ich sie gezwungen, mich zu begleiten.«

Valentine schüttelte staunend den Kopf. »Sie sind ein großartiges Mädchen«, lobte er. »Nun, sehen wir zu, daß wir weiterkommen. Es gibt Arbeit.«

»Was werden wir tun?« rief Hanley, der am Steuer saß, nach hinten.

»Wir führen den ursprünglichen Plan durch. Fahren Sie uns zum Marabek – Sie machen doch noch mit, Darl?«

Sie nickte stumm.

»Gut. Wir fahren hin, und Sie sehen sich ein wenig um. Ich möchte, daß Sie zu diesem Lagerhaus gehen und nachsehen, ob die Hags es nun übernommen haben oder nicht. Wenn möglich, bringen Sie ein paar von den Scheiben an sich – die Hags haben mir meine abgenommen. Aber sehen Sie zu, daß Sie keinen Ärger bekommen, und treffen Sie sich mit uns im Speisesaal des Marabek in – nun, sagen wir in einer Stunde.«

Hanley nickte. »Okay. Aber glauben Sie nur nicht, daß mir das Spaß machen wird. Ich glaube, die werden bald herausfinden, daß Sie verschwunden sind.«

»Daran habe ich auch gedacht«, nickte Valentine. »Das Risiko müssen wir eben eingehen.«

Hanley hielt vor dem Hotel gerade lange genug an, daß Valentine und das Mädchen aussteigen konnten, und fuhr dann ans Kanalufer.

Als sie das Hotel betraten, färbten sich die dichten Wolken im Licht der untergehenden Sonne grau. Mit Darl, die sich untergehakt hatte, schlenderte Valentine gelassen auf den Speisesaal zu, wobei er unauffällig alle in der Halle Anwesenden musterte.

Als sie an der Rezeption vorbeikamen, blieb er stehen und bat Darl: »Entschuldigen Sie mich einen Augenblick.« Und dann fragte er den Angestellten: »Ist Miss Elena Orris in ihrem Zimmer?«

Der Mann griff nach einem Telefonhörer und sagte ein paar Worte. Dann wartete er einen Augenblick und schüttelte dann den Kopf. »Tut mir leid, Sir. Darf ich eine Nachricht für Miss Orris aufnehmen?«

»Ach, ich glaube nicht«, meinte Valentine beiläufig. »Wir sind eine Weile hier – ich versuche es später noch einmal. Übrigens, welche Zimmernummer hat sie?«

»Zwanzig siebenunddreißig«, gab der Angestellte Auskunft. Valentine dankte ihm höflich und führte Darl in den Speisesaal. Als der Oberkellner ihnen entgegeneilte, wählte er einen Tisch aus und wies darauf. Der Mann warf ihm einen prüfenden Blick zu, verbeugte sich dann und führte sie an den ausgewählten Platz.

Der einzeln stehende Tisch hatte einen großen Vorteil – er wurde teilweise von einem Farnbaum in einem Topf abgedeckt, und es gab keine Tische dahinter, nur einen kleinen Nebeneingang zum Speisesaal.

Der Kellner brachte ihnen Gläser mit grünlichem Blumentau und wartete, während Valentine das Essen bestellte. Erst jetzt wurde ihm bewußt, daß er seit Stunden nichts mehr zu sich genommen hatte – Tage, wenn man die Zeit, die er unter den Vitastrahlen der Hags zugebracht hatte, mit ihrem echten Wert rechnete.

Als der Kellner weggegangen war, meinte Darl: »Jetzt können wir ungestört reden, oder?« Valentine hob sein Glas und lächelte sanft. »Ich denke schon. Worüber wollen Sie reden?«

Sie erwiderte sein Lächeln, aber im Klang ihrer Stimme lag Besorgnis. »O Valentine«, seufzte sie. »Ich mache mir Sorgen!«

Valentine meinte mit weicher Stimme: »Ich will Sie nicht anlügen. Ich mache mir auch Sorgen.«

Sie starrte ihn einen Augenblick lang an. Dann kehrte das Lächeln zurück, das einen Augenblick verschwunden war. Sie hob ihr Glas und prostete ihm zu. Sie tranken..., und dann kam der Kellner und servierte ihr Essen. Als sie gegessen hatten und den dicken Sumpflandkaffee tranken, meinte Valentine mit ernster Stimme: »Jetzt an die Arbeit. Ich muß Elena Orris finden.«

Darl nickte. »Was werden wir tun?«

Er winkte den Kellner herbei und bat um ein Telefon. »Rufen Sie sie für mich an«, bat er Darl. »Ihre Stimme wird sie nicht erkennen. Sagen Sie ihr, daß Sie sie sehen müssen.«

Der Kellner brachte das Telefon, Darl nahm es zögernd entgegen und sah Valentine hilfesuchend an.

»Zimmer zwanzig siebenunddreißig«, sagte er. »Bitte...«

Darl runzelte die Stirn, nahm aber den Hörer ab und sprach. Sie lauschte einen Augenblick lang: »Hello... oh, nicht da? Vielen Dank«, und legte wieder auf. »Sie ist immer noch nicht da«, erklärte sie Valentine. »Mir tut das nicht leid. Ich weiß nicht, was ich zu ihr hätte sagen sollen.«

Valentine fuhr sich mit der Hand durchs Haar. »Wenn ich jetzt einen Fehler gemacht habe..., was ist, wenn sie heute abend nicht in ihr Zimmer zurückkehrt?«

»Können wir nicht hier warten, bis sie kommt?«

»Ja, warum nicht?« meinte Valentine niedergeschlagen.

Der Kellner kam zurück, um das Telefon abzuholen. Valentine musterte ihn stumm, bis er sich zum Gehen anschickte, und schien plötzlich wie aus einem Traum zu erwachen und rief den Mann zurück.

»Noch zwei Blumentau«, bestellte er, und zu Darl gewandt: »Wir können das ebensogut feiern. Diese Runde trinken wir auf Elena Orris.«

»Dann sollten Sie besser noch einen bestellen«, sagte eine tiefe Frauenstimme hinter ihnen. »Dann trinke ich auf mich selbst!«

Valentine unterdrückte einen erstaunten Ausruf, als Elena Orris an ihren Tisch trat.

Sie winkte dem Kellner zu, noch einen Stuhl zu bringen. Sie wirkte sehr selbstsicher, als sie Valentine ansah.

»Man hat mir an der Rezeption gesagt, jemand hätte von hier aus mein Zimmer angerufen. Irgendwie hatte ich das Gefühl, daß Sie das sein könnten, also bin ich zur Seitentür hereingekommen.« Jetzt wanderte ihr Blick zu Darl, und sie studierte das Mädchen interessiert. »Oh, ich kenne Sie«, sagte sie. »Sie sind doch die Tänzerin, nicht wahr?«

»Ich tanze im Golden Nard«, entgegnete Darl ruhig. »Verdienen Sie sich Ihren Lebensunterhalt auch selbst?«

»Der Punkt geht an Sie«, räumte Elena Orris ein. »Nun, sprechen wir über etwas anderes. Valentine, warum haben Sie mich gesucht?«

Valentine zuckte mit den Schultern. »Das liegt doch wohl auf der Hand«, meinte er. »Sie wissen, wo die Donovanstadt liegt, und ich möchte nicht, daß Sie es den Hags verraten.«

Elena Orris lächelte, als der Kellner mit den frischen Drinks kam. Als er wieder gegangen war, meinte sie: »Da kommen Sie etwas spät. Ich hatte achtzehn Stunden Zeit, um es ihnen zu sagen, wenn ich gewollt hätte.«

Darauf meinte er trocken: »Ich bin aufgehalten worden. Soll das heißen, daß Sie noch nicht versucht haben, mit ihnen Kontakt aufzunehmen?«

»Ja, das soll es. Ich möchte, daß Sie mir vertrauen, Valentine. Ich habe es Ihnen doch erklärt – die Erde möchte die Donovans als Verbündete.«

Darauf sagte Valentine langsam. »Vielleicht lügen Sie wieder. Aber in dem Fall ist es für mich zu spät, etwas dagegen zu unternehmen.«

»Richtig«, sagte das Mädchen. »Also können Sie ebensogut davon ausgehen, daß ich ein faires Spiel spiele. Gibt es irgendeinen Grund, weshalb wir nicht Verbündete sein können?«

Darauf Valentine ehrlich: »Ich weiß nicht, ob wir Ihnen vertrauen können. Die Erde hat einen schlechten Ruf.«

»Ich sagte Ihnen doch, was wir wollen«, meinte das Mädchen ungeduldig. »Bergwerkskonzessionen und Handel. Was können Sie schon verlieren?«

»Sehr wenig«, räumte Valentine ein.

»Das stimmt. Draußen in den Sümpfen war es anders. Sie hätten mich festhalten können, dann wäre Ihr Geheimnis sicher gewesen. Ich bin entkommen.«

»Das bringt mich auf eine interessante Frage«, meinte Valentine. »*Wie* sind Sie entkommen?«

Das Mädchen lächelte. »Ich habe Ihrem Arzt die Spritze weggenommen.«

»Das weiß ich. Ich meine, nachdem Sie sich das Boot genommen hatten.«

»Oh. Nun, ich habe es angelassen und bin gefahren, bis ich in einem Kanal herauskam. Dann hielt ich ein Kanalboot an und erkundigte mich nach dem Weg nach Nard. Der Mann gab mir die Richtung an. Ich fuhr sechs Meilen geradeaus und dann nach links, wo die Kanäle sich gabeln, und noch einmal links –«

Valentine starrte sie an. »*Was* haben Sie? In welche Richtung sind Sie abgebogen, als Sie aus der Donovanstadt herauskamen?«

»Nun, nach rechts natürlich.«

Valentine lehnte sich zurück, starrte sie aber immer noch an. Nach einer Weile schüttelte er den Kopf und meinte, fast im Selbstgespräch: »Wahrscheinlich lag der Fehler nahe – aber trotzdem waren wir Dummköpfe. Wir haben vergessen, daß es zwei Richtungen gab. Wir nahmen Kurs auf Nard, und Sie sind den Umweg gefahren! Kein Wunder, daß wir Sie nicht finden konnten!«

»War das die falsche Richtung? Ich war ja noch nie dort gewesen, müssen Sie wissen.«

»Schon gut«, meinte Valentine resigniert.

»Fahren Sie nur fort. Sie wollten mich dazu überreden, ein Bündnis einzugehen.«

Das Mädchen zuckte etwas gereizt mit den Schultern. »Das ist alles. Wenn ich Sie bis jetzt nicht davon überzeugt habe, gebe ich auf. Helfen Sie uns, dann helfen wir Ihnen. Weigern Sie sich – dann wissen Sie sehr wohl, daß die Hags Sie vernichten werden.«

Valentine sah sie an. Dann meinte er: »Ich könnte Sie natürlich töten und Sie auf diese Weise daran hindern, uns an die Hags zu verraten. Dann könnte ich sogar lebend aus Nard herauskommen.«

Das Mädchen schüttelte den Kopf. »Das würde Ihnen nichts nützen. Ich bin nicht die einzige, die Bescheid weiß.«

Valentine musterte sie aus zusammengekniffenen Augen. »Ich nehme an, das soll heißen, daß Sie es dem Fähnrich gesagt haben. Nun, das wäre ein wenig schwieriger, aber ich könnte auch ihn töten.«

Das schien sie zu verunsichern, aber sie gab nicht auf. »Ich bezweifle, daß Sie ihn finden könnten – ich habe ihm gesagt, daß er sich versteckt halten soll. Und selbst wenn Sie ihn fänden, könnten Sie nicht sicher sein, und ein so großes Risiko dürfen Sie nicht eingehen. Das können Sie sich nicht leisten.«

Valentine gestand seine Niederlage ein. »Also gut«, sagte er abrupt. »Reden wir vom Geschäft. Wir sind Verbündete – ich kann für den Rat der Donovans sprechen.«

Das Mädchen atmete tief und hob wieder das Glas. »Ein Toast auf unser Bündnis!« sagte Elena und trank. »Ich will Ihnen die ganze Geschichte erzählen.« Sie holte eine dieser Scheiben aus der Handtasche und warf sie auf den Tisch.

»Sie wissen, was diese Dinger hier bewirken. Und so bedient man sie.« Sie berührte einen winzigen Knopf, der aus dem Rand der Scheibe hervorstand. Valentine glaubte, ein ganz schwaches Summen zu hören, ehe sie den Knopf wieder eindrückte und das Geräusch verstummte. »Sie nehmen jede Radiowelle innerhalb ihrer Reichweite auf, saugen sie ein und senden sie als Störgeräusch wieder aus. Das ist nicht nur ein Radioempfänger – das zieht die Radiowellen *an*. Es funktioniert sogar gegen Richtstrahlsendungen, wie die Hags sie für ihre Robots einsetzen. Und der wirksame Aktionsradius beträgt etwa fünfzig Fuß.«

»Und wenn die die Frequenz wechseln?« fragte Valentine.

»Das hat nichts zu sagen. Die Wellenlänge spielt überhaupt keine Rolle.«

»Und was passiert mit dem Robot?«

»Das kommt darauf an, was er gerade tut, wenn er in Reichweite gerät. Wenn er einfach stillsteht, passiert gar nichts. Er bleibt einfach stehen, und man kann auf ihn zugehen und seine Sicherung entfernen. Wenn er sich bewegt, bewegt er sich wahrscheinlich weiter, bis er gegen etwas stößt oder umstürzt. Aber jedenfalls können die Hags ihn nicht mehr lenken.«

Valentine nickte und griff nach der kleinen Scheibe, drückte den Knopf ein. Das Summen begann. Er lauschte neugierig und meinte dann: »Wann beginnt der Angriff? Sind die restlichen Erdenmenschen bereit?«

»Sie sind bereit. Der Angriff ist für morgen geplant.«

»Morgen! Und was wollen Sie, daß wir tun?«

»Holen Sie die Donovans! Sie sollen uns im Kampf unterstützen. Wir werden Seite an Seite mit ihnen gegen die Hags kämpfen.«

Valentines Gesicht wirkte plötzlich angespannt, als er fragte: »Ich habe etwas vergessen. Wissen Sie, daß die Hags über die Störgeräte informiert sind? Offenbar haben sie sie gestern in dem Lagerhaus gefunden.«

»Ich weiß«, erwiderte Elena. »Fähnrich Drake hat es mir gesagt. Die Robots summen dort herum wie die Fliegen. Sie haben eine ganze Kiste mit den Störgeräten zum Hag-Palast gebracht und einen Robot als Wache an der Tür aufgestellt, damit wir nicht hineinkönnen.«

»Na gut«, meinte Valentine. »Was bedeutet das für Ihre Pläne?«

»Nun, überhaupt nichts. Wir haben nur etwa tausend in dem Lagerhaus aufbewahrt. Wir haben sechsmal soviel versteckt.«

»Wo?«

Sie zögerte. »Sie sind – an einem sicheren Ort«, sagte sie schließlich. »Vielleicht ist es besser, wenn ich Ihnen nicht sage, wo. Wenn zu viele davon wissen, sickern Geheimnisse durch.«

Valentine nickte langsam. »Schon gut. Sorgen Sie nur dafür, daß wir sie bekommen, wenn wir sie brauchen.« Er richtete sich auf, griff nach der Scheibe und hielt sie einen Augenblick fest, ehe er sie ausknipste.

»Das klingt alles gut«, sagte er. »Sie verpflichten sich also, keine weiteren Forderungen für die Erde zu stellen, die über die Bergwerksrechte hinausgehen?«

»Das ist alles. Wir müssen sie haben, Valentine. Venus ist die letzte ergiebige Fundstelle für Carnotit, und die Erde braucht Uran.«

»Gut«, sagte Valentine abrupt. »Wir tun es.« Er machte eine Pause, überlegte. »Ich kann in zwei Stunden wieder in der Donovanstadt sein. Sagen wir, ich brauche vier Stunden, um tausend Mann zusammenzurufen, und weitere zwei Stunden, um sie zurückzubringen. Wir holen uns die Störgeräte und sind im Morgengrauen wieder hier und bereit.«

Das Mädchen Elena stand auf. Ihr Gesicht war gerötet, und ihre Augen funkelten. »Ich werde Fähnrich Drake aufsuchen und ihm berichten. Er soll die Vorbereitungen treffen«, sagte sie. »Wir treffen Sie am Südrand der Stadt, am Wasser – eine Stunde vor Sonnenaufgang!«

Sie nahm die Scheibe, drehte sich um und ging ohne ein weiteres Wort hinaus. Valentines Blick folgte ihr sorgenvoll.

»Können wir ihr vertrauen, Valentine?« fragte Darl. »Diese Erdenleute...«

»Ich wünschte, ich wüßte das«, entgegnete er müde. »Sie hat mit dem, was sie sagt, weiß Gott recht. Wir haben nichts zu verlieren – aber ich bringe es einfach nicht fertig, der Erde zu vertrauen.«

Er sah auf die Armbanduhr. »Hanley müßte jetzt kommen«, sagte er. »Wir lassen ihm noch zehn Minuten Zeit, dann muß ich gehen. Es wird schwierig genug sein, und ich kann es mir nicht leisten, Zeit zu vergeuden.«

Aber es dauerte keine zehn Minuten, bis Hanley auftauchte – nur ein paar Sekunden, nachdem das Erdenmädchen gegangen war.

Sein Gesicht wirkte besorgt, als er sich in dem Speisesaal nach ihnen umsah. Als er sie entdeckte, eilte er an ihren Tisch.

»Was ist denn?« fragte Valentine scharf.

Hanley stöhnte: »Elena Orris. Ich habe sie herauskommen sehen, gerade als ich das Hotel betrat. Sie war gefangen, ein Robot hielt sie fest. Man hat sie zum Hag-Palast geschafft!«

Zeit zum Handeln

Valentine stand wie erstarrt da, er hatte das Gefühl, der Saal drehte sich um ihn. Der Erfolg war zum Greifen nahe gewesen, wo er nur mit der Niederlage gerechnet hatte – und dann war er ihm plötzlich wieder entschwunden.

Er sank in seinen Sessel zurück. »Großer Gott!« war alles, was er hervorbrachte.

Darl ergriff mitfühlend seine Hand. »Ich weiß, Valentine«, flüsterte sie. »Eine Sekunde lang sah es gut aus.«

»Ich kann es nicht verstehen«, sagte er benommen. »Wenn sie wußten, daß sie mit dieser Revolte in Verbindung stand – oder wußten, daß sie Informationen über die Donovanstadt besaß –, weshalb haben sie sie dann nicht vorher festgenommen? Weshalb haben sie sie nicht heute morgen geschnappt, als sie mich faßten? Es scheint gerade, als wüßten sie alles, was vorgeht, und ließen uns nur genügend Leine, damit wir uns selbst daran erhängen.«

Darl schüttelte niedergeschlagen den Kopf.

Hanley meinte: »Hören Sie, vielleicht sind in diesem Saal Mikrofone, Valentine! Vielleicht haben die belauscht, was hier gesprochen wurde!«

Valentine zuckte zusammen, und sein Blick huschte herum. »Nein. Die können unmöglich jeden Tisch in der ganzen Stadt mit Mikrofonen ausstatten – und sie wußten nicht, daß wir an dem hier sitzen würden.« Er hob die Hand. »Bitte«, bat er. »Lassen Sie mich einen Augenblick nachdenken. Einiges ergibt hier einfach keinen Sinn.«

Die beiden beobachteten ihn atemlos. Er saß reglos da und starrte ins Leere, überlegte fieberhaft. Irgendwie mußte es möglich sein, die einzelnen Stücke zusammenzufügen. Irgendwo gab es eine Lösung, die sie retten konnte. Die Störgeräte und die Robots und der Plan der Erde...

Die Hags wußten mehr, als er angenommen hatte, das war ihm jetzt klar. An diesem Morgen waren die Robots aus dem Palast ausgeschwärmt, als hätten sie genau gewußt, hinter was sie her waren. Man hatte nicht nach ihm gesucht, da war keine Spur von Unschlüssigkeit gewesen. Und seine Flucht war seltsam. Es war merkwürdig, daß es Darl gelungen war, ohne weiteres in den Palast einzudringen und ihn herauszuholen.

»Wir sollten hier verschwinden«, sagte er plötzlich. Sie zahlten ihre Rechnung und gingen. Draußen herrschte dunkle Nacht, nur die Fluoreszenzlampen der Stadt warfen ihren Schein in den Wolkenhimmel. Sie stiegen in Darls Wagen, und Hanley übernahm das Steuer.

»Fahren Sie zum Kanal hinunter, wo wir das Boot zurückgelassen haben«, befahl Valentine. »Wenn es noch da ist, kommen wir vielleicht zu den Donovans durch. Aber viel Hoffnung habe ich nicht.«

Und seine Verzweiflung war berechtigt. Hanley steuerte das Fahrzeug ans Wasser zu der Stelle, wo sie ihr Kanalboot vertäut hatten. Es lag immer noch da – aber vor ihm hielt stumm und reglos ein Robotsklave Wache. Und draußen im Strom konnten sie die Lichter patrouillierender Kanalboote sehen, konnten die zackigen Umrisse der mechanischen Ungeheuer ausmachen, die die Boote steuerten.

Hanley fuhr in langsamem Tempo, um keine Aufmerksamkeit auf sich zu lenken, bog dann um die nächste Ecke und wurde noch langsamer.

»Das sieht nicht gut aus«, meinte er über die Schulter. »Anscheinend warten die auf uns.«

Valentine nickte ernst. »Das habe ich befürchtet. Jetzt sind wir, glaube ich, geschlagen.«

Dabei war er überraschend ruhig. Er nahm die Tatsache der Niederlage hin. Sie war da, und es gab nichts, was man dagegen tun konnte. Elena und die Störgeräte hätten sie retten können, aber die Hags hielten sie gefangen.

Die Hags hatten Elena Orris in ihrer Gewalt. Sie war nicht der Typ, den man leicht zum Reden bringen konnte – aber die Hags würden nicht so human sein, und am Ende würde sie reden. Und wenn ihr die Hags einmal die Lage der Donovanstadt entlockt hatten, würden die Robots kommen.

Wenn es menschliche Krieger gewesen wären, die für die Hags kämpften, dann hätte es eine Chance geben können. Aber gegen Maschinen…

Er fuhr plötzlich auf, und Darl starrte ihn an.

»Was ist denn, Valentine?« fragte sie.

Er starrte sie geistesabwesend an. »Nichts«, meinte er schließlich. »Ich habe nur... nichts.«

Vor seinem inneren Auge war plötzlich ein Bild aufgetaucht, an das er sich fasziniert klammerte. Eine Reihe von Fernsehschirmen wie die, die er im Hag-Palast gesehen hatte, und vor den Schirmen eine Hag. Der kurze Blick, den er aufgefangen hatte – die geheimnisvollen Szenen, die das Rad eines Wagens zeigten und die Seiten eines Buches und eine undeutliche Szene ähnlich der, die er selbst gerade vor sich hatte...

»Ich brauche Bleistift und Papier«, verlangte er.

Darl musterte ihn verwirrt und brachte dann ein Notizbuch aus ihrer Handtasche zum Vorschein. »Ich schalte die Innenbeleuchtung ein«, sagte sie und griff nach dem Schalter. Aber Valentine hinderte sie daran.

»Ich brauche kein Licht«, wehrte er ab.

Darl musterte ihn beunruhigt. Valentines Hand schrieb mit den ungelenken Zügen eines Blinden Druckbuchstaben auf das Papier. Sie versuchte zu erkennen, was er schrieb, aber seine Hand deckte das Blatt ab.

Nach ein paar Augenblicken riß er das Blatt heraus, ohne es anzusehen, und faltete es einmal zusammen. Er reichte ihr Notizbuch und Bleistift zurück.

»Was habe ich gesagt?« fragte er.

Sie richtete sich auf und sah ihn an. »Sagen Sie mir, was Sie denken!« verlangte sie.

Valentine griff sanft nach ihrer Hand. »Es tut mir leid, Darl«, sagte er. »Eine Weile war ich beunruhigt. Jetzt ist alles gut.«

»Alles *gut!*« stieß sie hervor. »Wo die Hags bereit sind, die Donovans auszulöschen, die Stadt suchen, Sie –«

»Darl, wenn Sie vor vierundzwanzig Stunden gehört hätten, daß die Hags die Donovans vernichtet hätten, was hätte Ihnen das dann bedeutet?«

»Nun – nichts, denke ich«, gestand sie. »Aber das war gestern.«

»Und heute ist es genauso«, sagte Valentine eindringlich. »Was würden Sie sagen, wenn ich behaupte, daß wir in Frieden leben können, Sie und ich zusammen.«

Sie starrte ihn wortlos an, suchte in der Dunkelheit seinen Gesichtsausdruck zu deuten. Hinter der ausdruckslosen Miene, um die er sich bemühte, konnte sie die Spannung sehen, unter der er stand.

»Wir können es schaffen, Darl«, hoffte er. »Die Hags haben mir heute ein Angebot gemacht. Mein Leben im Austausch gegen Informationen. Da sie die Informationen bald ohnehin bekommen werden, könnte ich sie ihnen ja geben. Sehen Sie, wir sind geschlagen, Darl. Wir haben nicht mehr viel übrig, und wir können es uns nicht leisten, das zu verlieren, was wir haben.«

Plötzlich kreischten Bremsen, und der Wagen schleuderte. Hanley stoppte abrupt, drehte sich herum und sah sie an.

»Was, zum Teufel, Valentine!« explodierte er. »Das habe ich gehört!«

Valentine beugte sich nach vorne. Er legte Hanley die Hand auf die Schulter und sagte angespannt: »Was können wir denn sonst tun? Überlegen Sie – aber sagen Sie noch nichts.«

Hanleys wütender Gesichtsausdruck veränderte sich, schlug in Verwirrung um, und er blickte Valentine an.

Valentine lehnte sich hastig zurück.

»Während Sie überlegen, Hanley«, meinte er, »können Sie weiterfahren. Ich weiß nicht, wie lange wir noch in Freiheit leben, und ich möchte das Beste daraus machen.«

Valentine legte den Arm um Darls Schultern, zog sie an sich. Sie befreite sich, weinte beinahe. »Ich verstehe nicht«, seufzte sie.

»Darl, Hanley hat gestern abend etwas zu mir gesagt. Er sagte, Sie seien in mich verliebt. Sagen Sie mir, ob er recht oder unrecht hatte.«

Sie errötete. »Er hat recht gehabt, Valentine.«

Er schluckte. »Dann haben Sie Vertrauen zu mir«, bat er. »Lehnen Sie sich zurück – hier.« Er zog sie an sich. »Schließen Sie die Augen, Darl. Ich möchte Ihnen etwas sagen.« Sanft streichelten seine Finger über ihren Kopf.

Jetzt schloß Valentine ebenfalls die Augen und sagte leise: »Ich konnte vorher nie zu dir sagen, daß ich dich liebe«, flüsterte er. »Nicht, solange ich ein Donovan war und ein Gesetzloser. Ich konnte keine Frau bitten, das Risiko mit mir zu teilen. Aber jetzt...« So redete er weiter, und langsam lockerte sich die Spannung des Mädchens, und sie klammerte sich an ihn. »Mach die Augen nicht auf«, flüsterte er.

Auf dem Vordersitz runzelte Hanley die Stirn und las zum zweiten Mal den Zettel, den Valentine ihm in den Schoß gelegt hatte. Er zuckte hoffnungslos mit den Schultern, zerknüllte das Papier dann entschlossen, warf es zum Fenster hinaus und ließ den Wagen wieder an. Dann glättete sich seine Stirn, und sein Gesicht zeigte fast die Andeutung eines Lächelns.

Zumindest, dachte er, würde es einen Kampf geben!

Der Wagen verlangsamte die Fahrt. »Valentine?« fragte Hanley tastend. »Valentine, wir sind jetzt da. Haben Sie es sich auch gut überlegt?«

»Bewacht der Robot immer noch den Eingang?« mit fast freudig klingender Stimme.

»Mhm.«

»Nur einer – sind keine anderen in der Nähe, die uns im Augenblick schaden könnten?«

»Nun – der eine auf der anderen Straßenseite. Aber wir haben vielleicht eine halbe Minute, ehe er uns erreichen kann.«

»Schön!« Valentine ließ das Mädchen los. Dann rief er: »Los, Hanley! Fahren Sie ihn nieder!«

Der Wagen machte einen Satz nach vorne, als Hanley auf das Gaspedal trat, beschrieb einen engen Boden und kollidierte krachend mit etwas.

Darl riß die Augen auf, als sie in ihrem Sitz nach vorne katapultiert wurde. Valentine fing sie auf, als der Wagen zum Stillstand kam, und sie blickte wirr um sich. »Wir sind ja wieder beim Lagerhaus!« rief sie aus. »Was ist hier los?«

Aber Valentine war aus dem Wagen gesprungen, dicht gefolgt von Hanley. Sie hörte seinen triumphierenden Schrei: »Den haben wir *erwischt!* Gut gemacht, Hanley – kommen Sie!« und sah, wie die zwei in das Lagerhaus stürmten.

Und dann sah auch sie, was Hanley getan hatte. Ein Robotsklave, der hilflos mit seinen Tentakeln um sich schlug, war zwischen der Stoßstange des Wagens und dem Gebäude eingezwängt.

Aber – es gab noch andere Robots. Darl wirbelte herum und sah sich nach dem Robot um, der das Kanalboot unten am Ufer bewacht hatte. Gerade rechtzeitig – er kam auf sie zugerannt mit Tentakeln, die wild die Luft peitschten.

Darl nahm sich nicht die Zeit zu überlegen. Sie lief in das Gebäude hinein, folgte Valentine und Hanley. Drinnen war es stockfinster, abgesehen von einem gelben Lichtpunkt an einer Seite, wo Hanley ein Streichholz hielt, während Valentine in einer zerbrochenen Kiste herumwühlte.

Sie eilte auf ihn zu und schrie: »Weg hier! Hinter mir ist ein Robot!«

Aber Valentine zwängte sich wortlos an ihr vorbei. Sein Gesichtsausdruck war in der Finsternis nicht zu erkennen. Erstaunt drehte Darl sich herum und starrte ihm nach.

Ein Donnern war zu hören, und die mächtige Gestalt des Robots warf sich durch die Tür, wirbelte herum und raste auf sie zu, von seinem Kugelkopf stach ein Scheinwerferstrahl in die Finsternis. Darl sah, wie Valentine stehenblieb und angespannt wartete, erkannte ein Glitzern, das von der silbernen Scheibe in seiner Hand ausging. Der Robot stampfte auf ihn zu.

Und dann, als er nur noch ein paar Schritte entfernt war, passierte es.

Als hätte ihn ein unsichtbarer Hammer getroffen, taumelte der Robot und stürzte, glitt auf dem Bretterboden aus ... und blieb reglos liegen, während sein greller Scheinwerferstrahl zur Decke leuchtete.

Valentines triumphierendes Lachen hallte von den Wänden wider. »Es funktioniert!« schrie er. »Die Störgeräte – sie funktionieren wirklich! Hanley, Darl, füllt euch die Taschen damit. Und dann kommt. Wir müssen hier weg!«

In den Hag-Palast

Wie durch ein Wunder war der Wagen immer noch fahrbereit.

»Wir fahren zum Hag-Palast«, befahl Valentine. »Beeilen Sie sich. Es gibt noch viel zu tun, bis wir außer Gefahr sind.«

Hanley nickte und ließ den Wagen an.

Darl sagte benommen: »Ich verstehe nicht. Vor ein paar Minuten hast du noch gesagt, wir seien hoffnungslos geschlagen. Was ist passiert?«

Valentine legte ihr beruhigend die Hand auf die Schulter. »Die Hags haben uns belauscht. Ich mußte sie von unserer Spur ablenken, um uns ein wenig Zeit zu verschaffen.«

»Belauscht? Wie denn?«

»Das war es ja, was mich so verwirrt hat«, gestand Valentine. »Zuerst konnte ich es nicht verstehen. Und dann, als ich darüber nachdachte, fand ich es plötzlich. Fantastisch, schwer zu glauben. Aber es paßte.«

Hanley nahm mit quietschenden Reifen eine Kurve. Über die Schulter beklagte er sich: »Ich weiß nicht, wovon Sie reden. *Was* war schwer zu glauben?«

»Erinnern Sie sich an das, was ich Ihnen von dem abgestürzten Hag-Flugzeug erzählte? Wir haben etwas in den Trümmern gefunden – winzig kleine Robotsender. Zumindest dachten wir, daß sie für Robots bestimmt seien. Aber das waren sie nicht. Erinnern Sie sich an die Fernsehschirme, die wir im Hag-Palast gesehen haben? Jeder einzelne von ihnen zeigte eine Szene, die von einem dieser Sender übertragen wurde. Es waren Spionagesender!«

Darl öffnete verblüfft den Mund. »Soll das heißen, daß die Hags mit einem dieser Geräte, das im Wagen versteckt war, alles belauscht haben, was wir gesprochen haben?«

Valentine schüttelte den Kopf. »Nicht ganz. Es waren nur Sender, nichts anderes. Sie hatten keine Fotozellen oder Mikrofone. Sie konnten nur Radiowellen aussenden.«

»Na und? Was in aller Welt –«

Valentine ergriff ihre Hand. »Das ist es ja, was so schwer zu glauben war«, meinte er. »Aber das Gehirn ist auch eine Art Radiosender. Deines, meines, das eines jeden Menschen. Die Nerven leiten eine meßbare Menge elektrischer Energie. Empfindliche Radiogeräte können diese Energie feststellen. Fängst du jetzt an zu begreifen?«

Sie schüttelte wortlos den Kopf.

Valentine zuckte mit den Schultern. »Sie senden Gehirnwellen! Alles, was du oder ich gesehen oder gehört haben, ist von den Sendern aufgenommen und an die Hags weitergeleitet worden. Darl – erinnerst du dich, wie du mir erzählt hast, was die Hags mit dir gemacht haben, als sie dich in den Palast schleppten und dich dann ohne Erklärung wieder laufenließen? Du sagtest, sie hätten dich einer Vitastrahlenbehandlung unterzogen, nachdem sie dich vorher narkotisiert hatten. Das kann nur eines bedeuten – eine Operation. Ich habe dasselbe erlebt. Weißt du, was das für eine Operation war? Was sie mit dir angestellt haben, während du bewußtlos warst?«

»Nein.«

»Sie haben dir einen dieser Sender eingepflanzt! Ich nehme an, im Nacken, in der Nähe der Wirbelsäule. Dort scheint meiner zu sitzen – ganz in der Nähe des Gehirns, weißt du. Das Ding ist so klein, daß du es nie bemerken wirst. Selbst auf Röntgenaufnahmen könnte man es übersehen. Und unter den Vitastrahlen heilte die Operationswunde rasch, bevor sie dich freigelassen haben. Aber von diesem Augenblick an konnten die Hags alles sehen, was du mit deinen eigenen Augen betrachtet hast, und jeden Laut hören, der an deine Ohren drang.«

»Du großer Gott!« rief Hanley aus. »Kein Wunder, daß die Hags alles wußten.«

Und Darl flüsterte: »Wie schrecklich!« Dann flog ihre Hand an ihren Nacken. »Können die immer noch alles sehen?« fragte sie.

»Nein! Die Störgeräte schützen uns. Sie stören die Radioverbindung der Spionagesender ebenso wie die der Robots. Solange wir diese Scheiben tragen, ist alles in Ordnung. Und wenn wir die nächste Stunde überleben, können wir einen der Donovan-Ärzte bitten, sie zu entfernen.«

»Das klingt hoffnungsvoll«, meinte Hanley erleichtert über die Schulter. »Sagen Sie mir noch eines, ehe wir zum Hag-Palast kommen – woher wußten Sie das alles?«

»Es ist die einzig mögliche Antwort. Die Hags wußten Dinge, die sie auf keinem anderen Weg hätten erfahren können. Sie wußten, wo Elena Orris war und wo ich war. Und als sie mich entkommen ließen – absichtlich, als hätten sie gewußt, daß du kommst. Sie haben mich genau im richtigen Augenblick unbeobachtet gelassen.

Das alles ist für einen Zufall einfach zu viel, und die Hags machen keine so offenkundigen Fehler. Es mußte eine Erklärung geben Und die gab es auch. Sie *wollten,* daß ich entkomme. Ich vermute, daß sie damit rechneten, ich würde zur Donovanstadt fliehen. Das wäre fatal gewesen – dann wären mir tausend Robots gefolgt und hätten uns alle vernichtet.«

»Ich verstehe«, sagte Hanley. »Okay, Valentine – wir sind fast da. Was nun?«

»Halten Sie auf der anderen Straßenseite vor dem Palast«, befahl Valentine.

Er sprang aus dem Wagen und sah sich schnell um. Es war immer noch finster, obwohl die Morgendämmerung nicht mehr lange würde auf sich warten lassen.

Auf der anderen Straßenseite ragte der Hag-Palast auf. Ein Robot war hundert Meter entfernt am Eingang sichtbar. Befriedigt darüber, daß keine unmittelbare Gefahr herrschte, wandte sich Valentine wieder dem Wagen zu.

»Wir sitzen jetzt ziemlich in der Klemme«, sagte er zu den anderen. »Ich weiß nicht, wie wir es anstellen sollen, aber wir müssen jedenfalls Elena Orris dort herausholen.«

»Wie?« fragte Hanley.

»Das weiß ich nicht«, gestand Valentine.

Hanley wandte unsicher ein: »Hören Sie, Valentine, warum lassen wir sie nicht einfach dort? Ich weiß, daß diese Störgeräte eine feine Sache sind, aber was ist, wenn etwas schiefgeht? Was würde dann aus dem Rest der Donovans werden?«

Valentine schüttelte den Kopf. »Sie haben recht – trotzdem, wir müssen ihr helfen, sie herausholen.«

Hanley gab nach. »Also gut – aber sie würde sich für Sie nicht so einsetzen.« Er warf einen verbitterten Blick auf die Scheibe, die er in der Hand hielt.

»Ich begreife nicht, weshalb die diese Dinger nicht ein wenig größer gemacht haben«, meinte er. »So taugen die ja – nur wenn sie – hey! Was ist denn?« Er sprang unwillkürlich zurück, als Valentine zu ihm herumwirbelte und ihn anstarrte.

»Sagen Sie das noch einmal!« forderte Valentine.

»Ich habe bloß gesagt, daß diese Dinger größer sein sollten. Jagen Sie mir nicht einen solchen Schrecken ein!«

Valentine schüttelte den Kopf. »Hanley, Sie sind eine Genie. Weshalb haben Sie nicht schon früher daran gedacht?«

»An was gedacht?«

»Daran, daß man die Störgeräte ein wenig ›aufpusten‹ kann! Das ist sehr einfach – mit der Energie, die sie von den eingebauten Batterien bekommen, beträgt ihr Aktionsradius fünfzig Fuß. Doppelt soviel Energie, und die Reichweite verdoppelt sich ebenfalls. Hundertmal soviel Energie, und sie decken die ganze Stadt ab! Wir brauchen doch bloß mehr Energie draufzugeben, und wir haben es geschafft!«

»Aber woher bekommen wir die Energie?« fragte Darl.

Valentine lächelte breit. »Von den Akkumulatoren, die diesen Wagen betreiben! Steigen Sie aus, Hanley. Lassen Sie mich machen.«

Hanley stieg aus, und die beiden machten sich an der Bodenverschalung zu schaffen.

Binnen Sekunden hatten sie den mattschwarzen Würfel freigelegt, der die Energie für den Motor des Wagens lieferte. Valentine griff nach den Zuleitungen, als er Darl aufstöhnen hörte.

»Valentine!« flüsterte sie eindringlich. »Beeil dich – eine Robotpatrouille kommt auf uns zu!«

Valentine fluchte, richtete sich auf und starrte die Straße hinunter. Ein paar hundert Meter entfernt kamen drei Robotsklaven herangetrottet. Die Maschine an der Spitze ließ ihren Scheinwerferstrahl suchend kreisen, und während Valentine sie beobachtete, erfaßte sie der Lichtkegel.

»Die haben uns gesehen«, fürchtete Valentine, denn die Roboter schienen nur eine Sekunde lang zu stutzen, änderten dann ihren Kurs und kamen klappernd auf den abgestellten Wagen und die drei Flüchtlinge zu.

»Was tun wir jetzt?« fragte Hanley nervös. Valentine hob die Hand. Die drei standen wie vom Blitz gerührt da und warteten gespannt, während die Robots auf sie zustrebten. Dann überschritten sie die unsichtbare Linie, hinter der die Wirkung der Störgeräte einsetzte. Sie taumelten – und der erste strauchelte, die anderen stolperten über ihn und blieben wie Wrackteile einer zerstören Maschine liegen.

Hanley stieß einen erleichterten Seufzer aus. »Vielleicht gewöhne ich mich noch rechtzeitig daran«, meinte er, »aber eine Weile wird das wohl noch dauern.«

»Noch sind wir nicht außer Gefahr«, warnte Valentine. »Es werden weitere kommen, jetzt, da die Hags uns gesehen haben. Und vielleicht sind sie schlau genug, außer Reichweite zu bleiben und mit Strahlerpistolen auf uns zu schießen! Hier – lösen Sie die Zuleitung, ich öffne unterdessen diese Scheibe.«

Er holte eine weitere der Scheiben aus der Tasche und drehte sie in der Hand. Neben dem Hebel, mit dem man sie ein- und ausschaltete, gab es einen winzigen Schlitz. So wie er das bei dem Techniker in der Donovanstadt gesehen hatte, schob er den Daumennagel in den Schlitz und drehte.

Die obere Hälfte der Scheibe löste sich, und er blickte auf ein kompliziertes Gewirr aus Drähten und Kondensatoren.

Hanley hielt eines der Zuleitungskabel in der Hand. Das andere war noch an dem Akkumulator befestigt und lag auf dem Sitz. »Wenn es nun zu viel Energie ist und dieses Ding durchbrennt?« fragte er.

»Das dürfte es eigentlich nicht. Es hat keine Röhren oder irgend etwas, was durchbrennen könnte. Aber das ist eben das Risiko, das wir nun mal eingehen müssen.« Valentine runzelte die Stirn und entnahm dem Gehäuse einen winzigen Zylinder, etwa halb so groß wie eine Zigarette.

»Dem Himmel sei Dank, daß ich unserem Radiotechniker einmal dabei zugesehen haben, wie man diese Dinger zerlegt«, sagte er. Er riß die Drähte, die zu der winzigen Batterie führten, ab und befestigte sie vorsichtig an der Zuleitung, wickelte sie fest um die Kontaktpunkte. Dann legte er den ganzen Mechanismus auf den Wagensitz. »Okay,

Hanley. Jetzt können Sie den anderen Pol anschließen. Und drücken Sie uns die Daumen!«

Dann hörte er wieder das vertraute Dröhnen auf dem Pflaster. Er blickte verstört auf und sah, wie aus dem Eingangsportal das Hag-Palastes unten an der Straße eine scheinbar endlose Reihe von Robots geradewegs auf sie zugestürmt kam.

»Anschließen, Hanley!« befahl er. Hanley wandte den Blick von den Robots und schob das lose Ende der Zuleitung gegen den Pol des Akkumulators. Diesmal war kein schwaches Dröhnen zu hören. Stattdessen ertönte ein schrilles Brummen wie von einer Million winziger Hornissen.

»Seht doch!« stieß Darl hervor. Wie wild gewordene Titanen warfen sich die Robots in ihren Untergang.

Ohne die Fernlenkung durch eine Hag, die sie auf dem Kurs hielt, stolperten die meisten der Robotsklaven einfach übereinander, bis sie ein unentwirrbares Chaos aus stählernen Körpern und Tentakeln bildeten.

Einige schlugen noch mit ihren Tentakeln und Gliedern um sich – bewegten sich immer noch, aber nicht länger unter Kontrolle, und daher nicht länger gefährlich. Einer rannte in einem weiten Bogen davon und prallte schließlich, weniger als hundert Fuß von ihnen entfernt, gegen eine Mauer.

»Soweit ging es glatt«, sagte Valentine grimmig. »Und jetzt kommt der schwierigere Teil. Der Kampf gegen die Hags in ihrem eigenen Palast!«

Sieg

Darls Strahler in der Hand, rannte Valentine, gefolgt von den zwei anderen, auf den Palast zu. Sie befanden sich bereits im eigentlichen Palast, ehe sich ihnen der erste Widerstand entgegenstellte. Ein leises Zischen war zu hören, und Valentine warf sich instinktiv zu Boden.

Er sah in einem der Korridoreingänge eine Bewegung und schoß darauf. Eine Hag mit einem Strahler schrie auf und verschwand, so daß nur das Echo ihrer Schritte zu hören war. Als er den Eingang erreichte, war sie bereits nicht mehr zu sehen.

Die drei hasteten den Korridor hinunter auf die Lifts zu, wo Darl und Valentine vor weniger als einem Dutzend Stunden herausgekommen waren. Eine Kabine wartete. Aber als Valentine die Knöpfe drückte, geschah nichts. Die Steuerung war tot.

»Die haben die Energiezufuhr abgeschaltet«, sagte er. »Nun – dann haben wir keine andere Wahl. Wir müssen die Treppen finden und zu Fuß gehen!«

Was in den Hochgeschwindigkeitslifts der Hags eine mühelose Fahrt gewesen war, erwies sich als ein mühsames Unterfangen, als sie schließlich den Treppenschacht entdeckt hatten.

»Du warst im vierzehnten Stockwerk«, keuchte Darl. »Vielleicht ist – Elena – im selben Raum.«

Valentine nickte nur. Sie hatten noch ein Stockwerk vor sich – und dann war das Schlagen der Alarmglocken zu hören, ein schrilles Geräusch, das von allen Richtungen auf sie hereindrängte, als jede einzelne Glocke im Hag-Palast gleichzeitig zu schlagen begann. Eine Frauenstimme kreischte etwas, was aber wegen der Entfernung nicht zu verstehen war.

»Die alarmieren den ganzen Palast«, stieß Valentine hervor. »Jetzt wird's ernst.«

Sie drängten aus dem Treppenhaus in den vertrauten Korridor hinaus, Valentine voran, mit schußbereitem Strahler. Der Korridor war leer. Darl deutete atemlos in die Halle. »Ich glaube, es war die vierte Tür«, keuchte sie. Valentine nickte und rannte darauf zu – aber als er die Tür aufriß, war der Raum leer. Er hetzte auf die Käfige zu, die die Wand säumten – alle waren leer. Auch die um sich schlagenden Monster waren verschwunden, die die Ärzte der Hags geschaffen hatten.

Darl wollte gerade etwas sagen, als das Rasseln der Alarmglocken sie übertönte – diesmal ganz in der Nähe und so laut, daß das Geräusch sie beinahe betäubte. Jetzt war wieder die schrille, befehlende Frauenstimme zu hören.

»Warnung«, schrillte sie. »Warnung an alle Novizen. Begebt euch sofort auf die Schiffsetage! Die Erdler nähern sich dem Palast. Start in zehn Minuten!«

»Schiffsetage?« wiederholte Hanley. »Was ist das?«

Valentine zuckte mit den Schultern. »Ich weiß nicht. Aber irgend etwas geht hier vor – anscheinend haben die Erdler sich jetzt in den Kampf eingeschaltet.« Er runzelte die Stirn. »Verschwinden wir hier. Wir müssen Elena Orris finden.«

»Vielleicht kann ich Ihnen helfen«, sagte eine hart klingende Frauenstimme vom Korridor her. »Sie ist unten am Gang.«

Valentine wirbelte herum, und sein Strahler richtete sich unwillkürlich auf die Hag, die dastand und sie beobachtete. Sie hob in gespielter Überraschung die Brauen.

»Ich bin unbewaffnet«, erklärte sie. »Sehen Sie? Ich will Sie wirklich nur zu Elena Orris bringen.«

»Das ist ein Trick!« warnte Hanley. »Vorsichtig, Valentine!«

Die Hag sah ihn mit tadelnd gerunzelter Stirn an. Und Valentine sagte: »Natürlich ist es ein Trick. Trotzdem – wir wollen sehen, was passiert. Allein finden wir Elena nie.«

»Richtig«, antwortete die Hag. Sie wies auf die Tür eines Zimmers auf der anderen Seite des Korridors. »Dort drinnen ist sie. Die Tür ist nicht verschlossen.«

»Gehen Sie als erste«, befahl Valentine mit angespannter Miene. »Und denken Sie daran, ich empfinde nicht die geringsten Skrupel, Frauen zu töten. Nicht wenn sie so böse und korrupt sind wie Sie!«

Die Hag funkelte ihn an, ging aber vor ihnen her. Sie riß die Tür auf und ging mit ruhigen Schritten hinein. Auf einer Couch, nahe bei der Wand, lag Elena Orris, allem Anschein nach schlief sie.

»Narkotisiert«, warf die Hag ihnen über die Schulter zu. »In ein oder zwei Stunden wacht sie auf.«

Valentine trat auf sie zu, war einen Augenblick lang unvorsichtig. Er hatte die Tür bereits hinter sich, als er das leise Klappern sich bewegenden Metalls hörte – und als er herumwirbelte, war es zu spät! Von der offenen Tür verborgen, stand ein Robotsklave da, der unerklärlicherweise noch funktionierte.

Ehe Valentine sich von seinem Schrecken erholen konnte, peitschten die Tentakel nach ihm und hielten ihn fest. Er hörte einen Schrei von Hanley und ein schmerzerfülltes Stöhnen von Darl, als auch sie überwältigt wurden. Ein Tentakel riß ihm den Strahler aus der Hand…

und dann waren sie völlig hilflos.

Die Hag kreischte höhnisch. »Die schlauen Donovans«, tönte sie, »hilflos wie kleine Kinder.«

Sie trat auf Valentine zu, starrte ihn an. »Können Sie den Kopf ein wenig herumdrehen?« fragte sie spöttisch. »Nur so weit, daß Sie auf den Boden sehen können. Was sehen Sie?«

Valentine blickte verwirrt hin. Er sah ein langes, schwarzes Kabel, das zu einem Kasten in der Wand führte. Er überlegte – und dann wurde es ihm klar.

»Ich sehe, daß Sie begreifen«, sagte die Hag. »Ihre Störgeräte haben funktioniert – solange die Robots über Radio gelenkt wurden. Aber damit, daß wir sie über Kabel mit dem Monitor verbinden könnten, haben Sie nicht gerechnet?« Sie lachte schrill und trat dann zurück und sah auf ihre Armbanduhr.

»Ich muß mich beeilen«, sagte sie. »Die Erdler dringen vor – und ich muß weg sein, ehe die eintreffen.« Ihr Gesicht verdüsterte sich böse. »Ihr – Tiere«, stieß sie hervor. »Ihr und die Erdler wagt es, euch gegen uns zu stellen! Aber bildet euch bloß nicht ein, daß ihr gewonnen habt! Für uns ist das nur eine kurzzeitige Unbequemlichkeit. Wir kommen wieder. Ganymed ist nicht so weit entfernt, daß wir nicht zurückkehren könnten, und wenn wir wiederkommen, bleiben wir!«

»Ganymed!« stöhnte Darl. »Aber wie – wie werden Sie dort hinkommen?«

»Ha!« stieß die Hag hervor. »Dann haben Sie doch nicht alles gewußt, wie? Wir haben das schon lange geplant – eine Kolonie auf Ganymed. Wir haben alles vorbereitet – in unseren Labors spezialisierte Sklaven gezüchtet, sogar ein Schiff gebaut. Oh, Sie wußten nie, was im Hag-Palast vor sich ging!

Das Schiff allein war schon ein ungeheueres Projekt. Aber Sie wußten nie etwas. Hören Sie mir zu – ich will es Ihnen sagen. Es befindet sich in diesem Gebäude! Die sechs obersten Stockwerke sind unecht, nur Fassade – und in ihnen steht eine Rakete bereit, die uns an jeden Ort im ganzen Sonnensytem tragen kann!«

Sie trat zurück, gespieltes Mitgefühl im Gesicht. Sie wandte sich zur Wand, klappte einen Deckel auf und drehte vorsichtig einen dahinter verborgenen Knopf.

»Das verschafft Ihnen noch acht Minuten Leben«, verkündete sie. »In fünf Minuten startet das Schiff. Und drei Minuten darauf löst die Zeituhr genügend U Zwofünfunddreißig aus, um diesen ganzen Bau in eine Staubwolke zu verwandeln!«

Sie winkte ihnen einen spöttischen Abschiedsgruß zu und ging an ihnen vorüber, hinaus in den Korridor, ohne sich noch einmal umzusehen. Im nächsten Augenblick hörten sie, wie sich eine Lifttür schloß – dann herrschte Stille.

»Versucht, euch zu befreien!« rief Valentine, als die Hag außer Hörweite war. »Versucht es – kämpft dagegen an –, das ist unsere einzige Chance.« Er spannte jeden Muskel, aber es war nutzlos. Gegen die stählernen Tentakel des Robots war seine Kraft machtlos.

»Da geht gar nichts«, keuchte Hanley. »Hören Sie, wenn die Hags alle zum Schiff laufen, was veranlaßt dann dieses Ding, uns weiterhin festzuhalten?«

»Darauf ist es eingestellt – es wird uns so lange festhalten, bis der Steuermechnismus am anderen Ende des Kabels auf etwas anderes schaltet. Oder bis wir alle in die Luft fliegen.« Valentine gab den Versuch, sich zu befreien, auf.

Es half nichts. Das einzige, was ihm jetzt nützen konnte, war nachzudenken, seine Gedanken arbeiteten fieberhaft.

Er blickte geistesabwesend auf das schlangenähnliche, schwarze Kabel.

»Das ist es!« rief er plötzlich aus. »Hanley – können Sie das Kabel mit den Füßen erreichen? Sie sind am nächsten dran.«

Hanley mühte sich ab. »Also«, meinte er dann. »Was soll ich tun?«

»Versuchen Sie, es aus dem Stecker zu ziehen! Die hatten keine Zeit, es ordentlich zu verbinden. Treten Sie es weg!«

Hanley streckte sein Bein so weit er konnte und schaffte es schließlich, mit der Zehenspitze unter das Kabel zu fahren. Er trat zu – aber das Kabel glitt weg, ehe er seine Absicht erreicht hatte. Er fluchte, versuchte es noch einmal. Diesmal passierte es! Ein scharfes elektrisches Zischen war zu hören, und eine Wolke aus beißendem, blauem Rauch stieg auf. Die Tentakel des Robots krampften sich konvulsivisch um sie, dann lockerten sie sich und fielen herunter.

»Ich habe einen Schlag bekommen«, stöhnte Hanley und rieb sich den Fuß.

»Das ist jetzt unwichtig!« Valentine rannte zu der Klappe in der Wand und starrte den Knopf an, den die Hag betätigt hatte. Sonst verbarg sich nichts dahinter. Nur ein Knopf mit einem Zeiger und eine in Minuten eingeteilte Skala, sonst nichts. Nach kurzer Überlegung packte Valentine den Knopf und versuchte ihn zu drehen, aber er ließ sich nicht bewegen.

»Es hat keinen Sinn«, sagte er niedergeschlagen. »Er läßt sich nur in eine Richtung drehen, wie es scheint – und ich habe Angst, es ganz abzuschalten. Wir müssen verschwinden.« Er wandte sich der schlafenden Elena Orris zu und schlug ihr unsanft ins Gesicht. Sie reagierte nicht. »Wir werden sie tragen müssen.«

»Ich nehme sie«, sagte Hanley. »Kommen Sie, wir müssen hier weg.«

Er hob das Mädchen auf und rannte zur Tür hinaus, auf die Treppe zu. Darl schickte sich an, ihm zu folgen, drehte sich dann aber nach Valentine um.

»Los, lauf«, befahl er, tief in Gedanken. »Ich komme gleich nach.«

Sie liefen um ihr Leben. Auf der untersten Etage des Palastes begegneten sie der Vorhut der Erdler, die unschlüssig unter der mangelhaften Führung von Fähnrich Drake hin und her liefen. Aber als sie Valentines Warnungen hörten, reagierten sie, und als es schließlich passierte, befand sich jedes menschliche Wesen außerhalb der Gefahrenzone.

Hanley stieß gerade hervor: »Jetzt wird ihr Schiff gleich starten«, als ein mächtiges Donnern ertönte und der Hag-Palast sich aufzubäumen und in sich zusammenzufallen schien. Die Erschütterung warf sie durcheinander, wenn sie auch vor dem direkten Düsenstrahl geschützt waren.

Unter den Erdlern gab es ein paar Verletzte – Männer, die von Gesteinsbrocken getroffen worden waren –, aber niemand wurde getötet. Und die Hags waren vernichtet.

»Was ist passiert?« fragte Hanley erstaunt. »Warum ist ihr Schiff nicht entkommen?«

»Es hatte keine Chance«, sagte Valentine ernst. »Der Zeitschalter für das U Zwofünfunddreißig funktionierte nur in einer Richtung. Ich konnte ihn nicht anhalten oder zurückdrehen, um uns mehr Zeit zu verschaffen. Aber nach vorne drehen konnte ich ihn. Ich schaltete ihn dreieinhalb Minuten weiter – und die Explosion kam genau zum richtigen Zeitpunkt, dreißig Sekunden vor ihrem Start.«

Hanley nickte und sah sich um. Ein Arzt von der Erde beugte sich gerade über Elena Orris, während der Fähnrich von der Raumflotte ihn besorgt beobachtete. Jetzt regte sie sich und blickte auf, zuckte vor der Riechkapsel zurück, die der Arzt unter ihrer Nase zerdrückt hatte. Hanley sah Valentine und Darl an, die unter dem schützenden Türbogen eines Wohngebäudes hinter ihm standen. Valentine hatte seinen Arm um das Mädchen gelegt, und Hanley musterte die beiden zufrieden. Dann sah er überrascht, wie ihr Gesicht sich plötzlich verdunkelte.

Sie zuckte zurück.

»Valentine!« sagte sie. »Valentine, du – du Scheusal!«

Verblüfft blickte Valentine zu ihr hinunter. Darls Augen flammten zornig auf.

»Ich brauche etwas lang, um richtig zu verstehen«, sagte sie. »Verzeih mir. Ich war so gehetzt, daß ich nicht genügend Zeit zum Nachdenken hatte.«

»Wovon redest du?« fragte Valentine verwirrt.

»Du weißt genau, wovon ich rede! Deine Täuschung!«

»Welche Täuschung?«

»Was du im Wagen zu mir gesagt hast! Du hast gesagt, daß du mich liebst – und hast mich geküßt –, nur um mich dazu zu bringen, die Augen zu schließen, damit die Hags nicht sehen konnten, wohin wir fuhren. Das war ein Trick – und ich bin darauf hereingefallen!«

Valentine musterte sie eine Weile und sagte dann, ohne den Kopf zu wenden: »Hanley, könnten Sie nicht jemand anderen besuchen gehen? Sie würden mir einen persönlichen Gefallen tun.«

Hanley machte grinsend auf dem Absatz kehrt und ging auf die Erdler zu. Als er wegging, hörte er Valentine mit weicher Stimme sagen: »Darl – das gehörte dazu. Ich gebe es zu. Ich konnte dich nicht einfach bitten, die Augen zu schließen – das hätte die Hags argwöhnisch gemacht. So war es am einfachsten. Verstehst du denn nicht? Anders hätte ich es nicht geschafft.«

»Ja… ja, ich denke schon«, antwortete Darl und schluchzte fast. »Ich schäme mich nur so, wo all diese alten Hexen zugesehen haben. Und für dich war es nur… ein Trick.«

Valentine schüttelte den Kopf. »Nein, das war nicht alles«, sagte er mit sanfter Stimme. Er trat näher zu ihr und breitete die Arme nach ihr aus. Dann flüsterte er: »Darl, jetzt sieht niemand zu.«